I0591359

ALPHAS GEHEIMNIS

RENEE ROSE

LEE SAVINO

Übersetzt von

STEPHANIE KOTZ

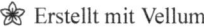 Erstellt mit Vellum

HOLEN SIE SICH IHR KOSTENLOSES BUCH!

Tragen Sie sich in meine E-Mail Liste ein, um als erstes von Neuerscheinungen, kostenlosen Büchern, Sonderpreisen und anderen Zugaben zu erfahren.

https://geni.us/jungfrauunddervampir

RENEE ROSE: HOLEN SIE SICH IHR KOSTENLOSES BUCH!

Tragen Sie sich in meine E-Mail Liste ein, um als erstes von Neuerscheinungen, kostenlosen Büchern, Sonderpreisen und anderen Zugaben zu erfahren.

https://www.subscribepage.com/mafiadaddy_de

KAPITEL 1

 *rizz*

Verdammte verdorbene Vampire.

Toxic, der BDSM-Club der Vampire, ist zur Hälfte Lounge, zur Hälfte mittelalterlicher Kerker: nur wuchtige Holzmöbel, roter Samt und dunkle Ecken, in denen sich ein Mann verlieren kann. An einem Ende serviert eine kleine Bar nur den allerbesten Alkohol und seltenen Wein. Gläser klirren, ein zivilisierter Laut, der bald von den dunkleren übertönt werden wird, die aus dem Dungeon dringen werden.

Über unseren Köpfen beginnt Musik zu pulsieren und durch die Decke zu wummern. Jetzt dauert es nicht mehr lange, bis sich Paare von dem Nachtclub im Erdgeschoss auf den Weg nach hier unten machen.

Ich schlängle mich zwischen den Stationen durch, sorgsam darauf bedacht, keines der Foltergeräte zu berühren, die speziell angefertigten Möbelstücke, die wie alptraumhafte

Monster in dem gedämpften Licht aufragen. Der Anblick von Strafböcken und Andreaskreuzen reicht aus, um eine Sub zum Zittern zu bringen. Zum Keuchen vor Lust. Macht für mich null Sinn, aber ich schaue jede Nacht zu, wie das Ganze seinen Lauf nimmt.

Ich warte in den Schatten, als die Ersten eintreten und Pärchen die Treppe hinabgleiten. Manche gehen geradewegs zu ihrem Lieblingsbereich oder einem privaten Alkoven, andere erstarren am Fuß der Treppe und blicken in einer Mischung aus Angst und Verlangen in den Dungeon.

Die Vampire sorgen dafür, dass es hier unten größtenteils dunkel ist, vielleicht um zu verbergen, was sie sind. Das mag bei den schwachen Sinnen der Menschen funktionieren, aber ich rieche sie an jeder Ecke. Hier ist einer, der eine reizende Blondine an die Wand fesselt. Dort ist noch einer, der mit einem schlanken Mann auf dem Schoß in der Lounge sitzt. Der Vampir wispert in das Ohr seines Subs und die Augen des Mannes werden groß, während sie auf ein beleuchtetes Arrangement an Werkzeugen geheftet sind. Folterwerkzeuge, nenne ich sie, auch wenn die Subs sie zu lieben scheinen. Zur Hölle, Erregung strömt dem männlichen Sub förmlich aus allen Poren, als sein Vampirmaster ihn zu einem Strafbock zieht. Der Mensch kann es nicht erwarten, den Hintern versohlt zu bekommen.

Ich kapier es nicht. Es ist mir ein Rätsel, ein Paarungsritual, das keinerlei Sinn ergibt.

Der Vampir schnippt mit den Fingern und eine attraktive rothaarige Frau schließt sich dem Männerpaar an. Sie geht zu der Wand und wählt einen schwarzen Flogger, bevor sie zu dem Vampir zurückkehrt, der seinen Partner unter viel Aufhebens fesselt. Die Rothaarige ist ein winziges Ding und trägt eine knappe weiße Robe, unter deren dünnem Stoff ihr weißer Tanga deutlich sichtbar ist. Ein weißes

Lederhalsband ist um ihren Hals befestigt. Mit gesenktem Kopf bietet sie ihrem Master den Flogger an und hält die Dienerpose so lange, wie er braucht, um ihn an sich zu nehmen. Auf seine abweisende Geste hin zieht sie sich zurück, um auf seinen nächsten Befehl zu warten. Einige Leute versammeln sich, um dabei zuzuschauen, wie der Vampir seinen männlichen Sub auspeitscht, aber ich will nur die Rothaarige beobachten. Eine Brise wirbelt durch den Club und kühle Luft weht aus den Schlitzen der Klimaanlage. Auf der Haut der kleinen Rothaarigen breitet sich Gänsehaut aus und ihre Nippel werden hart. Ihr ist kalt, verdammt. Ich weiß nicht, warum mich das stört, aber das tut es.

Ich verstehe den Sinn dieses ganzen Prunks und Zeremoniells nicht. Es ist die schlimmste Sorte von Vorspiel, unnötig und kompliziert. Kein Wunder, dass es die Vampire lieben. Die Hälfte dieser Scheißkerle wuchs im Viktorianischen Zeitalter auf.

Nun die Rothaarige, ihren Reiz verstehe ich. Sie hat eine zarte Ansammlung Sommersprossen auf ihrem Gesicht und nackte Füße. Sie steht am Rand der Szene, schweigend und zurückhaltend, während ihr Master mit einem anderen spielt. Wenn ich ihr Master wäre, würde ich sie nicht ignorieren. Auf keinen Fall würde ich mit einem anderen spielen. Ich würde sie dicht an meiner Seite halten und fesseln, bis sie wüsste, dass sie zu mir gehört. Sie trainieren, damit sie mich begrüßt und mit eifrigen Händen zum Sofa zieht, zwischen meinen Füßen auf die Knie geht und mich angemessen willkommen heißt.

Und jetzt ist mein Schwanz hart. Ich wende mich von der Rothaarigen ab. Sie zu beobachten, regt meinen Bären nur auf und ich muss heute Nacht einen kühlen Kopf bewahren. Ich habe diesen Job angenommen, weil er unauffällig ist, aber noch viel wichtiger, weil er mich näher zu meiner eigentlichen Beute bringt.

Meine schweren Stiefel klopfen einen vertrauten Rhythmus, während ich meine Runden durch den Club mache. Ich kann mich leise bewegen, aber es ist besser, dass sie einen großen schwerfälligen Einfaltspinsel sehen, einen Bären, der von Vampiren beschäftigt wird, ein Gestaltwandler-Diener des Königs. Die meisten Paare ignorieren mich. Der Vampir BDSM-Club ist etwas gewöhnungsbedürftig, aber es ist ruhig, anders als im Gestaltwandler-Kampfklub, in dem ich früher arbeitete. Hier sind die meisten Gäste höflich und ziehen ihr eigenes Ding durch.

Eine Blondine schleicht vorbei, nackt abgesehen von einem winzigen roten Spitzentanga und schwarzen Halsband. Eine Leine hängt von ihrem Halsband zwischen ihre nackten Brüste. Sie lächelt, als sie mich passiert, und schnippst die Leine über ihre Schulter, sodass sie zwischen den geröteten Backen ihres perfekten Hinterteils baumelt.

Jepp, Türsteher im Vampir BDSM-Club zu sein, ist ein netter Job, wenn man ihn kriegen kann. Manche Nächte sind netter als andere.

Ich biege um die Ecke und da ist sie – die kleine Rothaarige – nackt, die Arme über dem Kopf ausgestreckt. Der Vampir demonstriert eine Art Seil-Bondage-Ding, wobei er die rothaarige Sub als sein Model benutzt. Ihre weiße Robe liegt zu ihren Füßen und sie gehorcht mit einer ruhigen, fast schon glückseligen Miene. Auf ihren Armen und Schultern befinden sich vereinzelte Sommersprossen. Ihre Brust hebt und senkt sich mit tiefen, gleichmäßigen Atemzügen, während das Seil ihre Brust einschnürt. Ihre Wimpern flattern.

Der Vampir beendet die Demonstration und bindet das Mädchen los, ehe er sie anweist, das Seil wegzuräumen und sie mit einem Klaps auf den Po losschickt. Ein Knurren bleibt in meiner Kehle stecken. Fuck, ich stehe schon viel zu lange hier und starre sie an.

„Gefällt dir, was du siehst, Gestaltwandler?", lispelt der Vampir an meiner Seite. „Vielleicht solltest du es ausprobieren."

Ich warte, bis die Rothaarige in einen privaten Alkoven verschwunden ist, bevor ich meinem unerwünschten Gesprächspartner murmelnd antworte: „Klar, Benny. Wie wäre es auf deiner Leiche?"

Der Vampir Benny zieht seine Lippen zurück und zeigt seine Eckzähne. „Mein Name ist Benedict."

„Ich weiß." Ich lege den Kopf zur Seite, bereits gelangweilt. Benedict ist einer der jüngeren Vampire. Er wurde erst vor einem Jahrhundert verwandelt, ist bleich und dünn, als würde er an verdammter Tuberkulose sterben. Vielleicht tat er das ja, als er verwandelt wurde. „Ich habe dir einen Spitznamen gegeben. Wenn ich das Pech hätte, Benedict genannt worden zu sein, würde ich mich über eine Alternative verdammt noch mal freuen."

Bennys Augenbrauen schnellen in die Höhe. Ich achte sorgsam darauf, nicht in seine Augen zu schauen, aber daran, wie sich seine Brust gleich einem Blasebalg hebt und senkt, kann ich erkennen, dass er aufgebracht ist.

„Vorsicht, Bär. Du magst in der Gunst des Königs stehen, aber gegen einen Vampir hast du keine Chance."

„Das denkst du", brumme ich und schüttle den Kopf, als er faucht. „Verschwinde von hier, Eckzahn."

„Du –", schnaubt er.

Ich kräusle meine Lippe und kehre ihm eine volle Sekunde den Rücken zu, bevor ich davonlaufe. Die schlimmste Beleidigung für einen Vampir: kehre ihm den

Rücken zu, als sei er keine Bedrohung. Die meisten Gestalt-wandler würden das niemals tun.

Ich bin nicht die meisten Gestaltwandler. Die Vampire haben keine Ahnung. Sie lästern über mich und verspotten mich, vollkommen ahnungslos. Sie wissen nicht, was ich bin, wozu ich fähig bin. Und wenn die Zeit kommt, dass ich Jagd auf sie mache, werden sie nicht wissen, wie ihnen geschieht. Nicht bis es zu spät ist.

Ich laufe zurück zur Bar.

„Der König will dich", informiert mich der Barkeeper und nickt zu dem Thron in der Mitte des Raumes. Also hat Frangelico beschlossen uns mit seiner Anwesenheit zu beehren. Ich mache kehrt und marschiere zurück, um zum Boss zu gehen.

Der Thron steht auf einer erhöhten Plattform. Es ist ein echter mittelalterlicher Thron, der aus Italien importiert wurde oder so ein Scheiß. Frangelicos altes Revier. Man kann den Vampir aus dem Mittelalter holen, aber nicht das Mittel-alter aus dem Vampir.

Ein schlanker junger Kellner in schwarzen Smokinghosen, rotem Kummerbund, einem schwarzen Samtchoker und sonst nichts gelangt vor mir zum Thron. Er verbeugt sich an der Taille, um sein Tablett mit Getränken anzubieten. Frange-lico streckt seine Hand über den Thron hinweg und betrachtet die einzelnen Gläser, ehe er eines auswählt und dem Kellner bedeutet, weiterzugehen. Der Kellner weicht zurück, sich nach wie vor verbeugend.

Oh um Himmels willen. Ich rolle mit den Augen. So viel Prunk und Umstand. Ich schätze, wenn man praktisch unsterblich ist, hat man die Zeit, um sich an so vielen Zere-monien zu erfreuen, wie man möchte.

Der Kellner dreht sich um und fährt bei meinem Anblick aus der Haut. Sein Gesicht erbleicht und sein Adamsapfel hüpft unter seinem Kragen. Die schwarzen Samtchoker sind hier Teil der Uniform, aber ich würde jeden Vampir töten, der mich zwingen würde, einen zu tragen. Ich bin ein angeheuerter Türsteher, kein verdammter Sklave. Vielleicht ist es an der Zeit, den König daran zu erinnern.

Ich schlendere um den gigantischen Holzthron und begegne Frangelicos belustigtem Blick. An den König kann man sich nicht heranschleichen.

„Grizz. So schön, dass du dich uns anschließen konntest." Er winkt mit einer Hand und zwei Männer in Chokern kommen mit einem weiteren verzierten Stuhl für mich – kleiner als der Thron natürlich. Würde ich mich darauf setzen, wäre mein Kopf einen halben Meter tiefer als der des Vampirkönigs. Also setze ich mich nicht. Stattdessen platziere ich meinen Stiefel auf dem Stuhl. Frangelico seufzt.

„Musst du deine Füße auf die Möbel stellen? Ich bin mir sicher, wir können dir einen Fußschemel besorgen, wenn du einen möchtest." Frangelico schnippt mit den Fingern und gibt einem der Diener Zeichen. Ich fange die Schultern des Mannes auf, bevor er sich vor meinem Stuhl auf alle viere kniet.

„Nein", knurre ich. „Hör auf damit. Du weißt, dass ich nicht auf diesen Scheiß stehe."

„Selbstverständlich." Ein Fingerschnipp des Königs und die Männer verschwinden. Frangelico beugt sich nach vorne. „Ich vergaß, wie wenig du unseren kleinen Machtspielchen abgewinnen kannst. Aber was ist Sex schon, wenn nicht Macht?"

Ich schüttle den Kopf. Für dieses Theater habe ich keine Zeit. „Du wolltest mich sprechen?"

Frangelico lehnt sich zurück und mustert mich. Obwohl er sitzt und ich stehe, ist er noch immer minimal größer als ich. Der Vampir ist größer, als man meinen würde, und trotz seines hochtrabenden Gefasels ist er nicht dumm. Macht ist kein kleines Spielchen für ihn. Es ist das einzige Spiel und er spielt, um zu gewinnen.

„Das wollte ich, mein Freund."

Auf diese Worte hin zucke ich zusammen. Fuck, wir sind Freunde? Ich bin einen Vertrag mit ihm eingegangen, nachts auf seinen Club aufzupassen und ein Auge auf einige seiner Operationen zu haben. Im Gegenzug gibt er mir, was ich brauche, um zu tun, was ich tun muss.

„Du störst dich daran, dass ich dich *Freund* nenne?", fragt der König. Vor einem verdammten Vampir kann man auch gar nichts geheim halten.

„Ich bin nicht hier, um dir die Haare zu flechten und Freundschaftsbänder zu knüpfen oder so einen Scheiß. Du und ich haben einen Vertrag."

„Den haben wir", bestätigt der König. „Aber wir können doch sicherlich neu verhandeln. Es muss doch noch andere Bedürfnisse geben, die du zu befriedigen wünschst. Sehnsüchte. Und sicherlich können wir sie hier erfüllen, in diesem Lustparadies." Er breitet seine Hände aus, um den ganzen Club zu umfassen, dann macht er eine Handgeste. Die Blondine, die ich vorhin sah, schreitet an mir vorbei und läuft zu dem Obervampir. Auf seine Einladung hin setzt sie sich auf den Arm des Throns und neigt ihren Körper so, dass ihre Brüste und Schenkel bestens zur Schau gestellt werden. Frangelico lässt eine Hand ihre geschmeidige Wade hochgleiten. „Umringt von solchen Freuden bist du doch sicherlich schon in Versuchung gekommen."

Ich ignoriere die Blondine, die mich anlächelt. Es widert mich an, dass Frangelico sie wie ein Stück Fleisch behandelt. Ich nehme an, für ihn sind alle Menschen Essen. „Du weißt, was ich will. Du wusstest es von Anfang an."

„Ah, ja." Die langen Finger des Vampirs tippen auf das

Knie der devoten Frau, als wäre sie Teil des Möbelstücks. „Bist du schon einen Schritt damit weitergekommen, zu kriegen, was du möchtest?"

„Ich spiele das lange Spiel." Frangelico ist die beste Chance, die ich habe, zu bekommen, was ich will. Wenn es den Rest meines Lebens dauert, fuck, dann ist es eben so.

„Also spielst du Spielchen?" Die Finger stellen das Tippen ein.

Ich seufze. „Worum zum Geier geht es hier?"

Frangelico gibt die Blondine frei und scheucht sie weg. „Ich frage mich, was passiert, wenn keiner von uns kriegt, was er will."

Ich zucke mit den Achseln. „Dann gehen wir getrennter Wege." Es ist ja nicht so, als würde mich irgendetwas in Tucson halten.

„Und wenn ich nicht will, dass du gehst?"

„Das wäre unglückselig."

Ich schaue dem Vampir nicht in die Augen – ich bin kein verdammter Idiot – aber ich richte einen finsteren Blick auf sein Kinn. Ich habe den König nicht herausgefordert oder bedroht – noch nicht – aber meine Botschaft kommt an und er seufzt, ehe er sich auf seinem Thron zurücklehnt. Seine Samtrobe rutscht von einer Schulter und enthüllt kräftige Muskeln. Er mag sich wie ein fauler Playboy geben, aber in einem Kampf wäre er keine Niete. Selbst wenn er nicht über die super Vampirreflexe und -kräfte verfügen würde.

„Du verstehst also, warum ich dich hierherbestellt habe. Ich wünsche Alternativen zu unserer Vereinbarung zu erkunden."

Fuck. „Es gibt nur Eines, das ich will." Und wenn Frangelico es mir nicht geben kann, weiß ich nicht, wie ich es kriegen soll.

„Es gibt doch sicherlich noch etwas anderes, das du willst. Oder vielleicht jemanden."

Die Rothaarige. Das Bild von ihr geht mir durch den Kopf, bevor ich es unterdrücken kann. Das süße sommersprossige Gesicht begrüßt mich, als ich Heim komme und neigt sich für einen Kuss nach oben.

Ich zwinge die Fantasie weg. „Nein. Nichts. Ich habe es dir am Anfang gesagt. Entweder alles oder nichts." Mein Weg wurde schon vor langer Zeit festgelegt.

Eine Frau kreischt. Ich versteife mich, aber drehe ich mich nicht um. Es gefällt mir nicht, dass die Schmerzenslaute anderer Leute Routine für mich geworden sind. Dann fällt mir die rotbraune Farbe in den Blick und ich wirble herum.

Benny hat die Rothaarige – meine Rothaarige – an einem Seil aufgehängt, sodass sie von der Decke baumelt. Er bearbeitet ihren Rücken mit einem schweren Flogger und jede Berührung des Leders hinterlässt Male. Sie ist nackt, tanzt auf ihren Zehenspitzen und dreht sich von den Schlägen weg. Die Lederstreifen wickeln sich um ihre Hüfte und streifen ihre Brüste. Sie schreit und ich höre Angst in dem Schrei, nicht die tieferen Töne der Lust.

Ehe ich mich versehe, bin ich schon durch den Raum und habe mich vor dem Vampir aufgebaut. Der Flogger liegt in zwei Teilen zwischen uns auf dem Boden.

Benedict zeigt Überraschung, bevor er sich fängt und mich höhnisch angrinst. Er dreht sich wieder zu der zitternden Rothaarigen und ich schließe eine Hand um seinen Arm.

„Nein. Du darfst sie nicht verletzen."

„Ich habe die Erlaubnis", knurrt er. Ich knurre ebenfalls und er verschwimmt, verschwindet und taucht auf der anderen Seite des Clubs wieder auf. Verdammter Feigling.

Ich drehe mich wieder zu der Rothaarigen, nur um

herauszufinden, dass ein anderer Vampir Bennys Platz eingenommen hat. Ein großer, patrizisch aussehender Vampir, der der Rothaarigen vorhin Befehle erteilt hat. Es ist weit und breit keine Spur von seinem männlichen Sub zu sehen.

„Was hat das hier zu bedeuten?", blafft er und schaut von oben herab auf mich, obwohl wir fast die gleiche Größe haben. „Benedict hatte meine Erlaubnis."

„Die Show ist vorbei. Schneide sie los. Sie ist fertig."

„Sie ist mein und ich sage, wenn sie fertig ist." Der Vampir macht einen Schritt zu einem Tisch voller Werkzeuge und ich trete ihm in den Weg.

„Ruf deinen Hund zurück", sagt er zum König.

Frangelico zieht eine Braue hoch. Einem König gibt man keine Befehle.

„Ich bin kein Hund", knurre ich. „Ich bin ein Bär." Mein Grizzly steht kurz davor, aus meiner Haut zu platzen und mitten im Club Randale zu machen. Dann werden wir ja sehen, wie stabil die Möbelstücke tatsächlich sind.

„Augustine", sagt Frangelico gedehnt und mit leichter Missbilligung. Ich verspanne mich. Ich habe ihn noch nie zuvor gesehen, aber ich weiß, dass Augustine einer von Frangelicos Leutnants ist. „Du weißt genauso gut wie ich, dass ich ihm keine Befehle gebe. Weswegen ich ihn auch angestellt habe. Er ist hier, um sicherzustellen, dass ihr die Regeln befolgt." Und damit wendet sich der Vampirkönig ab und entlässt uns effektiv aus seiner Anwesenheit.

Augustines Lippen biegen sich nach oben und er zeigt einen Eckzahn. „Ich habe die Regeln nicht gebrochen."

„Du hast dein Mädchen einem Vampir geliehen, der ihr wehgetan hat." Neben uns dreht sich die Rothaarige langsam in der Seilschlaufe, die um ihre Handgelenke gewickelt ist. Fuck, ist das gut für ihren Kreislauf? Striemen verunstalten ihre Haut so zahlreich wie ihre Sommersprossen. Auf manchen sind sogar Bluttropfen zu sehen. Benny hat sie wirklich übel zugerichtet.

„Wenn sie aufhören hätte wollen, hätte sie ihr Stoppwort benutzt." Der Vampir winkt ungeduldig mit der Hand und ein Kellner bietet ihm einen Drink an. Augustine trinkt gierig und wischt sich Wasser von den Lippen. Seiner bestraften Sub bietet er nichts an.

Die Rothaarige hängt schlaff von der Decke, ihre Augen sind halb geschlossen. Ich spähe ihr ins Gesicht und hebe sanft ein Augenlid, um ihre geweiteten Pupillen zu überprüfen. „Sie ist nicht mehr in der Lage, ein Stoppwort zu nennen." Ich mag nicht auf dieses Zeug stehen, aber ich weiß, wie Endorphine funktionieren. Ladung um Ladung tropft in den Körper, bis die Sub zu berauscht ist, um auch nur sprechen zu können.

„Sie mag es." Der Vampir geht zu einem Tisch und sucht eine Reitgerte aus. Ich trete zwischen ihn und die Rothaarige. Zwischen den Vampir und seine Beute. Es ist vermutlich das erste Mal, dass irgendjemand diesem Vampir etwas verwehrt.

Augustine sieht schockiert aus. Dieser Ausdruck steht ihm gut.

„Ich sagte stopp."

„Na schön. Es ist ohnehin Zeit zum Essen." Mit einem Fingerschnippen befiehlt er einem anderen Clubdiener nach vorne zu kommen und das Seil um die Handgelenke der jungen Frau zu lockern.

Sie bricht zusammen und ein Wasserfall roter Haare ergießt sich über ihr sommersprossiges Gesicht. Ihr Kopf rollt auf ihrem Hals. Sie ist vollkommen weggetreten von Endorphinen. Noch ein Süßblut. Eine Sub, ein williges Vampiropfer.

Das geht mich nichts an. Ich sollte mich nicht einmischen.

Aber die Lippen der Rothaarigen teilen sich und sie dreht sich zu mir und ich nehme ihren Geruch wahr...

Und plötzlich weiß ich, warum sie mein Interesse geweckt hat.

Ich beuge mich nach vorne. Sie ist eine Gestaltwandlerin. Kein Wolf oder Bär, aber etwas anderes. Fuchs vielleicht. Das würde zu ihren roten Haaren passen. Ich blicke zwischen ihre Schenkel. Sie ist größtenteils rasiert bis auf eine kleine, gepflegte Stelle. Natürliche Rothaarige. Definitiv ein Fuchs.

Wieso habe ich ihr Tier zuvor nicht bemerkt? Vermutlich, weil sie schüchtern ist, devot. Plus all die süßlichen Gerüche der Vampire im Club. Beutetiere zeigen sich nicht wie dominante Tiere. Und diese ist so süß wie es nur geht. Mein Bär kämpft darum, hervorzubrechen und sie an einen sichern, dunklen Ort zu tragen, wo er sie beschützen kann.

Meine Instinkte stehen momentan im Krieg miteinander. Aber ich darf nicht vergessen, warum ich hier bin. Ich schlucke und trete zurück und gebe mich desinteressiert. Ein Türsteher, der sich mehr um den Ruf des Clubs sorgt als darum, eine willige Süßblut zu beschützen. „Frangelico weiß, dass du von einer Gestaltwandlerin trinkst?"

„Sie gehört mir."

„Gestaltwandler gehören nicht Vampiren."

„Sagt der Wachbär des Königs."

Technisch gesehen, haben der Vampirkönig und ich eine Partnerschaft, aber ich korrigiere den Vampir nicht.

Mit einem boshaften Lächeln schnippt Augustine mit den Fingern. Eine Minute später haben Clubbedienstete einen Stuhl herbeigeholt und Augustines Sub an ihn weitergereicht. Er verlagert sie in seinen Armen und arrangiert ihren schlaffen Körper beinahe zärtlich, während ich zusehe. Meine Fäuste ballen sich, als Augustines Finger durch die rötlichen Haare fahren und den Kopf der Frau nach hinten ziehen, um ihren Hals zu entblößen. Ohne Zeremonie oder Sanftheit schlägt er wie eine Viper zu und vergräbt seine Eckzähne in ihrem Hals. Ihr Körper verkrampft sich, aber der glückselige Ausdruck auf ihrem Gesicht wird zu Ekstase.

Scheiß darauf. Ich wirble herum und gehe zurück zu dem Thron in der Raummitte.

„Wir können sie dazu bringen, es zu mögen, weißt du", sagt Frangelico. Er hält einen Kelch gefüllt mit einer roten Flüssigkeit in der Hand. Eine nette Show, aber es ist nur Wein.

Ein Keuchen veranlasst mich dazu, mich abermals umzudrehen. Die Rothaarige zappelt in den Armen ihres Vampirmasters, als Ekstase zu Qual wird. Augustine bedenkt mich mit einem fiesen Blick. Er tut ihr absichtlich weh. Die Hände der Rothaarigen schlagen gegen seinen Anzug. Ihr Blut befleckt ihre blasse Haut, seinen Hemdkragen. Er macht eine Sauerei.

Ihre Schreie werden schärfer, panisch.

„Lass sie in Ruhe", knurre ich.

„Augustine", ruft Frangelico sanft, bevor ich wieder zu ihm stapfen kann. Der jüngere Vampir dreht sich mit einem Fauchen um, aber senkt den Blick. „Genug", befiehlt der König und Augustine beugt den Kopf und bedeutet einem Clubangestellten, sie wegzubringen.

„Du kannst sie nicht alle vor dem Sadismus meiner Gefolgsleute retten", murmelt Frangelico, während ich beobachte, wie die Rothaarige hinter dem Vorhang zu einem privaten Alkoven verschwindet. Sie ist jetzt in Sicherheit. Während der nächsten Stunde wird sie in eine Decke gewickelt werden, sowie mit Orangensaft und Schokolade und was sie sonst noch braucht, um sicher runterzufahren, versorgt werden. Einen Augenblick spiele ich mit dem Gedanken, den Vorhang beiseite zu schieben, den Clubangestellten rauszuwerfen und mich selbst um sie zu kümmern. Ich lehne diesen Gedanken ab, sowie er mir in den Sinn kommt. Die Rothaarige ist niedlich, aber sie geht mich nichts an.

Mein Bär brüllt protestierend.

Als ich mich wieder umdrehe, beobachtet mich der Vampirkönig eindringlich. Ich schüttle den Kopf. „Werde sie nicht retten. Wie du sagtest, mögen sie es."

Der König betrachtet mich über aneinander gelehnte Fingerspitzen. „Dieser Club geht auf alle möglichen Sehnsüchte ein. Manche sehnen sich nach Lust vermischt mit Schmerz. Wir haben ein Wort für sie. Süßblüter."

„Yeah, ich weiß." Die Vampire lieben Masochisten. Der Schmerz setzt Endorphine frei, die das Blut süßer schmecken lassen oder so ein Scheiß. Ich will Frangelico gerade sagen, wo er sich seinen Sadismus hinstecken kann, als ein neuer Geruch in meine Nase dringt. Wolf.

„Frangelico", ruft eine Frauenstimme. Eine in Leder gekleidete Wölfin marschiert nach vorne, gefolgt von einem riesigen Wolf mit einer gepiercten Augenbraue. Sheridan und Trey. Ich schenke Trey meine gesamte Aufmerksamkeit. Er und ich verstehen uns nicht. Ich war früher Türsteher in seinem Kampfklub, aber als er herausfand, dass ich hier arbeite, ging es zwischen uns bergab. Rapide.

Sowie mich Trey sieht, bleckt er seine Zähne. Seine Frau legt eine Hand auf seinen Arm und raunt: „Benimm dich."

„Ah, meine liebe Sheridan", säuselt Frangelico. „Wie nett von dir, mit deiner Wolfwache vorbeizukommen."

„Meinem Gefährten", korrigiert sie. Ihre Hand hebt sich automatisch zu ihrer Schulter und verdeckt die Stelle, wo er sie markiert haben muss. Scheiße, sie und Trey sind Gefährten? Ich öffne den Mund, um ihnen zu gratulieren. Trey funkelt mich böse an. Nach dem, was ich tat, wird er von mir nichts annehmen. Ich schließe den Mund.

„Was führt dich in unseren kleinen Club?", fragt Frangelico. „Geschäft oder Vergnügen?"

„Geschäft", antwortet Sheridan, auch wenn sie dem Club einen sehnsüchtigen Blick zuwirft. Ich verstehe den Reiz dieses Ladens nicht, aber es geht mich nichts an.

„Dann komm", Frangelico veranlasst durch einen Wink seiner Hand, dass weitere Stühle herbeigebracht werden. Kellner erscheinen und bieten Getränke an.

„Wir sind hier, weil uns Gerüchte zu Ohren gekommen sind. Gestaltwandler verschwinden in dieser Gegend."

„Wölfe?"

„Keine Wölfe. Andere Arten von Gestaltwandlern. Gestaltwandler, die nicht unter dem Schutz eines Rudels stehen."

„Welche Art von Gestaltwandler könnte das sein? Vergib mir, ich kenne mich im Tierreich nicht so gut aus, wie ich das sollte", sagt Frangelico. Er lügt natürlich. Er macht es sich zur Aufgabe, alles zu wissen.

Sheridan schluckt und blickt zu Trey, der ihr zunickt. „Einige einzelgängerische Katzen, die keine Sippe haben. Leopard, Tiger. Aber auch seltene Gestaltwandler – Eulen, Raben, Adler."

„Wirklich? Es gibt Gestaltwandlervögel?" Frangelico blufft wirklich gut. Nicht einmal ich kann irgendetwas anderes als Interesse riechen.

Sheridan nickt. „Sie halten sich bedeckt, weil es sie nicht so zahlreich gibt wie Wölfe oder Raubkatzen. Das und sie sind Beutetiere."

„Und jemand entführt sie? Ist das nicht schon mal passiert, als eine Firma Gestaltwandler gefangen hat, um an ihnen zu experimentieren?"

„Diese Firma gibt es nicht mehr. Wir zerstörten ihre Einrichtungen und spürten die Leute auf, die das taten. Aber es gibt noch immer einen Schwarzmarkt für entführte Gestaltwandler und wir glauben, dass die Gestaltwandler-Händler neue Kunden gefunden haben. Vampire."

Frangelicos lange Finger formen eine Pyramide. Er bewegt sich nicht, als Sheridan diese Bombe platzen lässt. Stattdessen wartet er einen Augenblick, als würde er sichergehen, dass sie mit Reden fertig ist, dann regt er sich. „Und was sollten Vampire mit entführten Gestaltwandlern anstellen?"

„Wir wissen es nicht. Deswegen sind wir hier." Bevor Sheridan weiterreden kann, tritt ihr Gefährte nach vorne, groß, tätowiert und einschüchternd.

„Es wäre weise, wenn du diesbezüglich Erkundigungen einholst, außer du möchtest, dass das Rudel an deine Tür klopft", sagt Trey. Sheridan packt erneut seinen Arm.

„Was mein Gefährte meint", sagt sie mit einem starren Lächeln, „ist, dass es in Anbetracht der Allianz des Rudels mit dir und deinen Vampiren weise wäre, wenn wir uns zusammentäten, um dem Verschwinden der Gestaltwandler auf die Spur zu gehen. Um des Friedens willen."

„In der Tat." Frangelico lässt seinen Blick zu Trey schweifen, dann richtet er ihn wieder auf Sheridan. „Du hast eine Ader für Diplomatie, meine Liebe", erzählt ihr Frangelico.

„Dankeschön", antwortet sie ruhig. „Aber ich bin nicht deine Liebe."

Frangelico ignoriert ihr Knurren. „Wir werden der Sache auf den Grund gehen." Er blickt zu mir. Ich nicke. Mit *wir* meint der König *mich*. Und ich bin einverstanden damit, Vampire aufzuspüren, die entführte Gestaltwandler gekauft haben. Ich weiß genau, wo ich anfangen werde – bei Augustine und seiner kleinen rothaarigen Sub.

„Dann ist das erledigt", verkündet Frangelico. „Jetzt da dein Geschäft beendet ist, darfst du gerne Gebrauch von meinem Club machen. Wirst du bleiben und heute Nacht spielen?"

Sheridan zögert und ihr Blick huscht mit kaum verhohlenem Interesse durch den schwach beleuchteten Club.

„Ja." Trey tritt zwischen sie und den Vampirkönig. „Solange sich alle von ihrer besten Seite zeigen."

„Ich bin mir sicher, meine Vampire werden das tun", erwidert Frangelico, wobei er seine Eckzähne leicht aufblitzen lässt.

„Und deine Gestaltwandler-Haustiere?" Trey schaut zu mir.

„Ich habe keine Gestaltwandler-Haustiere. Nur Freunde und… Spielgefährtinnen", sagt Frangelico.

„Was davon is er?", fragt Trey, der mich nach wie vor taxiert.

„Ein Geschäftspartner", sage ich.

„Ich bin mir sicher, Grizz wird die Regeln des Clubs und all seine Mitglieder ebenfalls respektieren." Frangelico zieht an mich gewandt eine Augenbraue hoch.

Ich halte die Hände in die Luft. „Ich habe kein Problem mit diesen Wölfen." Das letzte Mal, als ich nachsah, hatte ich kein Problem mit den Wölfen. Es ist nicht meine Schuld, dass die Wölfe ein Problem mit mir haben.

„Gut." Frangelico klatscht in die Hände und Sheridan macht einen Satz. Trey legt seine Hände auf ihre Schultern und beruhigt sie. Er beugt sich nach vorne und flüstert ihr etwas ins Ohr. Sie errötet. Trey dreht sie und gibt ihr einen sanften Schubs zu einem freien Tisch. Er beobachtet, wie sie davonschlendert. Ich muss zugeben, wenn ich eine so prima

Gefährtin wie Sheridan hätte, würde ich ihr auch so lange wie möglich beim Kommen und Gehen zuschauen.

Trey wendet sich wieder an mich und Frangelico. Seine Augen verengen sich auf mich.

„Hey, Grizz." Seine Stimme trieft nur so vor Bitterkeit. „Willst du Freitag noch immer kämpfen?"

„Das letzte Mal, als ich nachsah, stand ich noch auf dem Plan." Ich kündigte meinen Job als Türsteher im Kampfklub vor einigen Wochen, aber Kämpfen ist gut für meinen Bär.

„Gut." Trey zeigt seine Zähne bei einem makabren Grinsen. „Wir haben einen besonderen Gast für deinen Kampf. Sei bereit."

Ich beobachte, wie er davonmarschiert. Er ist ein großer, böser Wolf, aber nicht so gefährlich wie ich es bin. Zumindest nicht allein. Wölfe sind nie allein. Das ist immer ihr Vorteil. Die Stärke des Rudels.

„Wenn das alles ist, werde ich gehen", sage ich zu Frangelico.

Er nickt. „Du bist für den Rest der Nacht von deinen Türsteherpflichten entbunden. Sag Peter, dass er einen Ersatz herholen soll. In der Zwischenzeit werde ich die Runde machen."

„In Ordnung." Zeit, auf die Jagd zu gehen.

Ich laufe zu dem Seil, mit dem Augustine seine Gestaltwandler-Sub fesselte und neben dem die weiße Robe, die sie anhatte, zerknittert auf dem Boden liegt. Ich hebe sie auf und atme ihren Geruch tief ein. Er ist würzig mit einem Hauch von Blumen. Fuchs. Definitiv. Wenn ich den Vampir nicht anhand seines Geruchs aufspüren kann, so kann ich wenigstens die Füchsin finden.

Mit Hilfe einiger diskreter Fragen erfahre ich, dass die Rothaarige mit Augustine gegangen ist. Ihrem *Master*, wie sie ihn nannten. Ich bin mir nicht sicher, ob das bedeutet, dass er sie besitzt, oder ob das nur ein Spiel ist, das sie spielen, aber ich habe vor, das herauszufinden. Ich kann seine Adresse in den Unterlagen finden, die Frangelico führt – ich bin eine der wenigen Personen, denen er Zugriff auf diese gewährt. Er weiß, dass ich ihn niemals verraten werde. Ich brauche ihn zu sehr.

Auf halbem Weg die Treppe zum Erdgeschoss hinauf, halte ich inne und lasse meinen Blick über den weitläufigen Club schweifen. Trey und Sheridan haben bereits einen Tisch unter einem der Scheinwerfer für sich beansprucht. Trey hat eine schwarze Tasche geöffnet und legt Werkzeuge heraus. Sheridan steht neben ihm, ihre nackte Haut leuchtet förmlich in einem schicken Lederharness und sie wippt vor Aufregung auf und ab.

Trey beendet sein Tun und dreht sich zu ihr. Er schnippt mit den Fingern und sie fällt auf die Knie und blickt zu ihrem Gefährten auf. Ich muss ihr Gesicht nicht sehen, um zu wissen, dass ihre Augen glänzen. Treys Gesicht wird weicher, während er auf sie hinabsieht. Noch ein Paar, dass sich einen Moment für sich nimmt, bevor sie an dem komplizierten Paarungstanz aus Unterwerfung und Dominanz teilnehmen. Ich habe es schon eine Million Mal zuvor gesehen, aber irgendwie ist es bei Gestaltwandlern nicht ganz so grotesk. Das heißt jedoch noch immer nicht, dass ich es kapiere.

Ich steige den Rest der Treppe nach oben und hämmere mit meiner Faust gegen die Tür, um zu entkommen.

 *rizz*

AUGUSTINE WOHNT in einer schicken Nachbarschaft in Oro Valley, oben im Gebirge der Catalina Mountains. Ich parke mein Motorrad, klettere die Mauer hoch und scanne den Garten hinter dem Haus. Riesiger Pool, edle Terrasse. Aber hinter der steinernen Bar und Grill und den Terrassenmöbeln befindet sich eine gewöhnliche Tür. Es wird ein Leichtes sein, sie einzutreten.

Ich brauche einen Moment, um an den Kameras vorbei zu huschen. Keine Flutlichter auf dem Rasen – Vampire können im Dunkeln sehen. Zum Glück können das auch Gestaltwandler. Ich kauere mich zwischen die Büsche und warte.

Vampire sind nachts am stärksten und ich finde, näher zu Tagesanbruch sind sie ein bisschen träge. Nicht Frangelico – er ist so alt, dass er bis zu den ersten Strahlen der Dämmerung wachbleiben kann. Doch selbst seine ältesten Schöpfungen sind zur blauen Stunde vor Sonnenaufgang bereits längst drinnen.

Also sitze ich dort in der Hocke, bis ein sanftes Licht am Himmel hinter den Bergen zu leuchten beginnt. Nachdem ich einen Schluck aus meiner Flasche genommen habe, laufe ich zu der Hintertür und schleiche mich so in das Haus. Die Tür ist nicht abgeschlossen – man müsste schon verrückt sein, um einen Vampir zu bestehlen. Die meisten heben sich all ihre Verteidigungsmechanismen und Fallen für ihre Schlafhöhlen auf, was der Grund dafür ist, dass ich Augustine hier wach erwischen will. Er wird nicht damit rechnen. Nach einem Leben der Vampirjagd weiß ich, was sie zur Strecke bringt. Überheblichkeit. Sie sind die größten, bösartigsten Raubtiere der Erde und sie wissen es. Etwas anderes kommt ihnen gar nicht in den Sinn – bis ich mit einem Pfahl über ihnen stehe.

Natürlich habe ich nicht den Befehl, Augustine zu töten. Nur ihn zu befragen. Er wird vielleicht am Leben bleiben, falls Frangelico seine Antworten gefallen. Frangelico hasst es, seine Schöpfungen zu töten, denn ihm zufolge ist es schwer, neue zu machen.

Das Haus ist kühl, sauber und riecht nach Zitrone. Ich durchsuche die Räume, aber sie sind unbenutzt. Perfekt dekoriert, aber sie riechen leer. Ich öffne den Kühlschrank – einige Dekanter mit Blut und eine halb geleerte Flasche Wein, aber sonst nichts.

Der Vampir ist nicht hier. Er schläft vermutlich woanders. Wenn ich ihn nicht beim Feiern oder hellwach erwischen will, dann ist das hier eine Sackgasse. Nicht, dass ich damit gerechnet hätte, dass es leicht werden würde.

Neben dem Kühlschrank steht ein Sack Hundefutter. Eine teure Sorte – echtes frisches Fleisch oder so was. Ich nehme mir einen Moment und lasse mich auf den Geruch ein, der unter dem kalten Steingeruch des Vampirs liegt. Das ist der Augenblick, in dem ich den vertrauten Moschus wahrnehme.

Hund. Oder etwas Ähnliches. Kein Wolf.

Mit kribbelnder Haut gehe ich zu der gefliesten Vorratskammer. In der Ecke verdeckt eine bunte mexikanische Decke ein großes Gebilde. Ein Käfig.

Der Monsterbär in meiner Brust beginnt zu grollen. Kein Knurren, sondern ein leiser, beruhigender Laut.

Ich schlage den Sarape zurück und dort ist meine kleine Füchsin. Zusammengekauert, nach wie vor in Menschengestalt. Nackt abgesehen von dem weißen Halsband. Sie zittert.

Mein Bär grollt lauter.

Ich öffne den Käfig. Sie zuckt zusammen, als das Metall laut knirscht, drückt die Augen fest zu und rollt ihren Körper so klein wie möglich zusammen. Auf ihrer blassen Haut sind noch immer einige Male zu sehen, auch wenn der Großteil verblasst ist. Fuck sei Dank, dass sie eine Gestaltwandlerin ist und kein Mensch. Der Dom hat sie wirklich übel zugerichtet, wenn sie noch immer am Heilen ist.

Und dann ließ er sie in einem Käfig zurück. Mein Körper zittert wegen des anhaltenden Grollens meines Bären. Ich reiße die Decke von dem Käfig und hülle sie in diese.

„Master?", fragt sie mit dem leisesten Flüstern. Ihr bebende Stimme berührt mich so leicht wie Finger. Fuck, ich bin hart.

„Ich bin nicht dein Master", antworte ich barsch. Ich bin so sauer, dass mein Bär bereit ist, aus meiner Haut zu platzen und diese Villa ein Zimmer nach dem anderen niederzureißen. Was für ein Arschloch lässt seine Sub den Subdrop allein durchstehen? Nicht nur allein, sondern *zitternd in einem Käfig*? Mit nichts als *Hundefutter* zum Essen?

„Komm her", befehle ich. Sie reagiert sofort und krabbelt näher.

„Näher", ermutige ich sie, bevor ich darüber nachdenken kann, was ich da mache. „Komm zu mir. Den ganzen Weg, Fähchen. Aus dem Käfig."

Die Augen noch immer geschlossen, krabbelt sie aus dem Käfig und direkt in meine Arme. „So ist's gut." Ich ziehe sie automatisch eng an mich. Sowie sich ihr kleiner Körper an meiner Brust befindet, beruhigen sich die wütenden Kommentare meines Bären zu einem tiefen Basston. Er schnurrt. Ich wusste nicht, dass er das tun kann.

Die Frau reibt ihr Gesicht an meinem T-Shirt und vergräbt sich darin. Noch immer wie auf Autopilot lege ich eine Hand auf ihren Kopf und bringe sie so in eine bequeme Position.

Mit einem Seufzen entspannt sich die kleine Sub.

„Braves Mädchen", murmle ich. Die Worte liegen direkt auf meiner Zungenspitze. Ich habe genug Sessions im Club beobachtet, um zu wissen, was ich sagen muss, aber ich sprach sie einfach so, ohne nachzudenken. Ihre Atmung verlangsamt sich, ihr Mund erschlafft. Ihre Augen sind nach wie vor geschlossen, weshalb ich den genauen Moment, in dem sie einschläft, nicht erkennen kann.

Ich weiß nur, dass ich in einer Villa stehe, in die ich eingebrochen bin, das Haustier eines Vampirs in meinen Armen halte und ich nicht loslassen kann. Zum ersten Mal seit langer Zeit hat mein Bär jemanden zum Festhalten gefunden.

Jordy

DAS GROLLEN unter meinen Ohren erfüllt meine Welt. Kühle Luft trifft auf mein Gesicht und dann werde ich auf einen Sitz gesetzt und angeschnallt. Zwei Türen knallen, eine nach der anderen, und eine große Präsenz nimmt den Raum neben mir ein.

Ich sage das erste Wort, das mir normalerweise über die Lippen kommt. „Master?"

„Ich bin nicht dein Master", knurrt die Stimme und meine Augen fliegen auf.

Ein vernarbtes Gesicht begrüßt mich. Er schaut mich böse an und ich senke den Blick.

„Es tut mir leid."

„Entschuldige dich nicht", blafft er und ich ziehe den Kopf ein. „Nein, fuck, mach das nicht."

Ich spähe zu ihm.

Er reibt sich über die Brust. „Es ist alles okay. Du bist bei mir in Sicherheit." Er legt den Gang des Trucks ein und fährt vom Gehweg.

Meine Finger kriechen nach oben und tasten nach meinem Halsband. Es ist noch immer eng um meine Kehle befestigt. Ich seufze und sinke tiefer in den Beifahrersitz.

Ich tue, was ich am besten kann, und bleibe die ersten Minuten der Fahrt unterwürfig und still. Ich sollte eigentlich panische Angst haben, weil ich das Viertel meines Masters mit einem fremden Gestaltwandler verlasse. Einem riesigen, wütenden Gestaltwandler, der nicht zu knurren aufgehört hat, seit er meinen Käfig geöffnet, mich in seine Arme gehoben und aus dem Haus zum Truck getragen hat.

Die Straße fliegt vorbei, bevor ich den Mut habe, mich zu Wort zu melden. „Bist du okay?"

„Was?" Er sieht verdutzt aus.

Ich werde auf meinem Sitz noch kleiner. „Du knurrst."

Er schneidet eine Grimasse und massiert sich die Brust. „Yeah. Mein Bär mochte nicht, wie du gehalten wurdest."

Ich stimme ihm beinahe laut zu, aber ein Anflug von

Schuldgefühlen hält mich davon ab, Worte gegen meinen Master zu erheben.

„Hat dich mein Master geschickt, um mich zu holen?"

Der große Kerl wendet den Blick ab und ich kenne seine Antwort, bevor er sie mir gibt. „Nein."

Die nächsten Meilen grüble ich darüber nach. Ich bin ziemlich ruhig unter den gegebenen Umständen. Aber andererseits habe ich die Dinge immer so genommen, wie sie kamen. Wenn man eine devote Gestaltwandlerin ist, gibt es nicht viel, dass man sonst tun kann. Die Welt ist groß und schlecht und das Tier in mir versteckt sich gerne.

Jetzt ist sie wach und macht eine Bestandsaufnahme unserer Umgebung mit der üblichen verängstigten Note. Der Truck ist groß und laut, aber riecht nicht wie der große Gestaltwandlerbär neben mir.

„Das ist ein hübscher Truck", sage ich.

„Nicht meiner", grunzt er. Nachdem er die Spur gewechselt hat, verrät er mir mehr. „Ich habe ihn gestohlen. Ich hatte nur mein Motorrad und wollte dich nicht aufwecken."

Ich blicke aus dem Fenster auf die Ausfahrtsschilder, die vorbeiziehen. „Wohin bringst du mich?"

„An einen sicheren Ort."

Sicher. Das magische Wort. Meine Füchsin entspannt sich. Sie zieht sich nicht zurück, aber ich bin erfüllt von der glücklichen Benommenheit, die ich selten verspüre und immer suche. Meine Füchsin ist normalerweise stets so sehr auf der Hut vor Raubtieren, dass es kontrollierten Schmerz braucht, um sie zum Verstummen zu bringen, damit ich schlafen kann. Sogar im Subspace beobachtet und wartet sie schweigend, erfüllt von Enttäuschung über einen Master, der einfach nicht in Erscheinung treten will. Einen guten Master. Jemand, der uns beschützen und behüten wird.

Die Sonne klettert gerade über die Berge, was bedeutet, dass morgen ist.

„Wie lange habe ich geschlafen?"

„Fuck, wenn ich das wüsste." Er klingt wütend, aber meine Füchsin hat sich auf das laute Grollen in seiner Brust eingestellt und weiß, dass die Wut nicht auf sie gerichtet ist. „Ich kam dort an und du warst allein. Warum zum Geier ließ dich dein Master nach einer Session allein? Nicht nur allein, sondern in einem beschissenen Käfig?"

„Meine Füchsin kommt nicht immer so gut damit zurecht, wenn ich schlafe. Sie hat Angst." Ich nenne sie Angstfüchsin.

„Du gehörst nicht in einen beschissenen Käfig", sagt der Mann, dessen Stimme sich mit der seines Bären zu einem beinahe unverständlichen Knurren vermischt.

Ich neige meinen Kopf und das Grollen in seiner Brust verebbt.

„Ich wollte dir keine Angst machen", brummelt er. Er wirft mir einen schnellen Blick zu. Seine Augen sind eine Mischung aus Braun und Gold, da sein Bär seine Anwesenheit kundtut.

„Du machst mir keine Angst", versichere ich ihm. Mein Herz ist leicht und frei, als ich realisiere, dass es stimmt.

„Hier." Der Bär reicht mir eine Wasserflasche. „Du musst etwas trinken."

Ich erkenne die Flasche als eine von Augustines edlen importierten Wasserflaschen. Mein Vampirmaster würde so etwas Edles nicht an mich verschwenden. Ich weiß nicht, ob ich das dem Bären sagen kann.

Mit einem Grunzen drückt mir der Bär das Wasser in die Hände und ich protestiere nicht. Ich bin am Verdursten. Das Wasser ist kühl, fast schon süß und ich leere die gesamte Flasche.

„Er hätte dich nicht allein lassen sollen", schimpft der

große Mann. Ich nage an meiner Lippe und mustere ihn aus meinem Augenwinkel, damit er es nicht bemerkt. Er ist ein großer Mann mit einem ramponierten Gesicht und Narben, wie ich sie noch nie zuvor an einem Gestaltwandler gesehen habe. Sein Geruch ist groß und befehlend – ein Zeichen dafür, dass sein Bär nah an der Oberfläche und super dominant ist.

Trotz der Anspannung in seinem riesigen Körper riecht er... sicher. Meine Füchsin lehnt sich in diesen Geruch und genießt ihn. Entweder ist sie ahnungslos oder sie sieht in ihm jemanden, der uns beschützen wird. Ich hoffe wirklich, wirklich sehr, dass es letzteres ist.

„Hast du mich deswegen mitgenommen?", wage ich mich vor. „Weil ich in dem Käfig war?"

Er starrt die Straße finster an. Gelbe Augen, in denen sein Bär leuchtet. „Ich bringe dich an einen Ort, wo du dich waschen und heilen und ausruhen kannst."

Ich schlucke. Es war also nicht genehmigt. Augustine wird nicht erfreut sein. Ich werde von Glück sprechen können, wenn er mir nicht die Schuld gibt oder sein Missfallen an meinem Hintern auslässt.

Mein Entführer bedenkt mich mit einem scharfen Blick, als kenne er meine Gedanken. „Kennst du Frangelico?"

„Ja", flüstere ich und schrumpfe bei dem Namen des Vampirkönigs auf meinem Sitz.

„Ich arbeite mit ihm. Er will, dass ich deinem Master auf den Zahn fühle."

Das beruhigt mich kein bisschen, aber ich weiß es besser, als mich nach den Angelegenheiten der Vampire zu erkundigen. „Meinst du nicht *für ihn*? Du arbeitest *für* den Vampirkönig?"

„Das habe ich doch gesagt."

„Du hast *mit* gesagt." Womit er angedeutet hat, dass sie einander ebenbürtig seien.

„*Für, mit*, was für einen Unterschied macht das schon?"
Er zuckt mit den Achseln. Ich sollte vor Angst von Sinnen
sein, weil ich ihn verärgert habe, aber stattdessen will ich
kichern. Ich ziehe den Kopf ein, um mein Grinsen hinter dem
dünnen Schleier meiner Haare zu verbergen.

Falls er meine Belustigung bemerkt, so verkneift er sich
einen Kommentar dazu. Stattdessen streichelt er mit einer
großen Hand über meine Haare. Ich erstarre und erlaube ihm,
mich zu streicheln.

„Rotschopf", sagt er.

„Was?" Ich stelle Dominante nie infrage, aber ich kann
einfach nicht anders. Sein Tonfall war tief und knurrig mit
einem Hauch von etwas mehr. Ehrfurcht. Oder Sehnsucht.

Er erklärt den ‚Rotschopf'-Kommentar nicht. Stattdessen
sagt er: „Ich habe dich gestern Abend beobachtet."

„Oh." Ich gehe meine Erinnerung an die Ereignisse des
Vorabends durch. Meine Füchsin übermittelt mir hilfreich,
was sie bemerkte – eine dunkle, braun goldene Gestalt gerade
außerhalb des Scheinwerferlichtes, die in den Schatten
wartete. Eine große, starke Präsenz. Sicherheit. „Ich erinnere
mich an dich. Oder zumindest meine Füchsin tut es. Sie mag
dich."

Etwas in seinen Schultern entspannt sich. „Gut. Ich bin
froh."

Ich will fragen, wohin wir fahren, aber stattdessen
gähne ich.

„Schlaf, Fähchen", sagt er. Ich liebe es, dass er die
Bezeichnung für eine weibliche Füchsin verniedlicht hat. Das
gibt mir das Gefühl, bemuttert zu werden. Beschützt. Es liegt
eine dominante Note in seiner Stimme, der ich mich unmöglich widersetzen kann, selbst wenn ich es wollte.

„Okay." Ich kuschle mich in den Sitz. Das Letzte, das ich
sehe, ist seine große Hand, die überprüft, ob die Heizung an

ist und die Luft in meine Richtung gepustet wird. Anschließend sinkt sie, um die Decke fester um mich zu ziehen.

„Dankeschön", murmle ich. „Fühlt sich schön an."

Sein Bär grollt erneut. *Schlaf*, sagt er. *Ich werde mich um
dich kümmern. Entspann dich einfach und lass los.*

Also tue ich das.

∼

GRIZZ

DUMM. So verdammt dumm.

Es ist nicht mein Geschäft, Verpflichtungen zu sammeln.
Ich bin ein Jäger. Ich lernte meine Lektionen jung. Ein Jäger
hinterlässt nie Spuren. Nicht, wenn er ein Raubtier jagt, und
ich jage die gefährlichsten Raubtiere, die existieren.

Aber in der Sekunde, in der sie sich aus dem Käfig in
meine Arme schleppte, wurde sie zu wichtig, um sie zurück-
zulassen.

Außerdem ist sie meine beste Verbindung zu Augustine.
Zumindest rede ich mir das ein, denn wie zum Geier soll ich
einen Vampir jagen, wenn ich auf seinen Haustierfuchs
aufpassen muss? Ich habe keine Ahnung. Ich dachte nicht
nach, als ich sie aus dem Heim des Vampirs stahl. Zumindest
nicht mit meinem Kopf.

Die Decke rutscht von ihrer Schulter und ich kann mich
nicht konzentrieren. Ich frage mich, wie sich diese cremefar-
bene Haut unter meinen Lippen anfühlen würde. Ich wette,
sie ist verdammt weich. Ich streiche mit der Rückseite meiner
Fingerknöchel darüber.

Fuck – sie ist kühl! Ich ziehe die Decke wieder über sie.
Die Heizung bullert auf der höchsten Stufe im Führerhaus des

Trucks, aber der Körper der armen Frau ist klein und zerbrechlich. Verdammter Vampir hat sie einfach so eingesperrt. Sie ist zu zerbrechlich, um mit so einer Art der Vernachlässigung klarzukommen. Zu bleich, zu dünn.

Während ich an der Decke herumfummle wie ein Mädchen mit seiner Puppe, kommt der Truck von der Spur ab und auf die eines Sattelzugs. Der Fahrer hupt und ich unterdrücke ein Brüllen. Weck mein Dornröschen nicht auf. Stattdessen starre ich den Fahrer finster mit meinen irren Bärenaugen an.

Beim Schicksal, das Fähchen ist nicht einmal wach und der Bär kämpft darum, sie zu beschützen. Mach nur weiter so und sie wird denken, ich bin ihr Ritter in der schimmernden Rüstung. Das wäre ein Fehler. Ich bin niemandes Held.

Ich bin unruhig, bis ich auf meine versteckte Auffahrt biege. Meine Höhle befindet sich an der Seite des Berges. Es ist nichts Schickes, sondern eines dieser atombunkerartigen Teile. Nur auf der Seite, die aus der Bergflanke ragt, gibt es ein paar Fenster. Ich schlafe nicht an einem offenen, ungeschützten Ort. Zu gefährlich. Ich lernte das vor ein paar Jagden auf die harte Tour.

Als ich die Trucktür vorsichtig öffne, regt sich meine kleine Füchsin nicht. Der Weg zum Haus ist mit so einem leichten Bündel kein Problem. Ich bringe sie in meinem Schlafzimmer unter und mein Bär entspannt sich endlich, weil er sie in der dunklen, warmen Höhle meines Bettes schlafen sieht. Sie krümmt sich zusammen, als wäre sie in Tiergestalt, ihre kleinen Fäuste ruhen an ihren Lippen. Sie schlief nicht so fest, als ich ihren Käfig öffnete, aber dann erinnere ich mich – ich gab ihr einen Befehl. Einen dominanten Schubs, ohne es beabsichtig zu haben. Ich bin so daran gewöhnt, der größte, taffste Alpha unter anderen dominanten Raubtieren zu sein, dass ich vergaß, meine Macht zu zügeln. Sie nahm sich meinen Befehl zu Herzen, wie es eine gute kleine Sub eben tut.

Was wird sie brauchen, wenn sie aufwacht?

Ich gehe zurück in die Küche. Bei meinem letzten Lebensmitteleinkauf besorgte ich ein paar Flaschen Orangensaft. Vermutlich versuchte ich da, normal auszusehen, indem ich einige Grundnahrungsmittel in meinen Einkaufswagen voller Fleisch legte. Ich trinke das Zeug eigentlich nicht.

Einige Minuten später wartet ein Glas Orangensaft auf dem Nachttisch auf den Moment, wenn mein Gast aufwacht. Ich drehe zwei der drei Glühbirnen aus meiner Nachttischlampe und schalte sie an, eine Art provisorisches Nachtlicht. Für den Fall, dass sie aufwacht und Angst bekommt.

Ich stehe am Fuß des Bettes und beobachte sie beim Schlafen, wobei ich kaum zu atmen wage. Ihre roten Haare sind auf dem Kissen ausgebreitet, ihre kupferfarbenen Wimpern ruhen auf ihrer Porzellanhaut. Die hübsche Füchsin sieht gut in meinem Bett aus. Es fühlt sich richtig an.

Ihre kleine Nase rümpft sich. Ein Zeh zuckt, womit er die Decke verschiebt. Sofort stecke ich die Decke um sie herum fest.

Fuck. Ich bin so was von am Arsch.

Ich eile aus dem Raum, bevor ich noch eine halbe Stunde damit verbringe, neben ihr zu sitzen und ihr beim Schlafen zuzuschauen. Ich wusste, mein Bär würde sich eines Tages in eine Frau verlieben. Hätte nie gedacht, dass es so schlimm sein würde.

Wieder in der Küche ziehe ich ein paar Packungen Fleisch aus der Kühltruhe, damit sie zum Frühstück fertig sind. Oder so wie sie schläft, zum Mittagessen. Kein Problem, es tut mir gut, sie so schlafen zu sehen.

Ich könnte selbst etwas Schlaf gebrauchen. In einer Minute werde ich wieder dort reinschleichen und mich ihr anschließen. Zuerst muss ich jedoch ein paar ungeklärte Probleme lösen. Ich ziehe mein Wegwerfhandy heraus und wähle eine Nummer, die ich auswendig kann.

„Meine Fresse, Grizz, es is vor sieben Uhr morgens." In dem aufgeweckten irischen Akzent schwingt eine mörderische Note mit.

Ich werfe einen Blick auf die Uhr. „Sieben ist nicht so früh."

„Wenn de erst vor drei Stunden ins Bett bist, schon. Wir hattn gestern nen Kampf. Nix the Kid gegen diesen großen, brutalen Gorilla-Typen. Nicht so gut wie du, aber trotzdem, ging zwölf Runden –"

Ich räuspere mich als Signal, dass ich ihn unterbrechen werde. Declan wird Ewigkeiten so weiterreden, wenn er aufgebracht ist, und sein Akzent wird so stark, dass ich ihn ohnehin nicht verstehen kann. „Hab einen Job für dich."

„Was bin ich, ein Handwerker?"

„Dann eben einen Gefallen."

Der Ire seufzt. „In Ordnung." Er schuldet mir mehr als ein paar Gefallen.

„Ich bin heute Morgen einem Auftrag nachgegangen und ich musste mein Bike verstecken und einen Truck ‚leihen'. Du musst mein Bike für mich abholen und dich mit mir treffen."

„Lass mich raten, wir werden im Austausch den Truck nehmen, während er noch heiß ist."

„Ich werde neue Nummernschilder anbringen. Du kannst sie abmachen, bevor du ihn für die Cops zurücklässt."

„Ich weiß, ich weiß, ich mach das nicht zum ersten Mal. Na schön. Wie bald muss es gemacht werden?"

Noch ein Blick auf die Uhr, um die Schlafenszeit, Aufwachzeit und Zubereitung des Frühstücks zu kalkulieren. „16:30 Uhr. Kampfklub."

Declan atmet scharf ein. „Ist das weise? Es heißt, dass dich die Wölfe als ihren Feind betrachten."

Die Wölfe. Früher oder später werde ich mich mit ihnen befassen müssen. „Das bin ich nicht. Außer einer von ihnen macht mich zu einem. Und das wollen sie nicht." Trey würde das vielleicht wollen, aber sein Alpha Garrett ist klüger.

„Es heißt auch, dass du für die Vampire arbeitest. Nicht nur irgendeinen Vampir. Den König der Vampire."

Ich knurre zur Antwort. Ich mag es nicht, wenn Leute über meine Angelegenheiten Bescheid wissen.

„Stimmt es? Du bist beim König angestellt?"

„Der König und ich haben eine Vereinbarung", informiere ich ihn. Ich weiß nicht warum – ich bin ihm keine Rechenschaft schuldig. Aber ich brauche Declan als Verbündeten.

„Den Wölfen gefällt das nicht", belehrt mich Declan über Vampir/Gestaltwandler-Beziehungen. „Der Waffenstillstand ist noch neu, aber einige der Gestaltwandler ham das Gefühl, du hättest deine Seite gewählt. Und jedem auf der Seite der Vampire ist nicht zu trauen –"

„Wirst du dich beim Kampfklub mit mir treffen oder nicht?"

Stille.

„Declan…"

„Klar, klar. Wir sehn uns dann. Bleib locker."

Ich knurre abermals und lege auf. Gehe zur Tür, um abzuschließen und mein Sicherheitssystem zu überprüfen. Vampire jagen untertags nicht, aber sie haben Geld und Geld kauft einem Lakaien. Als ich zufrieden damit bin, dass alles verriegelt und versperrt ist, gehe ich zurück zum Bett. Es scheint ein geschäftiger Tag zu werden, selbst wenn ich mich nicht um meinen Schützling kümmern müsste. Der Gedanke an sie lässt mich weich werden und ich laufe leiser, damit ich sie nicht aufwecke. Ich werde sie nicht anfassen, mich nur neben sie legen.

Aber als ich zu meinem Schlafzimmer gelange, liegen die Decken auf dem Boden. Das Glas Orangensaft ist leer, so leer wie mein Bett. Meine Füchsin ist fort.

KAPITEL 3

 ordy

ICH KAUERE hinter dem blauen Truck und halte die Luft an. Als ich aufwachte, war ich so desorientiert. Ich dachte, ich wäre aus meinem Käfig gekrabbelt und hätte mich auf das Bett im Haus meines Masters gelegt. Ich war auf und schoss zwischen den Decken hervor, als hätten sie mich verbrannt. Es ist schwer zu sagen, was Augustine tun würde, wenn er mich dabei erwischt, wie ich mir Annehmlichkeiten herausnehme, die er nicht abgesegnet hat. Er ist nicht schlecht was Masters angeht, aber er hat definitiv gerne die komplette Kontrolle.

Der große Mann jedoch, der mich wegholte... ich weiß nicht, was er will. Er war dort im Club. Und später in dem Haus näherten sich seine Schritte langsam, während ich in dem Käfig zitterte. Die Hitze seiner Wut wusch über mich hinweg und meine Füchsin reagierte in völligem Gegensatz zu ihren üblichen Instinkten, wenn sie sich einem anderen wütenden Dominaten gegenüber widerfindet. Devot, nicht verängstigt, sondern frei und locker, als wäre sein Ärger eine warme Höhle, in der ich mich zusammenrollen und verstecken könnte.

Dann wachte ich buchstäblich in seiner Höhle auf. Master Augustine verleiht mich, teilt mich und verschickt mich als Geschenk, damit ich bei jemandem, den er belohnen möchte, über Nacht bleibe – doch all diese Male waren es Vampire. Sogar das eine Mal, als –

Denk nicht daran.

Master Augustine hat mich noch nie zuvor einem Gestaltwandler geliehen. Soweit ich weiß, verabscheut er Gestaltwandler, obwohl er einen als Sub besitzt. Ich sollte nicht hier sein. Je länger ich bleibe, desto wütender wird mein Master sein. Ich muss gehen, ganz gleich, welch gute Gefühle der Bär in mir hervorruft.

Ich mache mir jetzt nicht nur Sorgen über die Bestrafung, die ich durch die Hände meines Masters erhalten werde. Augustine ist zu fürchten, vor allem wenn er glaubt, er wurde verraten.

Und dann ist da noch die Sache, die der große Bär eine Sekunde, bevor ich mich an ihm vorbeistahl, am Telefon sagte: *Der König und ich haben eine Vereinbarung.* Das sollte Grund genug zum Gehen sein. Kein Gestaltwandler macht Geschäfte mit einem Vampir und gewinnt, aber dieser Kerl klingt, als wäre er einen Handel mit einem eingegangen. Wenn es jemals ein Zeichen gegeben hatte, dass ich Reißaus nehmen sollte, dann war es das. Ich kann mich nicht in Vampirrevierkämpfe ziehen lassen. Meinem Master wird das nicht gefallen. Ich muss zu ihm zurückkehren und ihm erklären, was passiert ist. Ich weiß nicht einmal, was genau passiert ist, aber vielleicht kann ich mir auf dem Weg zurück zu ihm etwas überlegen.

Ich spähe über die Ladefläche des Trucks zurück zum Haus. Es sieht wie eine lange Schachtel aus, eine Hälfte steckt im Berg und ist dunkel wie ein Keller, die andere Hälfte – die Küche und das große Wohnzimmer – ragen aus den roten Felsen heraus. Große Panoramafenster und eine atemberaubende Aussicht. Licht, jede Menge davon. Ich bemerkte das, als ich ging. Ich dachte mir sogar, dass ich nichts dagegen hätte, das Haus als Höhle zu beanspruchen.

Meine Füchsin schindet Zeit.

Ich muss nur über die lange Einfahrt wegrennen, doch das wäre auch die offensichtlichste Fluchtroute.

Vielleicht kann ich den Berg hinabklettern. Ich gehe zur Kante und lasse den Blick über all die roten Steine schweifen. Meine Füchsin würde mit diesen vermutlich nahtlos verschmelzen.

Ich mache einen Schritt nach vorne und eine große Hand packt mich im Genick.

„Hab ich dich", knurrt der Bär. Er bewegt sich leise für so einen großen Kerl.

Mein Körper zuckt einmal und meine Füße treten nutzlos um sich. Der große Mann dreht mich zu sich herum, presst mich an seinen harten Körper und ich erschlaffe. Jeglicher Kampfgeist verlässt mich. Mir wurde Gehorsam so stark einprogrammiert, dass ich kaum weiß, wie ich Widerstand leisten kann. Aber um ganz ehrlich zu sein, bin ich auch erleichtert, dass ich eingefangen wurde. Ich wäre lieber die Sklavin dieses Grizzlybären als die des kalten, strafenden Augustine. Nicht, dass ich denke, dass er mich zu seiner Sklavin machen wird. Dafür steckt viel zu viel Freundlichkeit in ihm. Er glaubt, dass er mich beschützt und mir hilft. Er weiß nur nicht, wie grausam Augustine sein kann. Was er tun wird, wenn er mich wieder in die Finger kriegt.

„Das ist richtig", grollt seine tiefe, köstliche Stimme in meinen Ohren. „Keine Flucht. Nicht vor mir."

Er wirft mich über seine Schulter und ich bleibe schlaff. Meine Arme hängen nach unten, während er von dem Rand des Aussichtspunktes wegläuft. Ich bin auf Augenhöhe mit seinem Hinterteil und Junge, es ist ein wirklich ansehnliches. Ich sollte meinen Entführer vermutlich nicht abchecken, aber seine Kehrseite und Schenkel füllen seine zerrissenen Jeans perfekt aus.

Er trägt mich über den Parkplatz, an seinem großen, glänzenden Truck vorbei und ins Haus. „Es hat keinen Zweck, mir zu entkommen zu versuchen. Du wirst eine Weile bei mir sein."

Okay, vielleicht bin ich jetzt seine Sklavin. Und das sollte mich nicht so fürchterlich begeistern.

Ich warte darauf, dass er mich auf den Boden stellt und bestraft, aber er tut es nicht. Stattdessen trampelt er durch den Flur und stoppt einen Augenblick. Ein Poltern und seine Stiefel knallen auf den Boden. Er hat sich die Zeit genommen, sie auszuziehen. Anschließend marschiert er zu dem Zimmer, in dem ich aufwachte, und legt mich auf das Bett.

Er verschwindet einen Moment und ich liege derweil dort und blinzle zu der niedrigen Decke hoch. Ich realisiere, dass ich mit meinem Halsband spiele, und senke meine Hand.

Einige Minuten vergehen und dann kehrt er zurück, wobei er die Tür schließt, um uns in einen warmen, dunklen Kokon zu sperren. Automatisch neigt sich mein Kopf nach hinten und ich zeige meine Kehle, erkenne ihn als dominant an. Es ist immer eine nervenaufreibende Erfahrung, meine Kehle einem Spitzenprädator zu entblößen, aber ich muss es tun. Instinkt ist ein Miststück. Mit etwas Glück wird ihn das beschwichtigen. In einer perfekten Welt ist die Demutsgeste ein Ausdruck des höchsten Vertrauens. Ich entblöße meinen Hals, das ultimative Zeichen von Vertrauen. Biete ihm mein Leben an, falls er es nehmen möchte. Ich sollte größere Angst haben, als ich empfinde, aber irgendetwas an ihm beruhigt meine Füchsin. In einer perfekten Welt beschützt ein Dominanter die Schwachen. Vielleicht wird mich dieser beschützen.

Ein Zischen, als er einatmet, und starke Finger legen sich um mein Kinn. „Was ist das?" Ein rauer Daumen zeichnet meinen zitternden Puls nach. Sein Zorn vibriert durch mich, aber irgendwie weiß meine Füchsin, dass er nicht auf mich gerichtet ist. Ich liege unterwürfig in seinem Griff, gehorsam, als er mein Gesicht anhebt, damit ich in seine glühenden Augen blicke. Er steht kurz davor, sich zu verwandeln.

Ich lege meine Hand an meinen Hals. Sowie meine Finger die Narbe berühren, die an meinem Hals nach oben und unter das weiße Leder verläuft, erinnere ich mich. „Das ist nichts", erzähle ich ihm. „Ein Biss."

„Das ist kein Biss", knurrt der Bär. „Er hat verdammt noch mal an dir genagt."

Ich kann nur nicken. Mein Vampirmaster nährt sich normalerweise sauber von der Arterie, aber in jener Nacht wollte er mich bestrafen.

Raue Finger machen sich an dem Lederstreifen zu schaffen. Ich realisiere, dass er versucht, das Halsband zu lösen, und gerate in Panik, woraufhin ich sein Handgelenk packe. Er knurrt und ich lege mich wieder flach hin, schließe die Augen und presse meine Hand auf das Bett. Das Leder zieht sich zusammen, während er daran reißt, und als die Schnalle nicht nachgibt, knurrt er erneut. Eine Klaue gleitet über meinen Hals, dicht an meinem schlagenden Puls vorbei, dann ein Ruck und das Halsband fliegt davon. Ich packe die Decke, der Atem entweicht mir schneller.

Dann tut mein Entführer etwas, mit dem ich in einer Million Jahren nicht gerechnet hätte. Beide seine großen Hände legen sich um meinen Kopf und neigen ihn sachte nach hinten, damit er die alte Wunde mustern kann.

„Schhh, immer mit der Ruhe, Fähchen."

Ich atme langsam und lange aus und zwinge mich, mich zu beruhigen.

„So ist's gut. Braves Mädchen."

Als ich meine Augen öffne, studiert er meinen Hals, während seine Hände meinen Kopf umfangen.

„Vernarbt", murmelt er. „Es braucht eine Menge, damit ein Gestaltwandler Narben bekommt. Es gibt nur einen Weg, das mit Sicherheit zu erreichen."

Ich nicke. Ich weiß, wie Gestaltwandler Narben erhalten. Die Male an meinem Hals sind wie ein Brandzeichen, das meine Schwäche signalisiert. Sie erzählen jedem Gestalt-wandler, der die Zeichen kennt, dass ich Vampirfutter bin. Ich bin vernarbt wie ein Mensch.

Ich schließe meine brennenden Augen. Ich habe es so satt, das Opfer zu sein.

„Hey." Sein Daumen streichelt mein Kinn. „Es ist okay. Die Narben sind nicht so schlimm. Ich habe sie zuvor gar nicht bemerkt."

Mein Gesicht verzieht sich noch mehr und er zieht mich eng an sich, während er barsch sagt: „Ich wollte dir nicht wehtun." Seine Stimme ist kratzig, aber seine Arme um mich sind zärtlich. „Jetzt", er schiebt mich zwei Zentimeter von sich, sodass ich sein Gesicht sehen kann, „werden wir uns hinlegen und schlafen. Es war eine lange Nacht und du brauchst es. Kein Wegrennen mehr."

Ich beiße auf meine Lippe. Dem kann ich nicht zustimmen.

Ein lawinenartiges Grollen dringt aus seiner steinharten Brust. „Wenn du wegläufst, wird mir das nicht gefallen. Es wird Konsequenzen nach sich ziehen. Verstanden?" Seine dicken Finger drücken meinen Hals, sie würgen mich nicht, aber es ist fest genug, dass mein Rückgrat erschlafft und meine Unterwerfung signalisiert.

„Ja", antworte ich. „Ich verstehe." Ich verstehe Konsequenzen wirklich gut. Ich wuchs in einer Sippe verrückter, paranoider, ingezüchteter Fuchsgestaltwandler auf. Die Sorte, die ihre eigenen Familienmitglieder an Sklavenhändler verkauft, weil es zu viele Münder zu stopfen gibt.

Ich warte, aber er bewegt sich nicht, ändert seinen Griff nicht. Ich fange an, zu glauben, dass er mich den ganzen Tag so festhalten wird, als er meinen Hals leicht knetet und meinen Kopf nach hinten neigt, damit ich seinem Blick begegne. Seine Augen sind hell, sein Bär ist noch immer nah an der Oberfläche, aber er sieht ruhig und nachdenklich aus. Die rauen Stoppeln und gezackte Narbe lassen ihn wild, aber nicht hässlich aussehen.

Das ist der Moment, in dem es mir erst so richtig bewusst wird: er ist vernarbt wie ich.

„Name?", fragt er.

Ich blinzle ihn an, da ich noch über die Narbe grüble. Gestaltwandler bekommen nicht so schnell Narben, wie er sagte. Wie hat er seine erhalten?

„Name, Fähchen. Wie soll ich dich nennen?"

„Mich? Oh. Jordy."

Er grunzt zum Zeichen der Kenntnisnahme und lässt seine Hand fallen. Ich vermisse ihr tröstliches Gewicht sofort. Ich fange seine Hand auf, bevor er sie wegziehen kann. Er erstarrt, als würde meine weiche Berührung ihn zum Gefrieren bringen. Was sehr gut möglich ist, wie ich weiß – meine Hände sind immer kalt. Aber ich bin einem Gestaltwandler, egal welcher Art von Gestaltwandler, in keiner Weise gewachsen, und noch viel weniger einem mit der Größe und Gewicht dieses Bären.

„Wie heißt du?", frage ich. Ein Teil von mir ist schockiert über meine Forschheit. Ein anderer Teil von mir ist zu neugierig, um das Fragen einzustellen, zu erpicht darauf, ihn kennenzulernen, um ihn gehen zu lassen.

„Grizz. Kurz für Grizzly."

Ich lege den Kopf zur Seite. „Das ist dein echter Name?"

„Nope." Er entfernt sich, als wolle er den Punkt unterstreichen, dass ich nicht mehr als seinen Spitznamen kriegen werde. Ich wische mir die Enttäuschung vom Gesicht, während er vom Bett aufsteht.

„Hier." Er ist zurück und hält mir einen Karton Orangensaft vor die Nase. „Du musst etwas trinken."

Er beobachtet, wie ich die Hälfe des Kartons leere. „Musst du aufs Klo?", fragt er, als ich ihm den Saftkarton zurückgebe.

„Nein."

Er setzt sich und schaltet das Licht aus. In der Dunkelheit springen meine Sinne in höchste Alarmbereitschaft. Grizz ist eine große Gestalt neben mir, warm und golden. Meine Füchsin sieht die Welt durch Gerüche und für sie ist der Grizzly eine sanft leuchtende Sonne. Er riecht tröstlich und vertraut, wie Butterkekse oder Lebkuchen.

Das Bett knarzt, als er sich setzt und ich krabble nach hinten zur Wand. „Was machst du?", quieke ich. Nicht, weil ich Angst vor ihm habe, sondern weil ich aufgeregt bin und mir mein Eifer Angst macht.

„Werde ein Nickerchen halten. Du auch. Wir haben nach

dem hier einen langen Tag vor uns nach einer noch längeren Nacht."

Ich lecke über meine Lippen und denke nach. „Du hältst mich hier fest?"

„Fürs Erste. Kein Umherwandern mehr." Er versetzt mir einen dominanten Schubs mit seinen Worten. „Kein Davonschleichen."

„Was wirst du mit mir tun?"

„Nichts Schlimmes. Schlaf einfach." Seine Stimme sinkt eine Oktave. „Muss ich es dir befehlen?"

Wenn er das tut, werde ich nicht aufwachen und versuchen können, mich davonzustehlen. Bis der Befehl nachlässt, werde ich überhaupt nicht aufstehen können.

„Nein, nein", wehre ich ab. „Ich werde schlafen." Ich vergrabe mich tiefer in den Decken und krümme mich um ein Kissen. Nach einem Augenblick knarzt das Bett erneut, als er das Gleiche tut.

Wir machen es uns beide Seite an Seite, Rücken an Rücken im Bett gemütlich, und auch wenn wir einander nicht berühren, kann ich ihn dicht bei mir spüren.

Ich kneife meine Augen zu und einfach so falle ich in die Dunkelheit meiner Träume. Dort wartet jemand auf mich – eine riesige schwarze Präsenz mit Fangzähnen und Klauen, die nach mir greift und mich aus einem einzelnen glühenden Auge betrachtet.

„Jordy", ruft jemand von weit weg. „Jordy, wach auf."

Ich komme mit einem Keuchen zu mir, meine Gliedmaße schlagen um sich. Jemand hält mich fest, zerquetscht mich beinahe. Ich röchle und der Griff lockert sich.

„Du bist okay", summt Grizz, einen Arm um meine Schultern geschlungen, den anderen um meine Taille. Sein Körper umgibt mich vollständig. Sowie ich das realisiere, erschlaffe ich. Ich kann nicht anders, als ein bisschen zu weinen und mein Gesicht an Grizz' weichem T-Shirt zu reiben. Meine Finger bohren sich in den Stoff und krümmen sich zu Fäusten, während sie auf seiner festen, muskulösen Brust ruhen.

„Es tut mir leid."

Seine großen Arme spannen sich um mich an eine Sekunde, bevor sie sich entspannen. „Es ist okay."

„Ich hatte einen Alptraum", wimmere ich. Ich klinge erbärmlich, selbst für meine Verhältnisse.

„Schh, du bist hier in Sicherheit. Es war nur ein Traum." Schwielige Fingerspitzen streicheln über meine Stirn.

„Das war es aber nicht. Es ist wirklich passiert. Es war eine Erinnerung." Die auf mich wartete. Als wüsste mein Körper, dass ich in Sicherheit war, weshalb mein Gehirn mir sogleich die Erinnerung an jene Nacht servierte und meinem Bewusstsein lieferte, damit ich sie verarbeiten konnte.

„Es ist okay, Fähchen." Er streichelt weiterhin mein Gesicht sowie meine Haare und ich schließe die Augen vor der köstlichen Empfindung. „Niemand kann dich hier erreichen."

„Was ist mit –"

„Vampiren?", antwortet er für mich und verlagert mich so in seinen Armen, dass mein Kopf unter seinem Kinn ruht. „Sie können hier nicht rein. Das hier ist meine Höhle. Sie bräuchten eine Einladung."

Ich erschaudere. „Sie können andere Kräfte hereinschicken."

Ich spüre sein Grinsen, als er seinen Kiefer an meinem Kopf bewegt. „Sie können es ja versuchen. Jeden, der diesen Ort findet und betritt, werde ich fressen."

Ein Kichern entschlüpft mir und ich unterbreche es, weil ich mir nicht sicher bin, ob er mich zum Lachen bringen wollte. Sein Glucksen hallt um mich herum von den Wänden und ich entspanne mich wieder, während sich ein Lächeln tief in mir entfaltet. Seine gelöste Stimmung verleiht mir den Mut, zu fragen, worüber ich schon grüble, seit ich hierherkam.

„Warum hast du mich hierhergebracht?"

Anstatt mir zu antworten, passt er seinen Griff um mich erneut an. Dieses Mal tut er es, damit er meinen Rücken streicheln kann.

„Er war nicht abgeschlossen", sagt er nach einer Weile ruppig.

„Was?"

„Der Käfig war nicht abgeschlossen. Du hast mir erzählt, dein Master hat dich dort reingesteckt, aber der Käfig war nicht abgeschlossen."

„Oh", ist das Einzige, das mir zu sagen einfällt.

„Du hättest jederzeit gehen können, aber du hast es nicht getan. Warum?"

„Um meinen Master zufriedenzustellen."

„Er ist ein beschissener Master."

„Er hat mich gerettet. Er sorgt für mich und beschützt mich." Ich schlucke alles andere, das ich sagen würde. Augustine ist nicht perfekt, aber er hat all seine Versprechen eingelöst. Mehr kann ich nicht verlangen. Ich schulde ihm meine Loyalität und mein Leben.

„Er hat dich verliehen, dich geschlagen, sich von dir genährt. Dann hat er dich in einen Käfig geworfen."

„Der Käfig ist mein Zuhause."

Er seufzt, als verstünde er das, aber würde sich wünschen, er täte es nicht. „Wirst du ohne ihn zurechtkommen?"

„Ich werde brav sein", verspreche ich flüsternd.

„Das ist nicht das, was ich meinte. Braucht deine Füchsin den Käfig, um sich sicher zu fühlen?"

„Nein." Ich lecke über meine Lippen, weil ich ihm

erklären möchte, dass ich mich bei ihm bereits sicher fühle. „Der Käfig... er war mehr für meinen Master da. Mein Master weiß nicht, wie er mit meiner Füchsin umgehen soll. Einmal hat sie ihn gebissen."

„Dein Master, Augustine. Ein Vampir." Sein Tonfall ist trocken.

„Richtig."

„Er sollte in der Lage sein, damit klarzukommen. In jedem Fall, wie du mir, so ich dir." Den letzten Teil murmelt er nur.

„Was?"

„Ich meine, *er* beißt *dich*." Der große Kerl streichelt über die Narbe an meinem Hals. „Vielleicht mag das deine Füchsin nicht. Vielleicht dachte sie, sie würde es ihm einmal mit gleicher Münze vergelten."

Ich kichere, auch wenn es nicht witzig ist. Mein Master war so wütend, als sich meine Füchsin danebenbenommen hat. Er ließ mich eine Woche lang nicht aus dem Käfig.

Als ich das erkläre, wird das Gesicht des großen Mannes düster. Furchterregend düster. Meine Füchsin hebt fasziniert den Kopf. Ich bin klüger. Ich bleibe ruhig sitzen.

„Vielleicht brauchst du einen neuen Master."

Ja, will ich zustimmen, aber ich tue es nicht. Ich fühle mich bereits schuldig, weil ich Augustine so verrate.

„Du musst schlafen." Er legt uns wieder auf das Bett, meinen Rücken an seine Vorderseite gedrückt. Er nimmt sich die Zeit, mir die Haare aus dem Gesicht und vom Hals zu heben, sodass meine Haut direkt auf der glatten Oberfläche des Kissens ruht. Ich halte die gesamte Zeit die Luft an und warte darauf, dass er von mir abrückt.

„Wirst du..." Ich stoppe meine Frage augenblicklich. Ich soll doch eigentlich um nichts bitten. Ich bin so entspannt in Grizz' Gegenwart, dass ich die Regeln vergessen habe.

Aber er knurrt: „Werde ich was?"

„Wirst du mich halten?" Ich kann mich kaum hören, aber er hört mich sehr wohl.

„Klar, Fähchen. Kein Problem. Schlaf jetzt." Es ist kein Befehl, aber ich schlafe trotzdem sofort ein.

 *rizz*

ICH STEHE KURZ nach ein Uhr mittags auf, schließe die Tür zum Schlafzimmer leise und knurre das helle Licht an. Ich hätte stundenlang im Bett bleiben und Jordy in den Armen halten können, aber wir haben eine Menge zu tun, angefangen mit dem Treffen mit Declan und seinen Freunden beim Kampfklub. Es sind fast zwölf Stunden vergangen und ich bin kein Stück näher an der Lösung des Rätsels, warum Vampire den Friedensvertrag aufs Spiel setzen, um Gestaltwandler zu entführen. Und jetzt habe ich eine Gefangene, eine Komplikation, die ich nicht auf dem Schirm hatte.

Augustine wird einen Tobsuchtsanfall kriegen, wenn er bemerkt, dass sie fort ist. Sie mag ihm nicht sonderlich wichtig sein, aber Vampiren gefällt es nicht, wenn andere Leute ohne ihre Erlaubnis mit ihren Spielzeugen spielen. Das ist so ein Kontrollding.

Augustine kann mich mal an meinem Werbärenarsch lecken. Dennoch besteht kein Grund dazu, dass er es jemals erfahren muss, wenn es nicht unbedingt notwendig ist. Als ich sie mitnahm, redete ich mir ein, dass ich sie zurückbringen würde, sowie ich die Informationen erhalten habe, die ich brauche. Sie ist meine einzige Spur, die einzige Gestaltwandlerin, die ich kenne, die einem Vampir dient.

Dass mein Herz einen Purzelbaum schlägt, als ich sie in der Küchentür stehen sehe, mit schläfrigen Augen und in nichts außer einem meiner Flanellhemden, hat rein gar nichts damit zu tun, dass ich sie hierbehalte. Sie ist Teil des Jobs, mehr nicht.

Ich kann nicht beschreiben, wie sehr mir ihr Anblick in meinem Hemd und dem Paar Socken, das ich für sie rausgelegt habe, gefällt. Mein Schwanz ist so hart, dass er kurz davorsteht, in zwei Hälften zu zerbrechen.

Ich drehe mich wieder zur Arbeitsplatte, um das zu verbergen. Es macht keinen Sinn, ihr unnötig Angst einzujagen.

„Setz dich", weise ich sie an, als sie zögert und in das helle Licht blinzelt. Ich gebe das Fleisch, das ich gekocht habe, auf Teller, zuversichtlich, dass sie gehorchen wird. „Hast du gut geschlafen?"

„Ja, Sir", antwortet sie sanft. Ich habe schon unzählige Male gehört, wie Subs ihre Doms ‚Sir' nannten, aber das Wort hat noch nie zuvor dafür gesorgt, dass sich mein Schwanz regte, wie er es jetzt tut, da das Wort über Jordys Lippen kommt. Beim Schicksal, was hat das zu bedeuten?

Ich drehe mich, bereit, ihr zu sagen, dass sie mich einfach *Grizz* nennen soll, aber sie sieht so klein aus, so herzerweichend zerbrechlich, während sie mit baumelnden Beinen an meinem Küchentisch sitzt, dass ich es nicht übers Herz bringe, sie zu korrigieren. Na und? Dann nennt sie mich eben

Sir. Vielleicht fühlt sie sich damit wohler. Ich kann meine Behaglichkeit opfern, um sie glücklich zu machen.

Die Tatsache, dass ich hoffe, dass sie es noch einmal sagen wird, bedeutet nichts. Aus irgendeinem Grund steht mein Bär auf sie. Das muss nichts zu bedeuten haben.

Ich widme mich wieder dem Kochen und frage über meine Schulter: „Hattest du noch andere Träume?"

Sie antwortet nicht sofort. Ihre Hand streichelt ihren Hals, wo ihr Halsband früher war, und ihr Blick ist in die Ferne gerichtet.

Ich hebe meine Stimme über das Brutzeln des Specks. „Jordy, hast du mich gehört? Ich fragte, ob du noch mal geträumt hast."

„Ich habe dich gehört."

Ich ziehe eine Braue hoch. Spielt sie Spielchen und versucht, mir zu widerstehen? Das ist das Gegenteil von *Sir.* Ist sie auf eine Bestrafung aus? „Und?"

„Ich hatte sie wieder." Sie hält den Blick auf den Tisch gesenkt. Ihr Widerwillen weckt nur den Wunsch in mir, weiter in sie einzudringen. Ich muss sie ohnehin befragen. Bei allen anderen Zeugen hätte ich das schon längst getan, anstatt sie zu verhätscheln und schlafen zu lassen. Beim Schicksal, sie hat mich völlig aus der Bahn geworfen.

„Waren es schlimme Träume?" So einfach werde ich sie nicht vom Haken lassen.

Ihre Stirn kräuselt sich. „Ja."

„Ging es um Augustine?"

„Nein. Ein anderer Vampir."

„Ein Vampir, an den dich Augustine verliehen hat?"

Sie zuckt mit den Achseln. Keine direkte Antwort, aber ich bedränge sie nicht weiter. Ich stelle den Speck beiseite und mache mich an die Zubereitung von Eiern und Würstchen. Trotz ihres Widerwillens, meine Fragen zu beantworten, ist sie entspannt. Ihre Finger spielen an den Gegenständen auf meinem Tisch herum – ein Stift, ein Stapel alter Werbungen.

Vielleicht muss ich das hier gar nicht auf die harte Tour machen. „Wie bist du überhaupt an Augustine geraten?"

Sie murmelt etwas. Ich lege einen Deckel auf die Bratpfanne, gehe zu ihr und neige ihr Kinn nach oben. „Erzähl es mir."

„Meine Familie hat mich verkauft." Sie schaut mir nicht in die Augen. Ihre Wangen verfärben sich rosa.

Ich schlucke meinen Ärger und gebe sie frei, aber trete nicht weg. „Warum?"

„Zu viele Münder zu stopfen. Meine Sippe wurde zu groß, was es schwieriger machte, sich zu verstecken. Füchse müssen sich verstecken."

Ich grunze verstehend. Beutetiere überleben normalerweise, indem sie sich verstecken.

„Außerdem brach ich die Regeln", erzählt sie nach einem Augenblick.

„Wie?"

„Ich half einer Fremden. Jemandem außerhalb der Sippe, aber einer Blutsverwandten. Sie war auf der Suche nach meinem älteren Bruder und ich gab ihr Informationen, um ihr zu helfen. Aber das hat die Sippe in Gefahr gebracht, weshalb sie, als es eine Chance gab, mich loszuwerden, diese ergriffen haben."

„Das ist so abgefuckt", knurre ich. Ihr Gesicht verzieht sich.

„Wie haben sie dich an Augustine verkauft?"

Sie zuckt mit den Schultern und sieht elendig aus. „Da waren diese Männer mit dunklen Masken. Sie rochen leer, als wäre ihr Geruch weggewischt worden. Dann war da eine Auktion und ich bin bei Augustine gelandet."

Ich sollte mich auf diese Information fokussieren und ihr unbarmherzig weitere Fragen stellen, um so viel über die Gestaltwandler-Sklavenhändler herauszufinden, wie ich kann, aber ich kann nicht. Ich kann mich lediglich auf Jordy konzentrieren. Ihre Schultern sind oben bei ihren Ohren, sie riecht nach Traurigkeit und Scham. Kein Wunder, dass sie keine Fragen über ihre Vergangenheit mag. Sie versucht vermutlich, die schreckliche Art und Weise, wie sie behandelt wurde, zu vergessen und die Erinnerungen verblassen zu lassen. Wenn ich das alles durchgemacht hätte, hätte ich auch Alpträume.

Ich packe ihre Schulter. Ich will sie trösten, aber was soll ich sagen? „Es ist okay." Bin ich es oder lehnt sie sich meiner Hand leicht entgegen, bevor ich sie entferne?

Ich widme mich wieder der Zubereitung des Frühstücks. Wir verfallen in Schweigen, doch Jordy scheint es nicht zu stören. Sie fühlt sich wohl, dort zu sitzen, wo ich ihr gesagt habe, dass sie sich hinsetzen soll, und betrachtet die Dinge auf dem Tisch. Sie nimmt sogar einen Stift in die Hand und beginnt auf den Ecken eines alten Flyers zu kritzeln.

„Warum glaubst du, wollte er dich?"

Nach wie vor mit dem Stift zeichnend, antwortet sie bereitwillig: „Ich bin devot."

„Ja und?"

„Süßblut. So nennen sie uns."

„Ich dachte Süßblüter wären alle Menschen."

„Nein. Es gibt menschliche Subs." Sie hat den Kopf gesenkt, da sie noch immer zeichnet. „Aber Augustine sagt, sie machen Arbeit."

Ich lehne mich nach hinten gegen die Arbeitsplatte, während ich darüber nachdenke. „Menschliche Subs müssen verführt und verhätschelt werden. Und du kannst sie nicht einfach verschwinden lassen. Aber wenn du dir einen Beutegestaltwandler auf einer Auktion kaufst, kannst du mit ihm tun und lassen, was du willst."

„Richtig."

„Du warst ohnehin nicht auf dem Radar, weil du dich mit deiner Sippe verstecktest. Für die Welt existierst du nicht."

Sie wird auf ihrem Stuhl noch kleiner. Der Stift in ihrer Hand erstarrt.

„Jordy." Ich warte, bis ihr Blick zu mir huscht. „Ich frage dich das alles nicht, weil ich es möchte. Es ist Teil meines Jobs."

Eine Pause und sie nickt kurz. Es ist nicht viel, aber es sorgt dafür, dass sich mein Bär besser fühlt.

Jordy

GRIZZ BEUGT sich über den Herd und seine gewaltigen Bizepse wölben sich, als er das zischende Fleisch wendet. Er legt einen Deckel auf die Pfanne und geht zum Kühlschrank, in dem er nach einem weiteren Päckchen sucht, das ebenfalls in Metzgerspapier eingewickelt ist. Für so einen großen Kerl bewegt er sich geschmeidig. Seine kräftige Statur gleitet vom Kühlschrank zum Herd und die kontrollierte Anmut seiner Bewegungen sorgt dafür, dass mir der Atem in der Brust stockt.

Meine Füchsin ist fasziniert von ihm. Ich muss zugeben, dass sie recht hat. Er ist so groß und wild, er gehört auf einen Berg, wo er Bäume fällen sollte. Auf eine Baustelle, wo er mit seinen Händen arbeiten würde. Oder in ein Kriegsgebiet, wo er der Gewalt freien Lauf lassen könnte, die ich in ihm spüre. Ihm beim Kochen in der Küche zuzusehen, ist vergleichbar damit, sich von Godzilla einen Pullover stricken zu lassen. Der Große und Mächtige, der etwas so Banales tut. Jede kleine häusliche Tätigkeit, die er ausführt, ist ein Wunder.

„Was hat Augustine gemacht, als er dich hatte?", erkundigt er sich. Ich konzentriere mich auf meine Hände und den Punkt, wo der Stift das Papier berührt. Die Tinte fließt ohne Weiteres aus diesem heraus und ich zeichne Kreise und Wirbel. Eine blühende Rebe wächst am Rand der verblassten Zeitung.

„Nichts allzu Schlimmes. Er sagte mir, er wäre mein Master. Ich sollte ihm gehorchen. Wenn ich es nicht täte, würde er mich bestrafen. Für meinen Gehorsam wurde ich mit sexueller Wonne belohnt."

Daraufhin knurrt Grizz leise – ich weiß nicht, ob er etwas gegen die Bestrafung oder die Belohnung hat. „Und er hat dich verliehen."

„Yeah. Das hat mir weniger gut gefallen. Die meisten der Doms respektierten seine Grenzen jedoch." Ich erschaudere und umklammere den Stift in meiner linken Hand fester, während sich meine rechte auf meine Brust presst und über die juckende Haut über meinem Herzen reibt. Ich mache einen Satz, als ich registriere, dass mich Grizz beobachtet, die Augen zu Schlitzen verengt. Sein Blickt folgt meiner Hand und ich lasse sie auf meinen Schoß fallen. Ich warte darauf, dass er irgendetwas sagt, aber er nimmt nur einen Teller und belädt ihn für mich, ehe er ihn mit einem eindeutigen Knall abstellt.

„Iss. Du brauchst etwas Fleisch auf deinen Rippen."

Ich starre auf den vollbeladenen Teller und mir läuft das Wasser im Mund zusammen. Ich habe seit Monaten nicht richtig gegessen. Gewiss nicht so viel Essen. Ich habe mir antrainiert, keine schlimmen Dinge über Augustine zu denken

– ansonsten wäre ich niemals in der Lage gewesen, mein Leben in seinem Unterschlupf zu ertragen – aber durch das Zusammensein mit Grizz rücken all die schlimmen Sachen in den Fokus.

„Jordy." Er legt eine Hand in meinen Nacken, als er mit seinem eigenen Teller zurückkehrt. „Iss. Das ist ein Befehl."

Ich schnappe mir meine Gabel und mache mich daran, mir Essen in den Mund zu schaufeln, wobei ich so schnell kaue, wie ich kann. Mein Magen verkrampft sich wegen dem plötzlichen Angriff.

„Whoa, whoa", sagt Grizz, dessen Hand nach wie vor in meinem Genick liegt. „Mach mal langsam."

Sofort lege ich meine Gabel ab und konzentriere mich auf meinen vollen Mund.

„Sorry", murmelt er. „Ich muss besser auf die Befehle achten."

„Das ist schon in Ordnung." Ich schlucke. „Ich bin an sie gewöhnt."

„Ich möchte, dass es dir gut geht. Und du gesund bist. Hat dir Augustine wirklich Hundefutter gefüttert?"

Ich nicke.

Er knurrt und ich erschrecke. „Schh, es ist okay." Seine große Hand drückt meine. „Ich bin nicht sauer auf dich."

„Ich weiß." Ich hebe meine Augen zu seinen und finde Trost in dem gelben Feuer seines Bären.

„Du musst vernünftig essen. Du bist kein Hund."

„Ich bin eine Füchsin. Das ist nah genug dran."

„Du bist eine Gestaltwandlerin. Eine reizende junge Frau. Du brauchst richtiges Essen."

Meine Wangen werden warm. Er hat mich *reizend* genannt. „Augustine wollte nicht, dass ich zu viel esse. Er mochte mich dünn."

„Wahrscheinlicher ist, dass er dich schwach und abhängig

mochte."

Ich presse meine Lippen zusammen. Er hat recht, aber ich verspüre Schuldgefühle, wenn ich ihm auch nur zustimme. Ich sollte meinem Master treu sein.

Grizz' Gesicht verspannt sich, als ich ihm das sage. „Warum? Er hat dich nicht gut behandelt."

Ich lege meine Gabel auf den Tisch. „Er hat mich besser behandelt als meine Sippe."

Der große Mann grunzt über diese Worte. Er verschlingt sein Essen, während ich vorgebe, auf meinen Teller zu schauen, wobei ich ihm immer wieder verstohlene Blicke zuwerfe, wann immer ich mir sicher bin, dass er nicht schaut. Die Narbe auf seinem Gesicht ist nicht hässlich, beschließe ich. Die Narbe lässt ihn gefährlich, nicht schwach aussehen. Seine Nase ist schief, als wäre sie gebrochen und schlecht gerichtet worden, aber das verstärkt seine gewalttätige Aura nur. In Kombination mit den Tattoos, den rauen Stoppeln und schulterlangen goldenen Locken sieht er wie ein harter Biker aus. Die Sorte, die frei lebt oder stirbt.

Ich bin zuversichtlich, dass es mir gelungen ist, ihn zu mustern, ohne dass er es bemerkt, als er seine Hand ausstreckt und mein Knie packt. Sofort durchströmt mich Erregung und eine Flut davon füllt mein Geschlecht. Ich presse meine Beine zusammen, damit es nicht überläuft. Ich weiß, wie es ist, erregt zu sein – Augustine hatte genauso große Freude daran, mich dazu zu bringen, seinen Biss zu begehren und danach zu betteln, wie mir wehzutun – aber ich habe mich noch nie zuvor so gefühlt.

Grizz hebt seinen Kopf und seine Nasenflügel weiten sich. Er richtet helle Augen auf mich, Fernlichter in der Dunkelheit. Seine Finger drücken mich noch einmal.

„Bist du mit Essen fertig?"

Ich nicke, da ich nicht sprechen kann.

Er schaufelt sich den Rest meines Essens in den Mund und isst mit seiner Hand auf meinem Bein, als wäre es das Natürlichste auf der Welt. Als würde er nicht bemerken, dass sich meine Atmung beschleunigt hat und die Luft mit meinem Duft gefüllt ist.

„Du hast mich vorhin *Sir* genannt", sagt er beiläufig. „Warum hast du aufgehört?"

„Es hat dir nicht gefallen", wispere ich, bevor ich mich stoppen kann. Er muss nicht wissen, wie genau ich ihn beobachte, und dass ich sah, wie sich seine Lippen zu einer missbilligenden Miene zusammenkniffen, als ich es zum ersten Mal sagte. Dass ich ihn drängte und drängte, um zu sehen, wie weit ich gehen konnte, bevor sich seine Dominanz bemerkbar machte. Grenzen auszutesten ist etwas, das ich von Natur aus tue.

Er grunzt und ich verspüre einen Moment der Panik. „Du wolltest doch nicht, dass ich dich weiterhin *Sir* nenne, oder?" Las ich die Zeichen falsch? Der Gedanke, dass ich ihn enttäuscht haben könnte, schnürt mir die Brust zusammen.

„Nein, nein", beschwichtigt er und nimmt meine Hand. „Entspann dich, Fähchen. Du kannst du selbst sein. Ich will, dass du in meiner Gegenwart du selbst bist."

„Okay." Ich senke den Blick. Wie kann ich erklären, dass devot einfach genau das ist, was ich bin?

„Braves Mädchen", grollt er und sofort bin ich zufrieden. Vielleicht weiß er, was ich bin. Zumindest auf einer gewissen Ebene. Selbst wenn er es nicht zugeben will.

Nach einem letzten Druck seiner Hand erhebt er sich und räumt den Tisch ab.

„Zeit zu gehen, Fähchen. Willst du dich in diese Decke wickeln?"

„Was?"

„Du brauchst Kleider. Du kannst mein Flanellhemd

tragen, aber wickle dich in diese Decke, damit ich dich mit nach draußen nehmen kann."

~

GRIZZ

JORDY BLINZELT MICH AN.

„Fähchen, lass uns gehen."

Es ist schlimm genug, dass sie mich aus großen Puppenaugen ansieht. Ihr Geruch umgibt mich, tierisch süß, und ich denke an die Fantasie, die ich gestern Nacht im Club hatte. Ein sexy kleines Ding, das in einem Hemd und ohne Höschen durch mein Heim schlendern und auf die Knie sinken wird, wann immer ich das möchte. Hier ist sie, aber ich kann sie nicht anfassen. Sie gehört einem Vampir.

Sie zupft an dem Hemd, das ihren kleinen Körper förmlich zu verschlucken scheint. „Kann ich das hier ausleihen?"

„Yeah, in Anbetracht dessen, dass du sonst nichts zu tragen hast. Wir werden dir zuallererst Kleider besorgen."

Mit einem frechen Lächeln zieht sie es aus.

„Fähchen..." Mein Mund ist trocken. Ich sah sie nackt im Club und heute Morgen, als sie wegzulaufen versuchte, aber irgendwie ist es anders, wenn sie dabei in meiner Höhle ist. Ihr blasser Körper ist mit Sommersprossen übersät, ihr Oberkörper schlank und die Schenkel stämmig. Sie sieht aus, als gehöre sie hierher. Mir läuft das Wasser im Mund zusammen.

Bevor ich fragen kann, was sie macht, zieht sie mein Hemd um sich herum fest, wodurch ihre Arme frei sind, und knöpft es fast vollständig zu. Der mittlere Knopf befindet sich letzten Endes zwischen ihren Brüsten und das Hemd schmiegt sich an sie. Sie nimmt die Ärmel und wickelt sie wie einen Gürtel um sich. „So." Sie lächelt zufrieden. Das improvisierte Hemdkleid reicht ungefähr bis zur Mitte ihres Schenkels und lässt ihre Schultern frei, aber es verhüllt sie ausreichend, dass wir in den Secondhandladen gehen können.

„Gut genug", sage ich und es kommt als Knurren raus. Das ist nicht weiter überraschend, da ich kurz davor bin, sie über meine Schulter zu werfen und zurück ins Schlafzimmer zu tragen. Ja, das würde sie lehren, mir zu vertrauen.

Ich schlüpfe in meine Jacke, während Jordy ihre Füße in mein Ersatzpaar Timberlands steckt. Die Stiefel sind riesig, aber sie stopft Papier um die Socken.

Ich klopfe prüfend auf meine Tasche, ob sich auch wirklich mein Flachmann und Waffen darin befinden, wobei ich darauf achte, vor Jordy zu verbergen, was ich mit mir herumtrage. „Gehen wir."

Draußen wartet sie und beobachtet, wie ich die Nummernschilder an dem Truck austausche.

„Der Truck ist heiß", erkläre ich.

„Heiß?"

„Gestohlen."

Sie legt den Kopf auf die Seite. „Warum hast du ihn gestohlen?"

„Konnte dich nicht auf dem Motorrad mitnehmen."

Ein Seufzen entweicht ihr. Sie kaut auf ihrer Lippe und starrt hinaus auf das Tal.

„Was ist?", frage ich.

„Grizz, im Ernst, warum bin ich hier? Augustine wird das nicht gefallen."

„Du nennst ihn *Master* und manchmal Augustine."

Sie läuft rot an und ihre Augen blicken zu Boden.

„Das ist keine Wertung. Ich bin nur neugierig. Das Dom-Sub Zeug ist ein Spiel."

„Das ist es nicht", beharrt sie.

Ich ziehe eine Augenbraue hoch, während ich meine Werkzeugkiste zurück in den Schuppen schleppe.

„Das ist es und es ist es nicht", lenkt sie ein. „Du weißt, wie wichtig Gestaltwandlern Dominanz und Unterwerfung ist. Wir leben und sterben nach diesem Grundsatz."

„Yeah, aber der sexuelle Teil. Ich kapiere es nicht."

Sie kaut auf ihrer Lippe und starrt zu mir hoch. Ich will ihr gerade befehlen, dass sie aufhören soll, auf ihre Lippe zu beißen, bevor sie sie noch verletzt, als es aus ihr herausplatzt: „Wolltest du noch nie jemandem alles geben? Beweisen, wie sehr du denjenigen liebst?"

Sie tritt nach vorne und legt eine Hand auf meine Brust, direkt über meinem Herzen. Ihre Berührung trifft mich wie ein Taser. Ich zucke zurück, aber sie bemerkt es nicht. Ihre Augen sind weit aufgerissen, andächtig, und Worte strömen aus ihr, als hätte sie sie ihr ganzes Leben in sich eingesperrt. „Hast du noch nie jemanden so sehr lieben wollen, dass du alles für denjenigen tun würdest, dass du dich sogar von demjenigen über die Grenzen der Normalität und in verbotenes Gebiet schleifen lassen würdest? Und du gehst mit demjenigen mit, nur um zu zeigen, wie sehr du ihm vertraust. Du würdest alles für ihn tun. Du würdest dein Leben, dein Herz, deinen Schmerz hergeben und es wäre dir eine Freude."

Die Luft weicht aus meinen Lungen. „Jordy –"

„Willst du nicht so eine Liebe?" Sie hat jetzt beide Hände auf mich gelegt und ihre kleinen Finger krallen sich in meine Lederjacke. „Wenn du sie fändest, würdest du dann nicht alles tun, um sie festzuhalten?"

Ich nehme ihre Handgelenke. „Fähchen –"

„Würdest du es nicht tun?"

Ich starre sie an. Sie hat einen klaren blauen Ring um ihre Augen, aber in der Nähe ihrer Pupille verblasst er zu braun. Ihre Lippen sind prall und weich. Sie ist auf ihren Zehenspit-

RENEE ROSE & LEE SAVINO

zen, ihr ganzer Körper hilft dabei, mich von dem zu überzeugen, was sie sagt, in der Hoffnung, dass ich es verstehen werde.

Ich hasse es, sie enttäuschen zu müssen. „Nein, Fähchen. Ich kann nicht behaupten, dass ich das tun würde."

Es tut weh, zuzuschauen, wie das Licht auf ihrem Gesicht erlischt. Sie macht Anstalten, sich von mir zu lösen, und ich packe ihre Handgelenke fester.

„Hast du Augustine geliebt?" Meine Worte kommen als Knurren heraus.

Sie beißt auf ihre Lippe und wendet den Blick ab. Ich ergreife ihr Kinn und drehe ihr Gesicht wieder zu meinem. „Antworte mir." Mein Bär kratzt an meinem Inneren und verlangt brüllend, hervorbrechen zu dürfen.

„Nein, okay. Das tue ich nicht. Aber ich mag, was wir haben. Meine Füchsin ist... ich brauche Schutz. Das Einzige, das ich jemals wollte, war Schutz." Ihre Schultern fallen bei dem Geständnis nach unten. Es ist eine halbe Lüge. Sie wollte mehr, aber sie hat sich mit Schutz zufriedengegeben. Ich will etwas sagen und sie trösten, aber was? Wir sehen die Welt nicht auf die gleiche Weise. Für mich gibt es nur Jäger und Beute, und ich habe dafür gesorgt, dass ich der verdammte Jäger bin. Jordy ist schwach. Schlimmstenfalls ist sie die Beute, eine Schachfigur für diejenigen, die mächtiger als sie sind. Bestenfalls ist sie ein Kollateralschaden. Aber das kann ich nicht sagen. Auf irgendeiner Ebene weiß sie das ohnehin schon. Trotz ihrer Hoffnung auf etwas Besseres. Eine Liebe, die allumfassend ist.

„Ich schätze, für dich hört es sich albern an", wispert sie. Sie weicht meinem Blick aus.

Ich lasse ihr Kinn fallen. Ich habe genug Schaden angerichtet.

„Steig in den Truck, Fähchen. Wir müssen los."

KAPITEL 5

 rizz

AUF DER FAHRT ist Jordy still.

Ich denke ununterbrochen darüber nach, was sie gesagt hat. Sie hat mir alles dargelegt. Beim Schicksal, diese Fähe braucht jemanden, der sie beschützt. Da begegnet sie dem ersten Kerl, der sie vernünftig behandelt, und sie schüttet ihm ihr Herz aus. Als sei ich ihr Seelengefährte. Ihre einzige wahre Liebe. Ich habe genug gesehen, um zu wissen, dass dieser Scheiß nicht existiert. Ich mag sie vögeln wollen, mein Bär mag sie behalten wollen, aber das ist nur Biologie. Sie macht Liebe zu etwas Noblem. Sie hat ein ganzes Manifest. Liebe ist etwas, für das man lebt oder stirbt, etwas, an das man glaubt.

Das Einzige, woran ich glaube, ist Rache. Rache: das ist es, wofür ich lebe und sterbe. Der einzige Grund, aus dem ich sie überhaupt kennengelernt habe, ist dieser Job für Frangelico. Ein Job, den ich annahm, weil er mir verschaffen kann, was ich will.

Ich muss mehr Spuren finden. Weitere Beweise dafür, dass die Vampire Gestaltwandler entführen, weil sie sie als Süßblüter benutzen wollen. Ich muss den Standort der Gestaltwandler-Sklavenhändler finden, die Jordy erwähnte. Falls es einen Schwarzmarkt für Gestaltwandler gibt, die in Frangelicos Revier umherstreifen, müssen wir dem ein Ende setzen.

Dann kann ich mit meiner eigentlichen Jagd fortfahren.

Die einzige Wild Card ist Jordy. Ich werde sie auf keinen Fall zu Augustine zurückschicken, aber ich kann sie auch nicht behalten. Sie mitzunehmen, war nur Teil des Jobs. Wenn ich nicht aufpasse, wird sie zu einer Ablenkung für mich.

In meiner Branche führen Ablenkungen nur dazu, dass ein Bär getötet wird.

Jordy ist bloß ein Hinweis zur Lösung des Rätsels. Sie ist nichts außer ein Mittel zum Zweck. So sehr mein Bär auch möchte, dass sie mehr ist, es ist nicht sicher für sie oder fair für mich.

Unterm Strich bedeutet das, dass ich mich nicht auf sie einlassen kann. Keine Fantasien mehr darüber, sie für immer zu behalten. Ich werde sie benutzen, um meine Mission zu einem Abschluss zu bringen. Wenn sie mich reinlässt, werde ich von ihr kosten, aber ich werde deutlich machen, dass es nichts bedeutet.

Sie denkt, Liebe sei für immer – sie irrt sich. Alles endet. Und wenn die Zeit kommt, werde ich bereit sein, mich zu verabschieden.

Jetzt muss ich mich nur innerlich für ihren enttäuschten Gesichtsausdruck stählen. Es bringt meinen Bären um, wenn sie leidet. Darüber darf ich nicht zu angestrengt nachdenken.

Sie gibt einen leisen Laut von sich, als ich vor dem Secondhandladen parke.

„Stopp Nummer eins. Dir Klamotten besorgen."

Ich hüpfe aus dem Truck und scanne die Straße, während ich um den Wagen laufe, um ihr die Tür zu öffnen. Sie steigt langsamer aus, vermutlich weil sie ein Hemd und zu große Stiefel trägt und sonst nichts. Sie hat unter meinem Hemd kein Höschen an. Es ist besser, wenn ich diesen Fakt schleunigst vergesse, oder ich werde zu hart zum Laufen werden.

„Komm, Fähchen." Ich steuere mit ihr die Abteilung für Frauenkleidung an. Ihre großen Augen blinzeln zu mir hoch. Ihre kleinen Nippel zeichnen sich unter dem dicken Flanell ihres Hemdkleides ab.

Ich knirsche mit den Zähnen. Denke an Baseball. Baseball... schön langweilig. Jordy steckt in einem Trikot und sonst nichts, küsst den Ball, packt den Schläger... Nein!

„Was soll ich tragen?", fragt sie ahnungslos. Ihr Geruch steigt kräftig und süß auf. Ihr Körper reagiert auf mich. In mancher Hinsicht ist sie nicht so ahnungslos.

„Spielt keine Rolle."

„Möchtest du bestimmte Outfits? Für irgendwelche speziellen Anlässe?"

„Wir werden an keinen schicken Bällen teilnehmen, Fähchen. Du brauchst einfach nur Klamotten. Zeug, mit dem du durch die Stadt laufen kannst. Klamotten, die dich warmhalten und bedecken. Nichts, das Aufmerksamkeit auf dich lenkt. Schuhe ebenfalls."

Ein Nicken und sie verschwindet. Langsam füllt sich der Wagen mit Oberteilen und Shorts, einem Paar Leinenschuhe, einem leichten Pullover.

Ich fange ihren Arm ein, als sie wieder vorbeiläuft. „Such auch ein paar Kleider aus."

„Welche Sorte?", erkundigt sie sich. Sie sieht zu mir auf,

67

so süß und vertrauensvoll. Wenn sie nur wüsste, was ich mit ihr anstellen will.

„Fuck, wenn ich das wüsste. Kleider. Ich mag die hier." Ich wende mich von ihr ab und einem Kleiderständer mit floralen, verspielten Kleidern zu.

Sie befühlt den Stoff. „Sie sind hübsch."

Ich schnappe ein paar, einschließlich dem, das sie gerade sehnsüchtig anfasst.

Errötend, tauscht sie sie aus. „Ich trage kein extra klein."

„Für mich bist du extra klein."

Die Röte auf ihren Wangen vertieft sich. „Ich werde sie anprobieren müssen."

„Mach schon. Ich werde warten. Hast du alles, das du brauchst?"

„Ich glaube schon." Sie beißt auf ihre Lippe, während ich die Tops und Shorts durchsehe, die sie ausgesucht hat.

Bevor sie gehen kann, um die Kleider anzuprobieren, stoppe ich sie. „Höschen auch. Hast du die vergessen?"

„Nein." Sie läuft wieder rot an. „Ich trage normalerweise keine."

Ich knurre. „Hier draußen trägst du sie. Im Haus kannst du ohne herumlaufen."

„Ist das ein Befehl?", fragt sie. Ich bin kurz davor, sie in eine Umkleidekabine zu zerren und vornüberzubeugen, als ich realisiere, dass sie mich neckt.

Knurrend, stapfe ich davon, wobei ich den Wagen vor mir herschiebe, damit niemand meinen gewaltigen Ständer sehen kann. Sie braucht einen Moment, um sich umzuziehen, weshalb ich mich wieder einigermaßen unter Kontrolle habe, als sie mich findet.

„Ist das hier okay?", ruft sie. Sie steckt in einem kleinen Kleid, ein Blümchen-Teil mit Trägern, die ihre Arme frei lassen. Es schmiegt sich an ihren Körper und betont ihre leichten Kurven. Sie sieht süß und mustergültig und unschuldig aus und ich bin einfach nur ein großer, alter, missmutiger Bär.

„Ja. Gut. Hol dir noch ein paar von denen. Und einige Pullover." Nachts wird es noch immer kalt.

„Möchtest du, dass ich es heute trage?"

Ja. Ich will, dass du es trägst, während ich uns zurück zu meiner Höhle fahre und dein Kopf auf meinem Schoß liegt. Ich werde dich zu meinem Bett tragen, dir das Kleid vom Körper reißen und dich vögeln, bis du kommst.

„Nicht heute", gelingt es mir zu knurren. „Wir haben was zu erledigen. Etwas Praktisches."

„Okay, Grizz." Sie hüpft davon.

Ich verstecke mich hinter einem Ständer mit Jacken und verlagere meine Jeans. Kleiderkaufen mit Jordy – das wird nicht noch einmal vorkommen. Ich werde zu einem verdammten Perversen. Es gibt eine leichte Lösung dafür: sie nach Hause bringen und an mein Bett fesseln.

Aber deswegen habe ich sie nicht mitgenommen. Ich habe einen Job zu erledigen.

Ich bezahle für alles und hindere sie daran, die Tüten zu tragen. Ich wurde dazu erzogen, Frauen wie Damen zu behandeln. Ich öffne die Türen und ich trage die Tüten. Jordy ist es eindeutig unangenehm, dass ich Dinge für sie mache. Sie beißt auf ihre Lippe, aber gehorcht.

Ich geleite sie mit meiner Hand in ihrem Rücken aus dem Laden. In einem Paar kurzer Latzhosen und einem T-Shirt sieht sie wie ein Wildfang aus, der in der Pause zum Spielen nach draußen geschickt wurde. Frisch und jung. Sie sollte sich nicht in meiner Gegenwart aufhalten.

Als Nächstes gehen wir zu einer Drogerie. Ich parke den Truck und deute auf die Türen. „Frauenkram. Kauf ihn."

„Was?"

„Fähchen, ich mache hier einen Job. Du hast Informationen, die ich vielleicht brauche. Bis ich weiß, was ich brauche, bleibst du bei mir."

Sie erbleicht. „Aber mein Master –"

„Vergiss ihn. Du bist jetzt bei mir."

„Wenn es vorbei ist, wirst du mich dann zu ihm zurückschicken?"

„Das besprechen wir, wenn es so weit ist", sage ich, obwohl ich keinerlei Absicht hege, Jordy zu Leuten wie Augustine zurückzuschicken. Jemals. Augustine wird sauer sein, aber er muss ja nicht wissen, wie sie entkommen ist. Und nach einer Weile wird er sie vergessen und ich kann ihr einen neuen Master suchen. Ich werde die Doms für sie höchstpersönlich überprüfen, wenn ich muss. Vielleicht kennt Trey einen guten Wolf, der eine Sub akzeptieren würde, auch wenn sie eine Füchsin ist.

Doch während ich darüber nachdenke, Jordy an jemand anderen weiterzugeben, knurrt mein Bär. Jordy wird auf ihrem Sitz kleiner.

„Raus", befehle ich ihr. „Besorg dir alles, das du brauchst. Haarbürste… Frauenkram eben. Ich weiß nicht, was du brauchst."

Sie kaut erneut auf ihrer Lippe.

„Hör auf damit", knurre ich und sie tut es, gehorcht sofort. Fuck, jetzt gebe ich ihr schon Befehle.

Ich stürme aus dem Truck und lasse sie raus, wobei ich die Türen etwas fester als nötig zuschlage. „Komm." Ich marschiere in den Drogeriemarkt und schnappe mir einen Einkaufskorb, den ich ihr in die Hand drücke.

Sie sieht verloren aus.

„Geh, hol, was du brauchst. Nur für ein oder zwei Wochen."

Sie wendet sich dem Laden zu. „Ich weiß nicht, was ich brauche."

Ich starre in ihre weit aufgerissenen Augen und realisiere, dass ich von ihr verlange, für sich selbst zu denken. Aber wenn sie denkt, ich werde ein Shampoo für sie aussuchen, dann wird sie sich noch umschauen. „Ich möchte, dass du gut aussiehst, während du bei mir bist. Kein Make-up, aber achte auf deine Hygiene. Wenn ich herausfinde, dass du dir irgendetwas nicht ausgesucht hast, weil du nicht wolltest, dass ich es kaufe, werde ich zwölf Stück davon für dich kaufen." Ich neige meinen Kopf näher zu ihr, um sicherzustellen, dass uns die Kassiererin nicht hört. „Und dann werde ich dich bestrafen."

Ihre Pupillen weiten sich, als würde sie das erregen, aber sie nickt und eilt durch den Gang. Ich folge ihr, wobei ich eine Handvoll Lippenpflegestifte packe und in ihren Korb werfe.

Ich schüttle den Kopf. Für jemanden, der die Dom/Sub-Machtspielchen hasst, gefällt es mir sehr, meinen Willen zu bekommen.

„Sir?", fragt sie. Sie tritt vor dem Eingang zu einem hellerleuchteten Gang mit Make-up von einem Fuß auf den anderen. Pappfiguren mit den aufgemalten Gesichtern von Prominenten begrüßen mich an jeder Biegung. Verdammter Affenzirkus.

„Kein Make-up –", hebe ich an, zu sagen, als sie flüstert:

„Nur etwas Foundation. Um die Narbe abzudecken."

Scheiße. Das kann ich ihr nicht abschlagen.

„In Ordnung. Deck es ab oder was auch immer. Und…" Ich blicke angewidert zu den bemalten Gesichtern. „Was du sonst noch willst. Aber nichts zu Verrücktes."

„Dankeschön." Sie hüpft zu mir und küsst mich auf die Wange.

„Nichts zu danken", murmle ich und wende mich ab, ehe ich in einen anderen Gang stapfe. Ich sah dort ein paar Dinge, die ich für sie besorgen will.

Einige Minuten später zieht die Kassiererin alles über ihren Scanner, während sich Jordy in der Nähe herumdrückt und sehnsüchtig an einem Schokoriegel herumspielt.

Ich greife nach dem Schokoriegel und lege ihn zu dem Haufen mit unseren Einkäufen. Anschließend rucke ich mit dem Kopf zu dem Gang mit dem ungesunden Essen. „Geh und hol uns ein paar Snacks."

„Was magst du?"

„Fleisch."

Ich schicke sie mit einem sanften Klaps auf den Po los. Während sie fort ist, ziehe ich die Sachen, die ich ihr ausgesucht habe, hervor und bringe die Kassiererin dazu, diese abzufertigen und in einer Tüte zu verstecken, bevor Jordy zurückkehrt. Eine kleine Überraschung.

Wieder in meinem Auto werfe ich die Tüten auf den Rücksitz und fädle in den Verkehr ein.

„Hast du gekriegt, was du brauchst, Fähchen?"

Sie nickt.

Sie ist glücklich, das merke ich. Ihre Wangen sind gerötet und sie flechtet und öffnet ihr Haar immer wieder, wobei sie den Haarscheiß benutzt, den ich ihr gerade gekauft habe. Sie entscheidet sich schließlich für zwei rotbraune, geflochtene Zöpfe.

Ich stoppe an einem Fastfood-Restaurant und bestelle zwanzig Burger. Jordys Augen runden sich, als ich ihr die Tüten reiche.

„Ähm, Grizz? Ich habe eigentlich keinen Hunger. Das Frühstück war wirklich groß." Sie sieht schuldbewusst aus.

„Nicht für uns, Babe." Ich rolle zu einer Ampel, lege eine Hand auf ihr Knie und schenke ihr meine volle Aufmerksamkeit. „Wenn du später Hunger hast, werde ich dir besorgen, worauf auch immer du Lust hast. Das hier ist für jemand anderen."

Sie schweigt. Zufrieden damit, sich von mir dorthin bringen zu lassen, wo auch immer ich hinmuss. Ich fahre zum Kampfklub und versuche, zu ignorieren, wie großartig es sich anfühlt, eine willige Frau auf dem Beifahrersitz zu haben.

Wir stoppen an einer anderen Ampel und ich schaue zu ihr. Sie lehnt mit dem Kopf am Fenster, die Spiegelung zeigt ein leicht sommersprossiges Gesicht und einen verträumten Blick. Ihre Miene ist nachdenklich, aber ein Lächeln ist nicht weit entfernt. Da wird mir klar, dass sie bei mir zufrieden ist.

Ich sollte das nicht auch noch fördern. Das sollte ich wirklich nicht. Aber ich kann einfach nicht anders. Wenn es um sie geht, kann ich einfach nicht anders.

„Hier." Ich greife hinter mich und ziehe noch eine Tüte von dem Haufen auf dem Rücksitz. „Das hab ich fast vergessen. Die hier habe ich besorgt, während du das Make-up angeschaut hast." Ich reiche ihr eine Packung Buntstifte und ein Malbuch für Erwachsene. Ihre Augen weiten sich, aber sie nimmt sie mir ab, bevor die Ampel grün wird und ich auf das Gaspedal trete.

„Hab gesehen, dass du auf meinen Sachen gezeichnet hast." Ich halte den Blick auf die Straße gerichtet.

„Es tut mir leid –"

„Entschuldige dich nicht. Es sah wirklich gut aus. Ich dachte, du machst das vielleicht gerne, wenn du dir sogar Müll zum Zeichnen nimmst."

„Das mache ich wirklich gerne." Sie hält das Buch und die Stifte in den Händen, als wären sie für sie ein Preis für die beste Sub im Club Toxic. Als wären sie ein Schatz.

„Nun, jetzt musst du nicht mehr den Müll verwenden. Ich

werde dir auch einen Zeichenblock besorgen, wenn du möchtest."

Ihr Gesicht hellt sich auf. Sie hüpft praktisch auf ihrem Sitz auf und ab, so süß und hübsch, dass sich meine Brust zusammenzieht.

„Danke, danke", haucht sie und bevor ich sie stoppen kann, lehnt sie sich zu mir, um mir ein Küsschen auf meine vernarbte Wange zu drücken. Mein Schwanz merkt auf und ich bin nur eine Sekunde davon entfernt, ihr mitzuteilen, wie sie ihre Dankbarkeit ausdrücken kann, als sie sich auch schon von mir löst und mich bewundernd ansieht. Beim Schicksal, allein ihr Gesichtsausdruck reicht aus, um mich zum Höhepunkt zu bringen. Nicht gut. Ich muss diesem Mist ein Ende bereiten.

„Das bedeutet nichts", verkünde ich und sie weicht zurück, nach wie vor strahlend.

„Ich weiß", sagt sie, aber sie lügt. Doch wenn man es genau nimmt, tue ich das ebenfalls.

Jordy

GRIZZ FUNKELT die Straße finster an und knurrt, als ein dunkelblauer Jetta zu dicht an unseren Truck auffährt. Der Jetta-Fahrer blickt auf, wird weiß und tritt sofort auf die Bremse. Das dunkelblaue Auto fällt hinter uns zurück und Grizz' Körper vibriert, während sein Bär seinen Sieg feiert. Bei jedem anderen Gestaltwandler würde ich mich auf meinem Platz zusammenkauern, aber hier sitze ich aufrecht da, beobachte, wie Grizz menschliche Autofahrer verschreckt, und bin vollkommen zufrieden. Meine Füchsin hebt ihren Kopf und studiert unseren Entführer mit gespannter Aufmerksamkeit. Sie ist fasziniert von ihm. So was von.

Eine Sekunde lang wurde er weich. Er versuchte, es zu verbergen, aber ich spürte es. Seine Wände senkten sich. Er versucht angestrengt, seine Schutzwände aufrecht zu halten und sich nicht auf mich einzulassen, aber das hat er bereits getan. Er holte mich aus meinem Käfig und half mir. Er sagt, ich sei seine Gefangene, aber ich sitze frei in seinem Truck und bin umgeben von Sachen, die er mir gekauft hat. Taten sprechen lauter als Worte. Augustine behauptete, er würde für mich sorgen und mich beschützen. Aber Grizz tut es wirklich. Besser als Augustine, falls es mir erlaubt ist, das zu denken.

Ich sollte es hassen, Grizz' Gefangene zu sein, und ich sollte mir wünschen, zurück zu meinem Master zu gelangen, aber das tue ich nicht. Wenn das hier nur eine arrangierte Leihgabe wäre, würde ich zu meinem Master zurückkriechen müssen und ihn um Vergebung anbetteln, damit er mich für meine Untreue bestraft. Aber das hier ist keine Leihgabe. Grizz sah mich, wollte mich, nahm mich. Er mag es leugnen, aber das ist die Wahrheit. Es ist gefährlich, für uns beide. Doch vor allem für mich. Ich bin diejenige, die mit den Konsequenzen leben wird müssen, aber in dem Moment, hier bei Grizz, kann ich nicht an den Schmerz denken, der auf mich wartet. Je länger ich bei Grizz bin, desto weniger spielen mein Master, mein Training und meine Zukunft eine Rolle.

Sowie wir in das Industriegebiet fahren, verändert sich Grizz. Sein Gesicht verhärtet sich, seine Augen heften sich auf ein unscheinbares Lagerhaus am Ende eines langen Maschendrahtzaunes. Einige Autos sind in dessen Nähe geparkt, aber er parkt weit von diesen entfernt.

„Was für ein Ort ist das?"

„Niemandsland. Kein Gestaltwandlerrevier, kein Vampir-revier. Sie erheben allerdings beide Anspruch darauf. Aber jeder weiß, was hier passiert, findet außerhalb des Radars statt. Es zählt nicht. Vergeltungsmaßnahmen sind nicht erlaubt."

Meine Augen wandern zurück zu dem Gebäude. „Vergel-tungsmaßnahmen wofür?"

„Du wirst schon sehen. Hier", er schlüpft aus seiner Jacke, „zieh die hier an." Er spricht weiter, während ich mich beeile, ihm zu gehorchen. „Wenn du hier bist, bist du mein Eigentum."

Die Aussage schießt direkt zwischen meine Schenkel und er bemerkt es. „Nicht so. Ich lege dir kein Halsband um, damit du mein bist."

Ich führe eine Hand an meinen Hals. Die Narbe des Vampirs ist ein recht eindeutiges Zeichen des Besitzanspru-ches. Grizz denkt das auch und sein Gesicht verdunkelt sich. „Du gehörst nicht zu ihm. Seine Hand legt sich um meinen Hals, ein lebendes Halsband. Seine Finger sind rau an meiner Haut. Sein Gesicht senkt sich zu meinem und er knurrt. „Er hat dich misshandelt und ich habe mich eingemischt. Hätte das schon viel früher tun sollen. Hätte es getan, wenn ich es gewusst hätte. Jetzt befindest du dich in meiner Obhut. Das bedeutet, während wir hier sind, bleibst du dicht bei mir, schweigst und folgst meiner Führung. Verstehst du?"

„Yeah. Wie ein *High Protocol*."

Seine Stirn runzelt sich. „Ich weiß nicht, was du damit meinst, Fähchen."

„Es heißt, dass du möchtest, dass ich mich auf eine bestimmte Weise verhalte, und wenn ich es nicht tue, wird das Konsequenzen nach sich ziehen. Wir sind also beide in höchster Alarmbereitschaft."

Seine Finger streicheln sanft meine Narbe. „Höchste

Alarmbereitschaft ist richtig. In meiner Höhle ist es sicherer und wir brauchen keine Protokolle. Hier könnte schon eine falsche Bewegung gefährlich sein. Normalerweise würde ich dich nicht mit hierhernehmen, aber ich wollte dich nicht allein lassen. Also bleib an meiner Seite und ich werde auf dich aufpassen. Kapiert?"

„Kapiert. Grizz –" Ich packe seine Hand. „Ich weiß, du hast mir gesagt, dass ich nicht fliehen soll. Es ist nichts Persönliches. Ich bin an Augustine gebunden. Ich… schulde es ihm."

„Du schuldest ihm gar nichts. Nicht, soweit ich das beurteilen kann." Jetzt streichelt er meine Wange und ich stelle fest, dass mir das Atmen schwerfällt. „Es ist okay. So bist du eben gepolt, das verstehe ich. Ich werde jedoch daran arbeiten. Vielleicht wirst du ihn vergessen, wenn du mir mehr schuldest als ihm, hm?"

Ich nicke und schlucke mit trockener Kehle. Ich mag, wie sich das anhört. Viel, viel zu sehr. Er hat bei jeder sich bietenden Gelegenheit erklärt, dass das hier nichts weiter als ein Job für ihn ist. Ich kann mich nicht mehr auf ihn stützen, als ich muss.

Er steigt aus und läuft wieder um den Wagen zu meiner Tür. Es fühlt sich an, als würde er mir dienen und ich mag das nicht. Ich wurde dazu ausgebildet, zu dienen, nicht bedient zu werden.

Doch als ich meine Tür vor ihm öffne, knurrt er. „Du wartest auf mich, Fähchen."

Okay, richtig. Folge seiner Führung.

Er streckt seine Hand aus, ich nehme sie und warte, während er die Fastfood-Tüten holt und sie auf die Ladefläche des Trucks fallen lässt. Wir überqueren den Parkplatz, wobei ich an seiner Hand klebe. Auf meine Lippe beißend, beeile ich mich, mit ihm mitzuhalten, wobei ich zwei Schritte machen muss, während er einen macht. Der Ort riecht nach allen möglichen Arten von Gestaltwandlern. Meine Füchsin hat jedoch keine Angst, denn sie läuft in Grizz' Schatten.

Während wir warten, rollt ein Camaro heran mit einem dunkelhaarigen Mann und einem zweiten, besser gekleideten mit silbernen Haaren. Nach seinem jungen Gesicht zu urteilen, ist er frühzeitig ergraut. Dem dunkelhaarigen Mann steckt eine Zigarette im Mund, die noch nicht angezündet wurde. Er sieht ein bisschen wie James Dean aus. Mir ist nicht bewusst, dass ich ihn anstarre, bis er mir zuzwinkert. Errötend blicke ich zu Boden.

„Sieh an, sieh an." Der dunkelhaarige Kerl streckt seine Hände aus, als wolle er uns umarmen. Sein akzentreiches Englisch klingt spöttisch. „Der verlorene Sohn kehrt zurück."

„Declan." Grizz nickt dem schwarzhaarigen Mann zu. „Parker." Der grauköpfige Mann erwidert das Nicken und Grizz baut sich mit seinen Stiefeln breitbeinig auf dem Asphalt auf. „Wo zum Geier ist mein Motorrad?"

Declan legt den Kopf schief. „Es kommt. Jede Minute jetzt. Biste bereit für deinen Kampf? Du weißt, dass die Wölfe wütend auf dich sind, oder? Die werden versuchen, dich plattzumachen." Irisch, wird mir bewusst, während er weiterredet. Er hat einen irischen Akzent.

„Bin nicht hier, um über den Kampf zu reden", murrt Grizz.

Grummeliger Grizz bezeichne ich ihn schweigend. Ich habe das Gefühl, dass die meisten Leute Grummeligen Grizz kennen. Ich bin die Einzige, die seine andere Seite sieht. Das bringt mich tief in meinem Inneren zum Lächeln, aber ich lasse es mir nicht anmerken. Nicht vor diesen Fremden. Ich kann sie nicht finster anschauen wie Grizz, aber ich setze eine ausdruckslose Miene auf. Ich bin ziemlich gut darin, mir nicht anmerken zu lassen, was ich fühle. Augustine wurde stets wütend, wenn ich zu viele Emotionen ausdrückte.

„Ich will mein Motorrad und dann möchte ich euch ein Angebot machen."

„Ein Angebot? Mir wurde kein Angebot mehr auf einem Parkplatz gemacht, seit –"

„Halt die Klappe, Dec." Der grauhaarige Mann, Parker, rammt ihm den Ellbogen in die Seite. „Grizz, das Motorrad kommt noch. Tatsächlich", er dreht sich zum Eingang, „ist es hier."

Und tatsächlich, ein Mann, der auf einer großen Harley fährt, kommt herangeknattert.

„Wer fährt die Maschine?", knurrt Grizz. Sein Körper ist ganz hart. Ich neige mich näher zu ihm und er legt eine Hand in meinen Rücken. Beruhigt mich, ohne die Augen von seinem Motorrad zu nehmen.

„Das ist Laurie", sagt Declan. „Keine Sorge. Er ist unser Junge."

„Warum zum Geier fährt er mein Motorrad?"

„Du hast gesagt, wir sollen es abholen. Er ist der Einzige, der mit diesem Monster klarkommt." Declan verdreht die Augen, als wäre das offensichtlich.

Der große, dürre Mann lässt das Motorrad in unserer Nähe ausrollen und drückt den Ständer nach unten, wobei er leicht unter dem Gewicht des Motorrads schwankt. Er wackelt beim Absteigen und Grizz verspannt sich, als würde er gleich losrennen und sein Motorrad auffangen, bevor es auf den Asphalt kracht. Ich lege meine Hand auf seinen Rücken, um ihn zu beschwichtigen, während es der ungelenke Fahrer schafft, sich von Grizz' Motorrad zu schwingen und wegzulaufen, wobei die Harley nach wie vor aufrecht dasteht.

„Er hat sie heil und unversehrt hierhergebracht",

verkündet Parker ruhig. Er hat ein Feuerzeug rausgeholt und schaltet es ein und aus.

„Außerdem", fügt Declan hinzu, der um die nicht angezündete Zigarette spricht, „hat er seinen eigenen Helm."

Der dünne Mann namens Laurie läuft in unsere Richtung, zieht seine Brille aus, den Helm ab und setzt die Brille wieder auf. Seine Haare stehen in alle Richtungen ab. Ich verkneife mir ein Kichern. Diese Männer sind wie die Stooges, nur sind sie alle dünn. Und Gestaltwandler. Aber merkwürdige Gestaltwandler – ich kann nicht sagen, welches Tier sie sind und jeder von ihnen ist anders.

„Hier." Grizz wirft Parker etwas zu, der es auffängt, ohne es anzuschauen. „Nehmt den Truck, putzt ihn und lasst ihn irgendwo stehen. Nummernschilder sind hinten drin. Wischt die Fingerabdrücke ab."

„Ja, ja", brummelt Declan. „Wir wissen, wie der Hase läuft. Wir sind nicht von gestern."

„Du hast noch ein anderes Geschäft erwähnt?", erkundigt sich Parker.

„Yeah." Grizz hat nach wie vor den Blick auf das Motorrad gerichtet. Er neigt seinen Kopf, flüstert mir „Hol die Burger" zu und gibt mir einen Schubs. Ich werde von Grizz weg und zurück zum Truck laufen müssen. Ein Teil von mir will dicht bei ihm bleiben.

Grizz blickt nach unten und bemerkt das.

„Dir wird nichts passieren", murmelt er. „Ich hab dich."

⟳

GRIZZ

. . .

WIDERWILLIG DREHT sich Jordy um und trottet zum Truck. Ich behalte sie im Blick, während ich Declan, Parker und Laurie erzähle: „Ich brauche Informationen."

„Wer ist das?", fragt Parker nach einem flüchtigen Blick. Er ist klug genug, Jordy nicht anzugaffen, während ich anwesend bin.

Declan ist nicht so umsichtig. „Sie sieht wie Anne auf Green Gables aus."

„Woher willst du das denn wissen?", fragt Parker.

„Ich hab den Film gesehen." Der Ire zuckt mit den Achseln. „Er lief im Kabelfernsehen."

„Du bist ein Depp." Parker schüttelt den Kopf.

„Fick dich. Es ist ein Klassiker."

„Leute", unterbreche ich sie, bevor sie zu kämpfen beginnen. Verdammte irre Gestaltwandler. Aber sie haben überall ihre Ohren. Und ich brauche sie. „Konzentriert euch. Ich habe einen Auftrag für euch und ich werde bezahlen."

Jordy kehrt mit den großen weißen Tüten zurück.

„Dankeschön, Baby", sage ich und sie strahlt.

Ich halte die Tüte mit den Burgern hoch.

„Jackpot", jubelt Declan. Laurie greift nach der Tüte und ich halte sie außer Reichweite. „Zuerst besprechen wir die Bedingungen."

„Du kannst uns nicht mit Burgern kaufen", sagt Parker.

Ich reiche die Burger Laurie, der sich hinter seine zwei Freunde zurückzieht. „Es gibt auch eine Bezahlung für den Auftrag. Ein paar Tausend. Vielleicht mehr, falls ich kriege, was ich will."

„Und was wäre das?"

„Vampire entführen Gestaltwandler und benutzen sie als Nahrung. Ich will wissen, wer sie mit Gestaltwandlern versorgt und warum."

„Ist das alles?", schnaubt Declan. „Warum verlangst du nicht den Mond?"

„Frangelico weiß darüber Bescheid?", fragt Parker, dessen Augen schmal werden.

„Frangelico hat meine Nachforschungen abgesegnet. Ich nehme die Vampire unter die Lupe. Ich brauche Hilfe. Alles, das ihr über die Sklavenhändler wisst."

„Du willst, dass wir mit den Gestaltwandlern reden", sagt Parker. Er schaltet schnell. „Und du weißt, dass keiner von ihnen mit dir reden wird. Nicht, nachdem du dich auf die Seite der Vampire gestellt hast."

„Ich habe mich nicht auf die Seite der Vampire –"

„Natürlich haste das", blafft Declan, dessen Akzent nun stärker durchkommt.

„Du brauchst mehr als unsere Hilfe bei den Gesprächen mit Gestaltwandlern. Wenn du hier herumstochern willst, brauchst du Amnestie. Zeit, zu Garrett zu gehen und zu Kreuze zu kriechen", sagt Parker.

Meine Antwort ist ein Knurren.

„Komm schon, Grizz", sagt Declan. „Du bist in Wolfrevier marschiert und hast sie verärgert. Sie hassen das. Und nicht einmal ein großer, starker Grizzly kann ein ganzes Wolfrudel ausschalten. Auch wenn du Vampirfreunde hast."

„Vampire sind nicht meine Freunde."

„Nur deine Arbeitgeber", merkt Parker an.

„Dann arbeite ich eben mit Frangelico zusammen." Ich zucke mit den Schultern. „Ja, und? Ich bin ein Kämpfer. Eine Nebenbeschäftigung ist mir wohl erlaubt."

Parker schüttelt den Kopf. „Krieg steht vor unserer Tür. Du musst eine Seite wählen. Wölfe oder Vampire."

„Weder noch."

„Verschwendung eines guten Kämpfers." Parker schüttelt den Kopf.

„Schaut mal, ich habe keine Zeit für das hier."

„Yeah, du bist zu sehr damit beschäftigt, zu tun, was der Vampirkönig will", schimpft Declan.

Ich funkle ihn finster an. Ich werde mehr verraten müssen, als ich will. „Ich will die Morde stoppen."

„Die Drogentote? Die Menschen?", fragt Parker.

„Ich glaube, die Vampire sind in diese verwickelt, genauso wie in die Entführungen der Gestaltwandler."

„Wir wissen, dass sie das sind." Declan verschränkt die Arme vor seiner Brust. „Ja und?"

„Irgendetwas ist im Busch. Frangelico will, dass sie gestoppt werden."

„Er hetzt dich seinen eigenen Leuten auf den Hals?"

„Das hat er bereits getan. Sie brechen die Regeln. Lassen Leichen herumliegen. Entführen und behalten aus irgendeinem Grund Gestaltwandler. Den werde ich noch herausfinden und wenn ihr mir helft, werde ich es schneller rauskriegen. Und wir werden sie stoppen."

„Du denkst, die Gestaltwandler-Entführungen und die Menschentode hängen zusammen?", fragt Parker. „Warum?"

Ich zucke mit den Achseln. „Hab nur so ein Gefühl. Ich vermute, die Vampire sind nach menschlichen Süßblütern süchtig und jetzt wechseln sie zu Gestaltwandlern. Ich will wissen warum. Menschen sind leichtere Beute. Warum sollten sie auf Gestaltwandler umspringen?"

„Wer weiß schon, warum Vampire irgendetwas tun?" Declan schüttelt den Kopf.

Parker lässt sein Feuerzeug nachdenklich aufflammen. „Vielleicht ist Gestaltwandlerblut berauschender." Sein Blick heftet sich auf Jordy. „Ist das hier eine der Gestaltwandler-Süßblüter?"

Ich knurre und trete vor Jordy, womit ich Parker und

Declan die Sicht auf sie versperre. „Haltet sie aus dieser Sache raus."

Die zwei absonderlichen Gestaltwandler wechseln einen Blick, aber sagen nichts. Das gefällt mir nicht. Indem ich Jordy einen Wink gebe, ziehe ich sie vor mich und präsentiere sie den Männern.

„Das hier ist Fähchen", sage ich. Ich will nicht ihren echten Namen benutzen und sie in Gefahr bringen. „Sie steht unter meinem Schutz."

„Du erhebst Anspruch auf sie?", fragt Declan. Jordy atmet scharf ein.

„Soweit es dich oder irgendeinen anderen Gestaltwandler betrifft, ja. Wenn sie hier ist, gehört sie zu mir. Wenn sie nicht hier ist, vergesst, dass sie existiert. Verstanden?"

Sie murmeln beide, dass sie es verstehen, aber sie sehen nicht glücklich aus.

„Du weißt etwas, dass du uns nicht erzählst", beschuldigt mich Parker.

„Vielleicht. Vielleicht auch nicht. Helft mir, besorgt mir Informationen und ich werde euch ins Boot holen." Ich lege meine Hände auf Jordys Schultern. „Ihr könnt ablehnen, mir zu helfen. Aber es steht mehr auf dem Spiel als unser Stolz."

Declan flucht.

„In Ordnung, Grizz", sagt Parker. „Wir haben nichts, also haben wir auch nichts zu verlieren. Wir werden dir helfen. Wir werden diese Sache mit dem Truck zu Ende bringen und uns umhören, um so viel wir können über die Gestaltwandler-Sklavenhändler in Erfahrung zu bringen. Aber sei vorsichtig. Wenn du in Tucson herumschnüffelst, wird das Garretts Rudel nicht gefallen."

„Ich werde mich um die Wölfe kümmern. Zum Teufel, ich werde jetzt gleich mit ihnen reden." Ich fuchtle mit der Hand zum Lagerhaus am Ende des Parkplatzes.

„Das würde ich an deiner Stelle nicht tun." Declan zieht die Zigarette aus seinem Mund und tut so, als würde er Rauch ausblasen. Diese ganze Sache, eine nicht angezündete Zigarette zu rauchen, ist verdammt bizarr, aber wenn man mit diesen dreien zusammenarbeitet, ist verrückt nun einmal das, was man kriegt. „Du bist im Moment *Persona non gratin*."

„*Persona non grata*", korrigiert Laurie leise von seiner Stelle neben dem Auto.

„Was?"

„*Non grata*", sagt Parker. „Du hast *gratin* gesagt. Gratin ist ein überbackenes Gericht."

„Ich habe Hunger, okay." Declan wirft die Hände in die Luft. „Meine Fresse."

Ich räuspere mich. „Wie ich gerade sagte, werden mich die Wölfe wieder aufnehmen. Ich werde ihnen erzählen, dass ich die Menschentode und die Gestaltwandler-Entführungen stoppen will, die dafür sorgen, dass unsere Gemeinschaft von den Gesetzeshütern ins Visier gefasst wird, und sie werden mich mit offenen Armen willkommen heißen."

„Na dann mach schon, geh schleimen." Declan ruckt mit dem Kinn zum Gebäude des Gestaltwandler-Kampfklubs. „Das will ich sehen." Er hüpft auf die Motorhaube des Camaros, zieht eine fettige Tüte heran und einen Burger heraus. „Abendessen und ne Show."

„Du wirst mit dieser Zigarette in deinem Mund essen?", fragt Parker und Declan zieht seine Augenbrauen hoch.

„Ja, und? Was kümmert's dich?"

Sie vertiefen sich in ihrem gewohnten Gezänke.

„In Ordnung", brumme ich. So unterhaltsam die Declan-Parker-Laurie Freakshow auch ist, ich werde nicht hier herumstehen und sie mir anschauen. Sie ist zu lange und es gibt keine Pause. Tatsächlich endet sie nie.

Ich mache mich auf den Weg zum Gebäude des Kampfklubs, wobei ich Jordy mit mir nehme.

„Bleib dicht bei mir, Fähchen", trichtere ich ihr ein, wobei
meine Hand ihr Genick packt. Es fühlt sich richtig an, sie zu
halten. „Folge mir."

Sie antwortet nicht, aber ihr Körper setzt sich in Bewegung und reagiert auf meinen, nimmt Hinweise von mir
entgegen und lässt sich zu dem formen, was sie für mich sein
muss. Wachsam, aufmerksam. Vollkommen auf mich eingestellt. Beim Schicksal, sie ist verdammt nochmal perfekt.

Sie bleibt einen Schritt hinter mir, während ich zur Tür
des Kampfklubs marschiere. Ich arbeitete hier früher, bis das
Tucson Wolfrudel herausfand, dass ich für die Vampire
arbeite. Ich hatte mir nichts dabei gedacht. Frangelico bot mir
lediglich einen besseren Deal an – eine Chance, meine
Mission tatsächlich zu beenden.

Ich werde langsamer, als ich mich der Kampfklubtür
nähere. Sie ist neu und sieht stabil aus. Das letzte Mal, als ich
sie sah, war gelbes Absperrband davor gespannt. Jemand hat
den Laden aufgemotzt, seit ich hier war, aber er fühlt sich
noch vertraut an. Mein Bär betrachtet diesen Ort als sein
Zuhause. Auch wenn die Wölfe denken, ich hätte sie verraten, gehöre ich hierher.

Jordy bleibt einen Schritt hinter mir, während ich mich
nähere und dabei nach links und rechts blicke. Ein Haufen
Biker haben ihre Motorräder entlang des Maschendraht-
zauns geparkt. Sie unterhalten sich und chillen, bevor die
Kneipe aufmacht. Katzengestaltwandler, nach ihrem Geruch
zu urteilen. Selbst wenn ich sie nicht riechen könnte, würde
ich daran, wie sie an ihren bunten Lederjacken herumzupfen
und ständig mit Kämmen durch ihre Haare fahren, erkennen, dass sie ein Haufen Pussys sind. Sie fahren nicht
einmal richtige Motorräder, nur Rennmaschinen, was sie

vermutlich zu Geparden macht. Geparde leben für Geschwindigkeit.

Sie blicken kaum in meine Richtung, als Jordy und ich die Türschwelle des Kampfklubs erreichen. Bevor ich den Griff packen kann, schwingt die Tür auf und ein riesiger Gestaltwandler ragt vor mir auf. Hellgrüne Augen begegnen meinen. Dieser Typ ist groß und sein Tier ist größer – und bereit, loszuschlagen. Direkter Augenkontakt mit einem rauflustigen Bären wie meinem ist eine offene Herausforderung. Ein rotes Tuch für einen Bullen, ein geworfener Fehdehandschuh.

„Hey." Ich weiche nicht von der Stelle, aber gebe ihm auch keinen Grund, sich beleidigt zu fühlen. „Sind Jared oder Trey hier?"

„Nope. Wer zum Teufel bist du?"

„Jemand, der mit einem Wolf sprechen möchte."

„Hier sind keine Wölfe." Seine wilden Augen huschen meinen Körper hoch und runter, messen mich. „Zumindest nicht für Leute deinesgleichen."

Beleidigung, großartig. „Hast du ein Problem mit mir? Dann zeig, was du draufhast." Mein Bär könnte einen Kampf gebrauchen.

Aus dem Augenwinkel erhasche ich ein Aufblitzen von rotbraunen Haaren. Jordy. Fuck, ich will nicht, dass sie in das hier reingezogen wird.

„Bereit, wenn du es bist." Der Typ verschränkt die Arme vor seiner Brust und das Licht in seinen Augen blitzt auf. Eine Menge Muskelmasse und ein kaum in Zaum gehaltenes Tier. Ich weiß nicht, welches Tier er ist, aber er riecht gefährlich.

„Oder du könntest mich einfach vorbeilassen."

„Hab Befehle. Keine Bären erlaubt. Tatsächlich sagten die Wölfe, solltest du auftauchen und Der Mistkerl einen Kampf wollen, dürfte ich dich fertigmachen."

„Der Mistkerl? Nennst du etwa so dein Tier?" Ich schüttle den Kopf mit geheucheltem Mitleid. Hinter meinem Rücken winke ich Jordy weg. Sie weicht langsam zurück, um keine Aufmerksamkeit auf sich zu ziehen. Braves Mädchen. „Ich bin ein Kämpfer und bin morgen für einen Kampf gebucht", informiere ich den Türsteher. „Wirst du mich dann auch daran hindern, reinzugehen? Hab ein Recht, hier zu sein."

Er schüttelt den Kopf und ich erhasche eine Wolke von seinem Geruch. Etwas Fruchtiges – Bananen?

„Gorilla", murmle ich und die grünen Augen werden schmal. „In Ordnung, Affenjunge, kannst du ein Diktat aufnehmen?"

„Was?"

„Kannst du lesen und schreiben? Ich werde eine Nachricht hinterlassen."

„Verpiss dich."

„Du willst die Nachricht nicht wissen?"

Der Gorilla macht sich daran, zurückzuweichen, um die Tür zu schließen. Bevor er das tun kann, schlage ich ihm ins Gesicht.

Er erholt sich im Bruchteil einer Sekunde und stürzt sich brüllend auf mich. Ich tänzle rückwärts.

„Du willst mehr hiervon? Melde dich an, dann kannst du dich mir im Käfig stellen. Tier zu Tier."

„Sie haben mir von dir erzählt", spuckt er aus. „Du bist mit den Blutsaugern verbündet. Du kämpfst für sie."

„Ich kämpfe für denjenigen, der mich bezahlt."

„Artenverräter."

Scheiß darauf. „Du willst kämpfen, Bananenfresser? Dann lass uns loslegen." Er ist groß, aber nicht die hellste Kerze auf der Torte. Es wird ein Kinderspiel werden.

Der Gorilla bleibt abrupt stehen. Ich kann praktisch den Moment erkennen, in dem ihm eine Idee kommt.

„Hey", brüllt er zu den Katzengestaltwandlern. „Wurde nicht eine von euren Frauen letzte Woche gebissen?"

Fuck.

Der Anführer der Geparde, ein Kerl mit einem Gesicht voller Piercings und einem schwarzen Mohawk schleicht nach vorne. Er ist schlank, aber nicht dürr. „Nicht eine von unseren. Wir beschützen unsere Leute."

„Sie war allerdings eine Katze", merkt ein anderer an.

„Eine seltene. Luchs oder so was."

„Yeah. Und ein Vampir biss sie", sagt der Gorilla.

„Yeah? Und?", fragt der Kater angriffslustig. Wenn er in Tiergestalt wäre, würden sich seine Nackenhaare sträuben. Sauer.

„Und dieser Typ hier arbeitet mit den Vampiren zusammen." Der Gorilla deutet auf mich. Ich knurre ihn an und er zeigt seine Zähne. Nicht stumpf wie die eines gewöhnlichen Gorillas. Scharf wie die des Raubtiers, das er ist.

„Arschloch", fluche ich, als die Katzengestaltwandler von ihren Motorrädern zu mir laufen.

„Nicht mehr so mutig, wenn die Chancen schlecht stehen", schnaubt der Gorilla.

„Fünfzehn zu eins ist kein fairer Kampf", schimpfe ich und weiche zurück, bis ich Jordy erreiche. „Fähchen, mach dich zur Flucht bereit."

„Grizz." Sie packt mich. Das Rudel Geparde schwärmt aus und fängt an, mich in die Mitte zu nehmen. Ich darf nicht zulassen, dass sie mich einkreisen, bis Jordy hier raus ist.

Ich greife in die Jacke, die sie trägt, ziehe meinen Flachmann raus, schraube den Deckel ab und trinke einen Schluck.

„Jetzt. Lauf zu dem Camaro." Ich gebe ihr einen Schubs. Declan, Laurie und Parker sind noch immer ein ganzes Stück entfernt von uns und beobachten uns. Sie würden mir Rückendeckung geben, aber sie sind kleiner als die meisten

Gestaltwandler. Ihre Tiere sind verkorkst, gebrochen. Nicht gerade Kämpfermaterial. Dennoch weiß ich, dass sie Jordy beschützen werden.

Ich drehe mich zu dem Anführer der Geparde um und knurre so laut, dass er einen Schritt zurückweicht. „Du weißt, dass ich dich ausschalten kann, oder?"

„Nicht uns alle." Seine Augen leuchten. Fuck, ich bin umringt von verrückten Gestaltwandlern. „Bist du der Grizzly?"

Ich richte mich auf. „Ich bin ein Grizzly. Einer von ihnen. Wir sind Spitzenprädatoren. Nicht gerade eine gefährdete Tierart. Zumindest nicht wie Geparde." Ich zeige meine Zähne.

„Das ist witzig. Hier ist eine ganze Gruppe von uns und nur einer von dir. Wer ist jetzt die gefährdete Tierart?"

Einer der Geparde löst sich von der Gruppe und läuft zu Jordy. Fuck. Nein.

„Lass sie in Ruhe", fauche ich, gerade als der Kater meinem Fähchen den Weg abschneidet.

„Gehörst du zu ihm?" Er beugt sich nach unten und kommt ihrem Gesicht ganz nahe. „Gehörst du zu dem Grizzly?"

Sie schaut mit aufgerissenen Augen zu mir.

„Du riechst nach ihm." Er packt sie und sie kreischt.

Aw, zur Hölle nein.

„*Nimm deine Finger von ihr.*" Ich laufe zu dem Typen, der an Jordy zerrt. Sie wehrt sich und versucht, sich zu befreien.

Das Rudel zieht den Kreis um mich zu. Ich packe den ersten Körper vor mir und reiße ihn aus dem Weg. Er fliegt durch die Luft und drei weitere nehmen seinen Platz ein. Mit einem Brüllen dränge ich vorwärts.

Sie treiben mich zurück, aber ich habe eine Geheimwaffe.

Ich hebe meinen Flachmann und leere ihn. Kraft schießt in meine Zellen. Bevor mein Sichtfeld schwarz wird, rufe ich meinen Bären.

～

Jordy

EIN RAUSCHENDES GERÄUSCH wie Wind erklingt und braunes Fell bricht aus Grizz' Haut hervor. Sein Tier explodiert aus ihm und zerfetzt seine Kleider. Geparde fliegen durch die Luft, als gigantische Bärentatzen auf den Asphalt knallen und ein Minierdbeben über den Parkplatz jagen. Die schwarze Oberfläche reißt stellenweise auf.

Der Gepard, der mich festhält, hält inne und beobachtet, wie seine Freunde, ihre Jacken ausziehen und sich verwandeln. Ich beiße ihn fest und er faucht, packt meinen Hals und hebt mich über seinen Kopf. Ich trete ihm in den Schritt. Er lässt mich fallen und ich drehe mich weg. Luft durch meinen gequetschten Hals ziehend, huste ich leicht und husche, so schnell ich kann, von ihm weg. Er folgt mir nicht.

Überall um mich herum fallen schmierige Biker auf ihre Knie und verzerren sich, während ihre Katzen in Erscheinung treten. Sie sind größer als jeder natürliche Gepard und haben Zähne wie Säbelzahntiger. Sie stürzen sich auf Grizz.

„Nein", schreie ich, als jemand meinen Arm packt. Ich wehre mich wie wild und noch eine Hand schließt sich um meinen anderen Arm.

„*Lass*, es ist alles okay, wir sind's." Declan zieht mich zum Camaro. „Wir sind auf deiner Seite."

„Nein, ich kann ihn nicht verlassen." Ich versuche, meine Füße in den Asphalt zu graben.

„Das tust du auch nicht. Wir müssen dich nur in Sicher-heit bringen."

Hinter uns brüllt der Grizzly, als eine Katze nach der anderen auf ihn springt, während ein riesiger Gorilla von dem Maschendrahtzaun hängt und lacht.

„Wir müssen ihm helfen!"

„Nicht unser Kampf, *Lass*." Declan zieht mich die letzten Schritte zu dem Motorrad und drückt mich nach unten. „Bleib hier."

Ich kaue auf meiner Lippe und wünsche mir, ich wäre stärker, schneller, dominanter. Bis jetzt hat Grizz die meisten der Katzen weggeschleudert. Es ist verrückt. Der Bär ist zahlenmäßig hoffnungslos unterlegen... und er gewinnt.

„Hab noch nie so was gesehen", flüstert Declan neben mir, während Grizz umherwirbelt und einen angreifenden Gepard in den Boden rammt. Noch eine Bewegung, zu schnell, um sie nachvollziehen zu können, und weitere Geparde liegen auf dem schwarzen Untergrund und stöhnen. Grizz wirft Katzen durch die Luft, als seien sie hohl. Und –

„Er bewegt sich so schnell, dass er verschwimmt", sagt Parker.

Der Gorilla brüllt vor Frust. Weitere Geparde fallen.

„Uh oh", murmelt Declan und mein Herz zieht sich zusammen. Fünf Geparde kauern hinter Grizz und warten darauf, sich auf ihn zu stürzen. Zwei weitere rennen auf den Bären zu, der ihnen mühelos ausweicht. Doch er tritt einen Schritt zurück, geradewegs in ihre Falle.

„Nein", ächze ich. Fünf Katzen springen gleichzeitig auf Grizz. Eine gelangt auf seinen Rücken, schlägt die Krallen in ihn und zieht den Kopf für den Tötungsbiss zurück.

„Sie bringen ihn um!", kreische ich. „Macht etwas."

„Verdammte Scheiße", flucht Declan und ruft zu Parker. „Setz dem ein Ende."

Der grauhaarige Gestaltwandler stellt sich auf den Camaro. „Die Cops kommen!", brüllt er. Die kämpfenden Tiere bemerken es nicht.

Ein Pfiff durchschneidet die Luft. Die Katzen schreien und ich halte mir die Ohren zu und wünsche mir, Declan hätte mich gewarnt, dass er pfeifen würde.

Parker wiederholt: „Die Cops kommen."

„Cops", nimmt einer der Biker den Ruf auf. Er stößt einen Schrei aus und seine Kumpel hören auf, Grizz zu zerfleischen.

„Cops!", schreit Declan. „Jedes Tier ist auf sich allein gestellt!"

Die Geparde ziehen den Schwanz ein und rennen davon.

Grizz kommt schwankend auf die Füße. Sein Fell ist stellenweise rot verfärbt und er humpelt. Aber er lebt noch.

Der Gorilla brüllt und springt von seinem Platz am Zaun, sodass er wenige Schritt von Grizz entfernt landet.

„Er wird Grizz nicht ohne einen Kampf gehen lassen", sagt Parker. „Wir haben keine Zeit dafür. Die Cops kommen."

„Verdammt, hast du sie echt angerufen?", keucht Declan.

„Ich habe das getan", sagt Laurie vom Beifahrersitz des Camaros.

Der Ire flucht und packt mich. „Ruf ihn", befiehlt er.

„Was?" Ich starre ihn mit offenem Mund an.

„Ruf ihn", wiederholt Declan und reicht mir etwas. Einen Helm – den, den Laurie anhatte. „Ruf Grizz. Jetzt!"

„Grizz", kreische ich. Der große Bär tigert hin und her und wartet darauf, dass der Gorilla angreift. „Grizz, die Cops kommen! Du musst herkommen! Komm zu mir zurück."

Grizz dreht sich um und beginnt, kleiner zu werden. Der Gorilla schlägt zu, doch in der letzten Sekunde wirbelt Grizz herum. Eine verschwommene Bewegung und der Gorilla ist auf dem Boden und schrumpft zu einem Menschenkörper.

„Komm", brüllt Declan, während Sirenengeheul um uns herum anhebt. „Jetzt!"

Der Bär rennt zu uns. Fell weicht von der blutigen Haut zurück und dann ist da nur noch Grizz, der zu mir und dem Motorrad rennt.

„Du bist nackt, Mann, hier." Declan reicht ihm ein Paar Jogginghosen. Ich ziehe die Lederjacke von mir und zucke zusammen, als Grizz sie über seinen blutigen Oberkörper zieht. Er schiebt seine Füße in die Timberlands und schwingt ein großes Bein über sein Motorrad.

„Spring auf", befiehlt er und meine Haut prickelt wegen seiner Dominanz. Den Helm sicher auf meinem Kopf befestigt, klettere ich hinter Grizz auf das Motorrad und packe seine Jacke.

„Arme um mich", sagt er und knurrt, als ich zögere. Ich will ihm nicht wehtun, aber als ich meine Arme zögerlich um seine Mitte lege, zieht er mich eng an seinen Rücken.

„Halt dich fest, Fächchen", befiehlt er und tritt das Bike an. Der Motor erwacht röhrend zum Leben und wir rasen davon und folgen dem weißen Camaro auf einer gewundenen Fluchtroute aus dem Industriegebiet.

Wir biegen auf die Hauptstraße eine Sekunde, bevor ein Feuerwehrwagen mit roten Lichtern vorbeiflitzt und zum Kampfklub schießt, während wir in die entgegengesetzte Richtung fliehen.

KAPITEL 6

 *rizz*

DAS MOTORRAD RÖHRT, während ich uns zwischen den Autos hindurchschlängle und immer schneller fahre. Jordys Finger bohren sich in mich, aber ich werde nicht langsamer. Ich muss sie nach Hause und in Sicherheit bringen, bevor die Kraft aus meinen Adern strömt und mich so schwach zurücklässt, dass ich sie nicht mehr verteidigen kann. Von dem Saft runterzukommen, ist immer schwer.

Wenigstens werden wir nicht verfolgt. Nur für den Fall wechsle ich die Spur und biege auf eine Nebenstraße.

Als mein Motorrad schließlich meinen Berg erklommen hat, hat sich der rote, heiße Zorn, der in meinem Blut köchelte, abgekühlt. Ich schalte den Motor aus und sacke nach vorne, da meine Glieder schwer und kalt sind. Mein Magen ist eine Masse aus Knoten. Wenn ich kämpfe, bestehe ich nur aus Adrenalin. Wenn das Adrenalin verfliegt, ist nichts mehr übrig.

Mein Sichtfeld wird einen Augenblick schwarz. Ich kämpfe darum, durch mein Bewusstsein zu trotten, zurück in die Realität, zurück ins Leben. Da war etwas, das ich tun musste –

Ein leichtes Gewicht bewegt sich hinter mir und ich hebe den Kopf. Jordy. Muss sie vom Motorrad kriegen, sie in Sicherheit bringen.

„Grizz?", ruft Jordy. Sie steht jetzt neben mir. Ich verliere Sekunden, verliere Zeit.

Blinzelnd schüttle ich den Kopf. „Rein. Jetzt."

Ich wuchte meinen Körper vom Motorrad, mache einige Schritte und stolpere.

„Grizz!" Sie presst sich an meine Seite. Stützt mich. Hilft mir beim Laufen. Nicht richtig. Ich sollte ihr helfen.

„Rein. Du musst... Sicherheit..." Meine Zunge ist geschwollen, füllt meinen Mund und bringt mich zum Nuscheln.

Schlüssel klirren und die Tür öffnet sich, woraufhin mich der vertraute Geruch meiner Höhle umhüllt. Fast da. Ich schleppe mich vorwärts und falle auf die Knie, bevor ich meine Küche erreiche.

„Grizz, was stimmt nicht?" Jordys Stimme ist schrill. „Was brauchst du?"

„Komme von dem Kampf runter. Werde... wieder." Ich weiß nicht, ob ich wieder auf die Beine kommen werde. Es war noch nie zuvor so schlimm.

„Es ist okay, leg dich einfach hin." Ihre Hände tasten meinen Körper ab. Etwas Weiches stützt meinen Kopf. Meine Stiefel werden ausgezogen. „Grizz, kannst du mich hören? Kann ich dir etwas bringen?"

„Fleisch", ächze ich und lecke mir über die Lippen. „Wasser."

Ein rauschendes Geräusch und sie ist zurück, hält mir den kühlen Rand eines Glases an die Lippen. „Trink das." Ihr Atem entweicht ihr als hektisches, leises Keuchen. Ich tätschle ihr Bein. Ich will, dass sie weiß, dass ich wieder gesund werde. Das Wasser strömt meine Kehle hinab und klärt meine Lungen. Ich kann atmen. Ja, das ist es. Ersetze den Saft mit etwas Sauberem und Reinem.

„Hier", sagt Jordy. Ihre Stimme klingt komisch. Blut trifft auf meine Lippen und ich knurre, packe das Fleischstück, das sie gefunden hat. Es ist noch halb gefroren, aber meinem Bären ist das egal. Ich reiße daran und falle darüber her, während ich langsam wieder zu mir komme. Ich bin auf den Fliesen, liege auf meinem Rücken, meine Lederjacke unter meinem Kopf. Jordy kniet neben mir. Sie gibt mir mehr Wasser, als ich darum bitte, und noch ein Stück Fleisch.

Ich hebe meinen schweren Arm und finde ihr Gesicht mit meiner Hand. Ich umfange ihre Wange und runzle die Stirn wegen der Feuchtigkeit, die ich dort vorfinde.

„Es ist alles okay", murmle ich um meine geschwollene Zunge. „Gib mir nur eine Sekunde. Bin gleich wieder da."

„Schhh." Sie hält meine Hand an ihr Gesicht. „Es ist okay. Ich bin hier." Hinter ihr ist meine Eingangstür. Sie könnte ohne Weiteres rauslaufen und gehen, zu ihrem Master zurückkehren, aber sie tut es nicht.

„Bleib bei mir", murmle ich. Ich habe nicht die Energie, es ihr zu befehlen.

„Natürlich", flüstert sie und ich lasse meinen Kopf nach hinten rollen, während ich aus dem Bewusstsein gleite.

ICH KOMME STUFENWEISE WIEDER zu Bewusstsein. Da ist
etwas Weiches unter meinem Kopf – weicher als die Lederjacke. Ein Kissen. Ein leichter Körper presst sich an meine
wunden Rippen. Ein wundervoller Duft wabert in meine
Nase. Jordy. Sie liegt neben mir und mein Bär liebt es.

Mir ist warm, zu warm. Etwas ist über uns ausgebreitet
und es riecht nach Vampir. Mit einem Knurren, reiße ich die
Decke von uns, die ich auf Jordys Käfig fand, und schleudere
sie durch den Raum. Sie landet neben der Tür. Ich werde sie
später verbrennen. Diesen Vampir will ich nicht noch einmal
riechen.

Ich bin auf dem Boden auf halbem Weg zwischen der Tür
und Küche, meine Jacke hängt an ihrem Haken und meine
Stiefel stehen ordentlich darunter. Mein Körper ist eine Masse
aus feurigem Schmerz. Das Schlimmste ist ein Biss an
meinem Bein und noch einer an meiner Schulter. Verdammte
Katzen. Sowie ich mich bewegen kann, werde ich diese Bisse
wirklich gut ausspülen.

In der Zwischenzeit werde ich einfach hier liegen und
meinen Glückssternen danken, dass alles so abgelaufen ist,
wie es abgelaufen ist. So schlimm ging es mir noch nie, wenn
ich vom Saft runterkam. Und ich heile langsamer, weil sich
mein Körper in mehr als einer Hinsicht erholen muss. Kein
gutes Zeichen. In Zukunft werde ich vorsichtiger sein
müssen.

Ich bin der größte Glückspilz auf der Welt. Nicht, weil ich
den Kampf überlebte, sondern wegen des warmen Gewichts,
das an mich geschmiegt ist. Jordy hat mich nach drinnen
gebracht, mich gefüttert und mir zu trinken gegeben. Sie hat
mir ein Bett auf den Fliesen errichtet und sich neben mich
gelegt.

Ich könnte für immer hier liegen, scheiß auf die ange-
knacksten Rippen.

Ein leises Geräusch und Jordy hebt ihren Kopf. Ihre Augen blicken unter ihren zerzausten Haaren besorgt drein.

„Hey", wispert sie. Ich grinse und streichle die rotbraunen Strähnen nach hinten. „Geht's dir gut?"

„Viel besser." Meine Stimme ist tief wie ein Grab.

„Du warst vollkommen weggetreten." Sie beißt sich auf die Lippe. „Ich habe mir Sorgen gemacht."

„Ich wollte dir keine Angst machen, Fähchen." Scheiße, war ich ein paar Stunden bewusstlos? Das ist bei weitem das schlimmste Mal.

Sie hält still und kuschelt sich an meine Seite, das sommersprossige Gesicht nach oben geneigt, während ich ihre Haare nach hinten streiche. Als ich meine Hand senke, regt sie sich.

„Hier." Sie steht auf und geht zum Spülbecken, bevor sie mit einem großen Glas Wasser zurückkehrt. Ich setze mich aufrecht hin und trinke, während sie neben mir kauert.

„Danke."

„Möchtest du etwas essen?"

Ich nicke. „Das wäre gut."

„Möchtest du etwas Fleisch?"

„Nichts Gefrorenes."

Sie wirft mir über ihre Schulter ein winziges Grinsen zu, während sie erneut in die Küche geht. „Ich hab einige Fleischstücke aus der Gefriertruhe geholt und sie zum Auftauen ins Spülbecken gelegt."

Ich setze mich auf, während sie vor und zurück läuft, mir ein Stück Fleisch reicht und mein Wasserglas noch einmal auffüllt. Sie gibt keinen Kommentar von sich, als ich neue Kraft finde und mich auf wackligen Beinen erhebe. Ich sehe wie ein neugeborenes Rehkitz aus und stöhne, als ich wie ein alter Mann nach unten sinke. Schweigend serviert sie mir noch einen Teller Fleisch. Ich esse es roh, aber es gleitet mir wunderbar durch die Kehle. Ich muss die Kraftreserven auffüllen, die das Kämpfen aufgezehrt hat. Es fühlt sich an, als befände sich ein Loch in meiner Mitte.

Die ganze Zeit, während ich esse, nimmt sie nicht die Augen von mir. Jordy richtet mir noch einen Teller und wärmt sich selbst gekochte Reste auf. Jede Bewegung ist geschmeidig und elegant, als würde sie einen choreographierten Tanz aufführen. Zwang Augustine sie, ihn und seine Freunde so zu bedienen? Wahrscheinlich. Der Gedanke bringt mich zum Würgen. Jordy wirbelt mit aufgerissenen Augen herum und ich trinke rasch etwas Wasser und schlucke einen Mundvoll. Erst, als ich ihr signalisiere, dass alles gut ist, widmet sie sich wieder dem, was sie gerade tut. So aufmerksam, so gut trainiert. Ich schätze, ich sollte Augustine danken, aber ich will diesen Mistkerl einfach nur umbringen.

„Brauchst du noch irgendetwas?", erkundigt sich Jordy. Sie wartet, bis ich den Kopf schüttle, ehe sie ihren Teller abstellt und sich auf den Stuhl neben mich schiebt. Sie erwischt mich dabei, wie ich sie betrachte, und erstarrt. „Ist das hier okay?" Ihre leise Stimme ist melodisch, süß.

„Yeah, Fähchen. Alles ist gut. Fühl dich hier wie zu Hause."

Auf ihre Lippe beißend, sieht sie sich in der Küche um. „Das tue ich irgendwie schon."

„Gut", sage ich bestimmt und tätschle ihr Knie. Ich mag es, sie in meiner Nähe zu haben. Zur Hölle, ich will sie auf meinem Schoß haben, aber mein Körper flickt sich noch immer zusammen.

Es ist lange her, seit sich jemand auf diese Weise um mich gekümmert hat.

Sie beendet ihre Mahlzeit vor mir und wartet mit gesenktem Blick. Ich folge ihrem Blick und realisiere, dass meine Knöchel blutig sind. Zum Geier mein ganzer Körper ist eine rohe Masse aus Schnitten und Blutergüssen. Ich spüre es jetzt, da ich runtergekommen bin. Das Fleisch hilft jedoch. Ich beginne, zu heilen. Eine ordentliche Mütze voll Schlaf heute Nacht und ich werde wieder auf den Beinen sein.

Jordy erhebt sich und räumt den Tisch ab. Sie steckt noch immer in dieser lächerlichen Latzhose, die jedoch nicht die pralle Rundung ihres Hinterns verbirgt.

„Hey, Fähchen." Ich packe sie am Arm, als sie vorbeiläuft. Sie bleibt stehen, aber sieht mich nicht an. „Es tut mir leid. Dass ich einfach so eingeschlafen bin."

Etwas flackert auf ihrem Gesicht auf, aber verschwindet sofort wieder. Sie hat nicht mit einer Entschuldigung gerechnet. Ich hoffe, ihr ist klar, wie verdammt selten das ist. Normalerweise benehme ich mich nicht, als wäre ich jemandem Rede und Antwort schuldig.

Sie dreht sich vollständig zu mir. „Ist es das Kämpfen, das dich dazu bringt?"

Ich wäge eine verrückte Sekunde die Kosten ab, ihr die Wahrheit zu erzählen, und entscheide mich für eine Halbwahrheit. „Ja."

„Du warst fantastisch. So schnell. Parker und Declan meinten, sie hätten noch nie so etwas gesehen." Sie beißt auf ihre Lippe, als wäre sie sich nicht sicher, ob sie mir das hätte erzählen sollen.

„Ich tat, was ich tun musste."

„Es war unglaublich", sagt sie. „Du hast dich so schnell bewegt, dass wir nicht einmal die Hälfte deiner Bewegungen sehen konnten. Du hast nicht einmal echt ausgesehen."

Ich zucke mit den Achseln. „Es war dunkel." Nicht wirklich, aber ich muss diesen Gedankengang stoppen.

„Du warst schneller als irgendein Gestaltwandler."

„Hast du viele Gestaltwandler kämpfen sehen?", schnaube ich.

„Ja, heute Abend. Du hast ein ganzes Rudel ausgeschaltet und beinahe gewonnen."

„Nicht wirklich. Am Ende war es sehr knapp."

„Nicht wirklich", beharrt sie. „Du hättest sie schlagen können."

„Das weißt du nicht", tue ich ihre Worte ab.

„Ich weiß, was ich sah." Ihre Stimme wird leise, während sie darüber nachdenkt. „Du bist verschwommen. Du warst so schnell, dass du verschwommen bist. Die einzigen anderen Wesen, die ich kenne, die so verschwimmen können, sind…" Sie sagt es nicht, aber ich höre dennoch das Ende ihres Satzes. *Die einzigen Wesen, die so verschwimmen können, sind Vampire.*

„Ich bin bloß schnell, das ist alles." Lüge, Lüge, Lüge. Nach ihrem Gesichtsausdruck zu urteilen, weiß sie das auch. Aber sie korrigiert mich nicht. Zu gut trainiert. Von Augustine. Ich knurre.

„Danke für das Abendessen." Es ist draußen noch dunkel, weshalb es kein Frühstück sein kann.

„Es ist dein Essen. Ich habe es nur serviert."

„Du hast dich um mich gekümmert, Fähchen." Ich ziehe mein Hemd aus und sie keucht.

„Du bist verletzt!"

„Yeah, Fähchen. Ich hab gegen ein Rudel Katzen gekämpft." Ich begutachte die Stelle, wo sich die Kralle in mich gebohrt hat. Sie blutet nicht, aber heilt auch nicht so schnell wie üblich. Mein Körper hat noch immer mit den Nachwirkungen des Saftes zu kämpfen.

„Du brauchst einen Verband." Jordy beugt sich dicht zu mir. Mein Schwanz springt auf, als sie die Wunde inspiziert und ihr Atem leicht über meine Bauchmuskeln streicht. Ich kann nicht anders, als meine Hand auszustrecken und ihre

Haare nach hinten zu heben, damit ich ihr Gesicht sehen kann.

Das ist der Moment, in dem ich die lila Flecken über ihrem Schlüsselbein an ihrem Hals sehe.

„Was zum Geier", knurre ich. „Du hast Blutergüsse an deinem Hals." Ich nehme ihren Kopf in meine Hände, um sie untersuchen.

Sie beißt sich auf die Lippe, aber hält still. „Grizz, bitte. Es ist nichts."

„Sieht nicht wie nichts aus. Sieht aus, als hätte jemand versucht, dich zu erwürgen."

„Es war eine der Katzen. Er packte mich und irgendwie... hat er seine Hand um meinen Hals gelegt." Sie hebt ihre Hand, um es mir vorzuführen.

Mein Bär grollt tief in meinem Magen. Ich werde ihn umbringen. Ihre Haare ergreifend, drehe ich ihren Kopf nach links und rechts und präge mir die Platzierung der Blutergüsse ein. Das Muster. Dieser Kater wird mit den gleichen Malen um seinen Hals sterben.

„Es ist Stunden her. Warum heilst du nicht schneller?"

Sie zögert. „Beutegestaltwandler heilen langsamer."

Ich fühle mich wie ein Vollidiot. Sie kümmert sich um mich und ich bemerke nur, wie scharf sie ist. Wie sehr ich sie vögeln will. Ich kümmere mich nicht so um sie, wie ich das tun sollte.

Zeit, das zu korrigieren. Und zwar jetzt sofort.

„Dusche." Ich lasse ihre Haare los, damit sie aufstehen kann. „Du gehst zuerst."

„Du bist schlimmer verletzt", murmelt sie. „Vielleicht solltest du –"

Ich schüttle den Kopf. „Ladies first. Meine Mama hat mich richtig erzogen." Ich füge nicht hinzu, dass sie mir eine Ohrfeige verpasst hätte, weil ich mich nicht besser um Jordy gekümmert und es nicht schon eher angeboten habe. „Komm." Ich laufe zum Bad und schalte die Dusche an. Jordy wartet an der Tür und ich winke sie herein.

„Ich kann nicht", sagt sie mit gesenktem Blick. „Bitte, lass mich dir zu Diensten sein."

Mir in der Dusche zu Diensten sein... nun das ist eine Idee.

Nein! Böser Bär!

„Zieh dich aus", befehle ich.

Ihre Hände fliegen zu ihrem T-Shirt und halten inne, ihre Augen begegnen meinen.

„Das ist richtig", informiere ich sie, bevor ich ihr den Rücken zukehre, um ihr Privatsphäre zu geben. „Kleider runter, dann hopp in die Dusche." Ich schließe die Augen, als ich ihre Kleider rascheln höre. Ich erinnere mich an jede Kurve ihres hübschen Körpers. Ich will all diese Alabasterhaut berühren. Herausfinden, wo ihre empfindsamen Stellen sind. Lernen, was sie zum Summen bringt.

Eine zu große verdammte Versuchung.

„Ich werde deine Kleider holen." Ich laufe aus dem Bad.

Jordy

ICH SCHLIEßE die Augen und lasse das warme Wasser über mein Gesicht strömen. Duschen ist so gut, aber selten. Die meiste Zeit spritzte mich Augustine mit einem Schlauch im Garten ab. Ihm ging einer dabei ab, wenn er mich wie ein Haustier behandeln konnte.

Erst jetzt, nachdem ich Grizz begegnet bin, realisiere ich, wie verkorkst mein Master ist. Klar, einen Teil davon mochte ich. Aber er behandelte mich nie wie eine Ebenbürtige. Für ihn war ich ein Tier. Ein Haustier. Oder nicht einmal das – nur ein Spielzeug, eine Nahrungsquelle, ein Objekt, das benutzt und weggeworfen werden kann.

Es gab eine Zeit, in der er netter war. In der ich dachte, wir könnten mehr sein. Doch dann –

Die Narben auf meiner Brust jucken bei der Erinnerung. Ich wünschte, ich wüsste, was in jener Nacht passierte. Ich strengte mich so sehr an, aber erregte dennoch sein Missfallen. *Wertlos*, nannte er mich. Er war nie zuvor so grausam gewesen.

Ein Klopfen an der Tür durchbricht meine Gedanken. Ich fahre zusammen.

„Kleider sind hier draußen, Fähchen."

Er nennt mich ‚Fähchen'. Ich hatte noch nie zuvor einen Spitznamen. Ich mag es.

Ich schalte das Wasser vorsichtig ab. Ich habe mich nicht rasiert, aber meine Beine sind noch ziemlich glatt.

Ich laufe nach draußen und Grizz lässt dort Nachrichten auf seinem Heimtelefon abspielen. Es ist auf Lautsprecher gestellt, aber selbst wenn es das nicht wäre, könnte ich jedes Wort hören. Nicht weil mein Gestaltwandlergehör so gut ist, sondern weil die Person, die die Nachricht hinterlassen hat, schreit.

„Von all den dämlichen Dingen, die du hättest tun können – und dann rufst du die Feuerwehr? Wir brauchen diese Art von Publicity nicht."

Grizz drückt auf einen Knopf und die Nachricht stoppt, als ich mich nähere. Ich habe versucht, leise zu sein, aber an ihn kann man sich nicht heranschleichen. Entweder das oder er hat auf mich gewartet.

Ich erröte, als er mich von Kopf bis Fuß mustert. Meine Haare sind nass – er hat keinen Föhn, aber ich habe sie so ordentlich, wie ich konnte, nach hinten gebunden. Ich trage ein T-Shirt von ihm, das mir viel zu groß ist, und ein sauberes Paar Unterwäsche. Jemand muss die Dinge, die wir kauften, in den Satteltaschen des Motorrads verstaut haben. Einer der albernen Gestaltwandler, die wir kennengelernt haben – Declan oder Parker.

„Ich hab vergessen, einen Schlafanzug zu kaufen", sage ich, was er bereits weiß. Sein Blick gleitet über mich und bleibt auf Brusthöhe hängen. Meine Nippel sind hart und zeichnen sich unter dem T-Shirt ab.

„Das ist schon okay", sagt er belegt und widmet sich wieder dem Abhören der Nachricht.

„Garrett hier", sagt der Anrufbeantworter und knistert, als Garrett sofort eine gebrüllte Tirade über das, was vor dem Gestaltwandler-Kampfklub passiert ist, vom Stapel lässt. Eine Grimasse schneidend, hört sich Grizz die gesamte Nachricht an. Ich seufze, als der wütende Lärm stoppt, und Grizz Augen richten sich auf mich.

„Hab heute Nacht für einige Unruhe gesorgt", sagt er.

„Es war nicht deine Schuld."

„Das spielt keine Rolle. Sie geben mir die Schuld. Mein Handy explodiert noch vor Nachrichten."

„Ist die Feuerwehr wirklich dort aufgetaucht?" Uns so vor Menschen zu offenbaren, wäre das Todesurteil für meine Sippe. Vielleicht ist es für Prädatoren-Gestaltwandler anders.

„Nein. Laurie ist klüger als das. Sie meldeten ein Feuer zwei Lagerhäuser weiter weg. Es war nur ein Feuerwehrwagen, der kam. Das Rudel kam jedoch schnell dazu und räumte auf."

Ich verziehe das Gesicht. „Da war eine Menge Blut."

„Blut, zerfetzte Kleider, Fell... Menschen würden definitiv Fragen stellen, wenn sie das fänden. Das Rudel hat den Parkplatz vermutlich mit Wasser abgespritzt. Garrett wird sie wahrscheinlich die ganze Nacht Blut wegschrubben lassen. Dennoch, es war knapp."

„Yeah."

„Ich verstehe, warum er aufgebracht ist, das tue ich wirklich." Er drückt auf einen Knopf und die Maschine verkündet *Nachricht gelöscht.* „Der Kampfklub wird von Wölfen geleitet, aber hat zuvor schon Aufmerksamkeit erregt und für Ärger gesorgt." Er schüttelt den Kopf. „Keine gute Zeit, um ein Gestaltwandler zu sein. Es wird immer schwieriger, sich vor den Menschen zu verstecken."

„Yeah", murmle ich. „Meine Sippe sagte das ständig. Deswegen verkauften sie mich."

„Hey." Er legt einen Finger unter mein Kinn und neigt es nach oben. „Das hast du nicht verdient."

„Danke, dass du das sagst", wispere ich. Er sieht aus, als wolle er noch mehr sagen, aber er schüttelt den Kopf und tritt weg. Ich erschlaffe ohne seine Berührung.

Er atmet tief ein, während er sich sein schwarzes T-Shirt vom Körper schält.

„Oh nein", jammere ich. Sein Körper sieht aus wie ein Schlachtfeld. Diese abgebrochene Kralle, die er aus sich zog, war nur der Anfang.

Ich wedle mit den Händen durch die Luft, weil ich nicht weiß, wo ich anfangen soll.

„Erste-Hilfe-Kasten, Bad", sagt er und ich beeile mich, ihn zu holen.

Er folgt mir und füllt den kleinen Raum mit seiner Masse. Ich quetsche mich in eine Ecke, während er Dampf von dem kleinen Spiegel wischt und seinen Körper so neigt, dass er den Schaden einschätzen kann. Doch das bringt nichts – der Spiegel ist klein und trüb und sein ganzer gigantischer Körper ist mit Schnitten und klaffenden Wunden übersät.

Sich einen Waschlappen schnappend, macht er sich daran,

über seinen Körper zu wischen, als würde er eine Arbeitsplatte in der Küche schrubben. Als sei sein malträtierter Körper Beton und kein Fleisch. Ich weiß, dass er stark ist, aber ich zucke allein vom Zuschauen zusammen.

„Bitte, lass mich dir helfen." Ich drücke mich neben ihm herum.

Er reicht mir den Waschlappen, ich spüle ihn aus und tupfe damit über seine Haut. Er atmet scharf ein und ich stoppe.

„Tut es weh?"

Sein Kopf ist gesenkt, seine Augen leuchten zwischen seinen Haaren. „Nein, Fähchen. Das nicht." Er räuspert sich. „Du kannst ruhig grob bei mir sein, ich kann es ertragen."

Ich fahre damit fort, ihn zu säubern. Jeder Zentimeter von ihm ist hart von Muskeln. Es ist verrückt, wie etwas aus einem Anatomiebuch, doch es gibt vermutlich gar keine Worte, um all die Muskeln zu beschreiben, die er hat. Große, mittlere und kleinere, die zwischen die gequetscht sind, die ich erkenne. Er hat ein Zwölfpack um Himmels willen. Ich fahre mit meiner Hand über die zerklüftete Kontur und er gibt ein Geräusch von sich, das irgendwo zwischen einem Stöhnen und einem Knurren liegt. Ein Schnurren, würde ich es nennen, wäre er eine Katze.

„Braver Bär", wispere ich und senke meinen Kopf, damit ich sein Gesicht nicht sehe.

Als ich seine Seite erreiche, hebt er seinen Arm. Es steckt noch eine Kralle in seiner Seite und als ich es ihm erzähle, knurrt er mich an: „Zieh sie raus. Mach schnell."

Ich ziehe sie raus und wasche die Wunde mit viel Wasser aus. Jetzt, da all die zusätzlichen Blutspritzer fort sind, sieht er viel besser aus. Seine Heilkräfte haben zu arbeiten begonnen und einige der Schnitte sind bereits verkrustet. Ich gehe wirklich langsam und gründlich vor, wobei ich mich bemühe, ihm nicht wehzutun. Es braucht eine lange Zeit, aber Grizz scheint das nicht zu stören.

„Ich mache das manchmal", sage ich, um die Stille zu füllen. Um ihn von einem besonders schlimmen Kratzer abzulenken. „Subs nach Blutspielen waschen."

„Im Club Toxic."

„Nein. Es gibt noch einen Ort, wo die Vampire härter spielen. Ähm." Ich hebe den Kopf und begegne Grizz' hellen Augen im Spiegel. „Außerhalb des Zuständigkeitsbereiches des Königs." Mein Gesicht brennt; ich habe ein Geheimnis verraten.

„Das wird ihm nicht gefallen", sagt Grizz. Mit seinen hellen Augen sieht er wie eine Maschine aus, ein blonder Terminator, der geschickt wurde, um die Menschheit zu töten.

Ich schüttle den Kopf. „Erzähl es ihm nicht."

„Ich muss es ihm erzählen, Fähchen. Ich bin für ihn auf dieser Mission."

„Ich will niemanden in Schwierigkeiten bringen." Ich mache mich wieder daran, ihn zu säubern. Warum musste ich nur meinen Mund aufmachen? Augustine wird mich umbringen, wenn er herausfindet, was ich ausgeplaudert habe.

Grizz' Hand schließt sich um meinen Hals. Ich erstarre, aber er streichelt nur meine Haare zurück. „Es wird nicht deine Schuld sein, wenn sie in Schwierigkeiten geraten."

Ich schlucke. „Was wird der König tun, wenn er den geheimen Club nicht gutheißt?"

„Das ist ihm überlassen. Geht uns nichts an, Fähchen. Wo ist der Club? Weißt du es?"

Ich schließe die Augen. „Ich kann es dir zeigen." Ich habe meinen Master bereits verraten. Wenn schon, denn schon.

„Braves Mädchen", murmelt er und reißt mich damit entzwei. Ich sollte mich nicht gut fühlen, weil ich dem Feind meines Masters helfe, aber das tue ich.

Ich schweige, während ich seinen Rücken zu Ende säubere.

Als ich fertig bin, warte ich, während er den Spiegel von der Wand nimmt und seinen Rücken aus allen möglichen Winkeln prüfend betrachtet. „Danke, Fähchen. Jetzt sollte es schneller heilen."

Ich warte auf seinem Bett, während er duscht. Ich sollte zu fliehen versuchen und Augustine warnen, aber irgendetwas bringt mich dazu, zu bleiben. Ich sage mir, dass es seine Befehle sind, aber er hat mir seit einer ganzen Weile keinen Befehl erteilt. Ich wünschte, er würde es tun, damit ich die Gedanken ausschalten kann, die wie wütende Bienen durch meinen Kopf schwirren.

Grizz tritt barfuß in den Raum, ein Paar weich aussehender Jogginghosen tragend und sonst nichts. Obwohl ich weiß, dass es schon sehr viel besser ist, sieht seine Brust noch immer schlimm aus. Ich zucke beim Anblick der roten Male zusammen.

„Wie rohes Fleisch, hm?", sagt er. „Keine Sorge, ich weiß, dass ich meine Chancen auf eine Modelkarriere schon vor langer Zeit verwirkt habe."

Er nimmt die Kleider vom Bett – die, die wir kauften. Ich legte sie zusammen, aber wusste nicht, wo ich sie verstauen soll. Mit einer gewölbten Augenbraue räumt er eine Schublade in seiner Kommode aus und lässt die Kleider hineinfallen. Ich sollte eine Bemerkung dazu machen, aber ich bin zu müde. Seine Bewegungen sind geschmeidig und elegant, aber scheinen den Raum zu füllen.

Der Kämpfer ist nach Hause zurückgekehrt. Der erobernde Held. Seine Gegenwart durchtränkt die Luft und macht mir bewusst, wie klein ich bin. Wie weiblich. Der perfekte Preis für einen Krieger.

Ich ziehe meine Knie an mein Kinn und umarme meine Beine. „Was jetzt?", frage ich.

Er schaut wieder zu mir, seine Augen sind nach wie vor hell. Oh ja. Sein Bär ist sich bewusst, wie zerbrechlich diese Situation ist. Dass er mich will. Dass es richtig wäre. Ich gehörte zu Augustine und er nahm mich. Die Starken herrschen über die Schwachen und wenn du etwas willst und du stark genug bist, um es dir zu nehmen, gehört es dir. Das ist das Gesetz des Dschungels. Und wenn Gestaltwandler und Vampire involviert sind, ist überall ein Dschungel.

„Möchtest du, dass ich dich zu dem geheimen Club bringe?", frage ich in dem Versuch, einen Teil der Spannung zu zerstreuen.

Das Leuchten in seinen Augen wird gedimmt, als würde ein Licht ausgeschaltet. „Nicht heute Nacht. Morgen. Heute Nacht schlafen wir."

Oh.

„Keine Sorge, Fähchen, ich werde dir nicht wehtun."

„Das habe ich auch nicht gedacht."

Er stolziert zum Bett und legt seine Hand an meinen Hals. Eine zärtliche Berührung, aber sogar ein Mensch würde sie als das erkennen, was sie ist. *Ich kann deinen Hals brechen, aber ich werde es nicht tun.* Noch eine Art, seinen Anspruch geltend zu machen. So kräftig zu sein, dass man gewalttätig sein könnte, aber stattdessen ist man sanft.

Ich erschaudere.

„Schlaf, Fähchen. Das ist alles."

Als ich mich hinlege und er das Licht ausschaltet, weiß ich nicht, ob ich enttäuscht oder erleichtert bin.

KAPITEL 7

 *ordy*

DER TRAUM BEGINNT, sowie ich meine Augen schließe, als hätte er auf mich gewartet. Ein dunkles Monster in meinem Kopf, das mit seinen Kiefern nach mir schnappt und mich mit Haut und Haaren verschlingt. Ich bin in dem geheimen Vampirclub. Augustine ist dort, eine bösartige Präsenz. Das ist nicht richtig – er sollte ein Trost sein. Ich strenge mich an, mich an die Male zu erinnern, bei denen er mir Trost gespendet hat. Aber an diesem Traumort und -zeit ist Augustine nicht wohlwollend. Er ist nicht mein Freund. Er ist nur mein Master.

„Das ist sie?", fragt ein anderer Vampir. Augustine bestätigt das mit einem Ja. Ihre Stimmen sind in diesem Traumzustand gedämpft, aber ich weiß, dass sie über mich reden. Hände beginnen, über meinen Körper zu wandern, zu streicheln und zu erforschen, sich Freiheiten herauszunehmen.

Ich sollte stillliegen – Augustine befiehlt es mir – aber ich kann nicht. Ich wehre mich und werde wegen des Ärgers, den ich verursache, fixiert. Nicht mit Seilen. Mit harten Händen.

„Freches kleines Ding", merkt der andere Vampir an.

„Normalerweise nicht", grunzt Augustine. Seine Stimme trieft nur so vor Abscheu. Ich weiß, dass er Gestaltwandler verabscheut und in diesem Moment gibt er sich keinerlei Mühe, seine Gefühle zu verbergen. Ich fühle mich klein, sogar minderwertig, während die Hände auf mir meine Haut beschmutzen. „Beweg dich nicht", zischt mein Master erneut.

„Lass mich", sagt der fremde Vampir und bohrt seine Finger in meine Haut. Ich bäume mich auf und versuche, zu schreien, aber meine Kehle ist eine Gruft. Die Aura dieses Prädators ist so mächtig, dass sie mich förmlich erstickt. Die Luft ist zu dick zum Atmen. „Das ist es", sagt der Vampir und beschwichtigt mich spöttisch. „Benimm dich." Seine Finger sind jetzt Krallen und zerschneiden meine Haut. Das Blut fließt. „Bleib reglos und gib mir, was wir wollen." Seine Lippen finden meine Brust. Ich zucke einmal und werde wieder reglos. Das hier ist kein Traum. Es ist wirklich passiert. „Braves Mädchen", säuselt der einäugige Vampir und beginnt, von mir zu trinken, indem er seinen Kopf auf meinen linken Busen senkt.

GRIZZ

ICH LIEGE im Dunkeln und versuche, mich auszuruhen. Jordy atmet komisch, ein sanftes Pusten gegen meine nackte Brust. Das hilft nicht. Jedes Mal, wenn ich mich zu entspannen versuche, wimmert sie und presst sich dicht an mich und dann ist alles vorbei. Ich bin erledigt.

Mit einem Seufzen rolle ich mich auf den Rücken. Mein Schwanz ragt empor wie ein Fahnenmast und hebt die Decke an, sodass sie wie ein Zelt gespannt wird. Yeah, yeah. Ich bin scharf auf dieses Mädel, ich kapier es ja. Schluss jetzt. Ich zwinge meinen Schwanz, zu erschlaffen.

Ein erstickter Laut veranlasst meine Augen dazu, aufzuklappen. Jordy zuckt neben mir und ihre kleinen Finger bohren sich in meine ramponierte Brust. Es tut weh, aber es ist mir scheißegal.

Irgendetwas stimmt nicht. Sie ist aufgebracht. Ihr Gesicht ist ganz verkniffen, ihr Mund geöffnet, als würde sie zu schreien versuchen.

„Fähchen." Ich streichle mit dem Daumen über ihre Wange und sie zuckt so heftig, dass sie mich beinahe schlägt. Was zum Geier?

„Fähchen. Komm schon, wach auf. Jordy. Jordy!"

Jordy

JEMAND RUFT MEINEN NAMEN. Ich folge der Stimme durch den dunklen Tunnel und taumle zum Licht.

„Jordy!"

Meine Augen öffnen sich und ich schnappe nach Luft, als wäre ich unter Wasser gewesen.

„Beim Schicksal, verdammt noch mal, Fähchen, was war das?"

„Ich hatte einen Traum", wimmere ich und zucke zusammen, als er das Licht anschaltet. „Einen schlimmen."

„Er muss schlimm gewesen sein. Du hast um dich geschlagen und geschrien." Er umfängt mein Kinn und untersucht mein Gesicht. „Hier." Er greift zur Seite und schnappt sich das Wasserglas neben dem Nachttisch und reicht es mir. „Möchtest du mir erzählen, wovon er handelte?"

„Nein", sage ich ehrlich. Ich will ihn nicht noch einmal durchleben. Ich will heute Nacht nicht darüber reden. Ich will mich nicht daran erinnern. Jemals.

Er wartet erwartungsvoll. Ich bin dankbar für die kleine Pause, die Gelegenheit, meinen Herzschlag auf eine normale Geschwindigkeit zu drosseln.

Ich öffne den Mund. Ich könnte es ihm erzählen. Ich habe ihm bereits so viel verraten. Aber das wäre der ultimative Verrat. *Augustine brachte mich zu dem einäugigen Vampir und sie –*

Nein. Ich kann nicht.

Grizz blickt mich finster an und seine Stirn ist gerunzelt, als würde er versuchen, meine Gedanken zu lesen. Ich lecke mir über die Lippen. Er könnte mir befehlen, es ihm zu erzählen.

Aber er tut es nicht. „Okay, Fähchen", sagt er und schaltet das Licht wieder aus. Er hat mir eine Wahl gelassen.

„Komm her." Er zieht mich neben sich nach unten.

Ich rücke von seiner geschundenen Brust ab. „Nein. Ich werde dir wehtun."

Sein Glucksen füllt meine Ohren, ein dunkler, samtener Laut. „Du könntest mir niemals wehtun. Du bist zu klein."

„So klein bin ich auch wieder nicht", protestiere ich, doch er zerrt mich nur nach unten.

„Du bist klein." Er drückt mich wieder an sich. „Aber perfekt." Seine vernarbten Lippen liebkosen mein Ohr.

„Ich weiß nicht, ob ich wieder einschlafen kann", informiere ich ihn leicht atemlos.

Eine Pause. „Möchtest du, dass ich dir helfe?"

Noch eine Wahlmöglichkeit. Ich genieße das. „Ja", beschließe ich. Auch wenn es nur ein Befehl ist, will ich es. Ich wähle.

Aber er gibt mir keinen Befehl. Stattdessen verlagert er mich in seinen Armen, sodass ich komplett auf ihm liege und meine Hüften zwischen seinen. Mein Kopf erreicht sein Kinn nicht ganz, aber er muss seinen gebeugt haben, denn sein Atem streicht über meine Haare.

„Jetzt, was soll ich tun, um dir beim Schlafen zu helfen?" Seine Hand beginnt, nach oben zu wandern, mein Bein hochzukriechen und das große Shirt mit sich zu nehmen.

„Was auch immer du willst", flüstere ich. Denn es stimmt. Mein Körper liegt an seinem, weich und geschmeidig. Mein Verstand mag sich noch dagegen wehren, aber er besitzt meinen Körper. Meine Füchsin ist bereit dafür, dass er seinen Anspruch geltend macht.

„Was willst *du*, kleine Füchsin?" Ich liebe das tiefe Grollen seiner Stimme an meinem Ohr.

Ich falte ein Bein nach oben und hebe das Knie zur Decke, um ihm Zugang zu gewähren. Er knurrt seine Zustimmung und schiebt die Decke nach unten. Hitze bricht überall aus – auf meiner Haut, zwischen meinen Beinen. Es ist eine andere Art von Hitze als die, an die ich gewöhnt bin. Unterwerfung tört mich immer an, aber das hier ist wie Erregung mal zwölf. Meine Pussy schmilzt förmlich, mein Puls geht durch die Decke. Es juckt mich überall und ich bin ganz fiebrig und er hat mich noch nicht einmal intim berührt. Zu wissen, dass er mich beanspruchen wird – möglicherweise grob – begeistert nicht nur die Sub in mir, sondern auch meine Füchsin. Das ist es, was anders ist. Was dafür sorgt, dass es sich so richtig anfühlt.

Er krabbelt nach unten und packt den Schenkel, den ich gehoben habe. „Du lädst mich hier unten ein, Fähchen?"

Ich zucke bei der ersten Berührung seiner Zunge zusammen. Beim Schicksal, es ist, als würde ein Blitz direkt durch meine Klit und aus jedem Nervenende in meinem Körper schießen. Meine Nippel werden zu harten Diamanten und meine Nägel sinken in sein leeres Kissen neben mir.

Er zeichnet die Innenseite meiner Schamlippen nach und umkreist meine Klit. Ich winde mich und drücke unwillkürlich mein Knie gegen seinen Kopf. „Oh oh, Fähchen. Bleib für mich geöffnet, während ich deine süße Pussy lecke."

Ich erschaudere und meine Pussy verkrampft sich bei dem Befehl. Niemand hat mich jemals dort geleckt. Augustine folterte meine Klit viele Male, sicher. Er schlug sie, zwickte sie, brachte Klammern daran an. Aber er hat nie seinen Mund auf mich gelegt. Ich habe nie zuvor die samtene Glattheit einer Zunge an meiner empfindlichsten Körperstelle gefühlt.

Es war nicht meine Absicht – es sieht einer Sklavin gar nicht ähnlich – aber ich greife nach unten und packe seine Haare, an denen ich ihn wieder an mich ziehe.

Er gluckst. „Das ist richtig, kleine Füchsin. Nimm dir deine Lust."

Ich soll mir meine Lust nehmen.

Was für ein verruchter, schrecklicher Gedanke. Aber er hat es mir gesagt. Es war ein Befehl, oder?

Ich unterwerfe mich den Empfindungen – seiner Zunge, seinem tiefen, dominanten Knurren, dem befehlenden Griff seiner riesigen Hand auf meinem Schenkel. Ich hebe meine Mitte an seinen Mund, winde mich und lasse mein Becken kreisen.

Er dreht mich auf den Rücken und schiebt auch mein anderes Knie nach hinten, womit er mich weit spreizt. Ich schreie auf, als er von meinem Anus zu meiner Klit leckt. Er kehrt zu meiner Öffnung zurück und penetriert mich mit seiner Zunge. Es ist nicht genug und eigentlich habe ich nicht vor, Forderungen zu stellen, aber ich tue es – Schicksal hilf mir, ich tue es. Ich packe seinen Kopf und drücke seinen Mund auf mich, hebe meine Pussy. Er lässt einen meiner Schenkel los und schiebt zwei Finger grob in mich.

Ich jaule vor Wonne schrill auf und meine Augen rollen zurück in meinen Kopf. „Grizz!", schreie ich und die Panik, die stets vor einem Orgasmus in mir anschwillt, durchflutet mich.

„So ist's richtig, Fähchen. Wer bringt dich zum Schreien?"

Mein Verstand kann der Frage kaum folgen, weil ich so kurz vorm Höhepunkt bin. „Ähm... du tust das!" Ich schreie, als er mit seinen riesigen Fingern wiederholt meinen G-Punkt trifft. „Grizz tut das! Oh bitte, Grizz."

„Du musst nicht betteln, *nimm es dir einfach*", knurrt er.

Ich komme mit einer Explosion. Zerplatze. Ein simultanes Leeren und Füllen. Mein Körper tobt unter seinen fähigen Fingern und Zunge, meine Beine treten um sich, mein Becken zuckt. Meine inneren Muskeln ziehen sich zusammen und entspannen sich, beben. Er hört auf, seine Finger in mich zu pumpen und streichelt mit ihnen stattdessen meinen G-Punkt, während er an meiner Klit saugt und leckt.

Das Erdbeben vergeht und ich wimmere, falle schlaff auf das Bett. Meine Knie sind gespreizt, mein Körper knochenlos.

Grizz hebt seinen Kopf und leckt meine Säfte von seinen Lippen. „Du schmeckst wie Honig."

Ein schockiertes Lachen kommt über meine Lippen und ich greife nach ihm, schlinge meine Arme um seinen Hals. „Sagt der Bär."

Er knabbert an meinem Hals. „Bären lieben Honig."

Ich versuche, ihn auf seinen Rücken zu drücken, damit ich den Gefallen erwidern kann, aber das ist eine unmögliche Aufgabe, wenn er über mir ist und mich auf meinem Rücken fixiert. Ich greife nach seinem Penis zwischen unseren Körpern. Er ist riesig und dick und hart für mich. Ich drücke ihn, aber in seinem Knurren schwingt ein Tadel mit.

Ich lasse sofort los und reiße die Augen weit auf.

„Schh." Er streichelt meine Wange. „Ich helfe dir beim Schlafen."

„Darf ich bitte deinen Schwanz blasen?" Ich hätte beinahe *Masters Schwanz* gesagt, wie es mir beigebracht wurde, aber stoppe mich gerade noch rechtzeitig.

Dennoch verengt Grizz die Augen. „Nein", knurrt er und lässt sich neben mir nieder, ehe er mich zu sich zieht, um sich von hinten an mich zu schmiegen. Sein Körper ist riesig und warm und legt sich komplett um meinen kleineren. Meine Füchsin seufzt zufrieden. Nach einem Moment der Stille, in der ich mir darüber den Kopf zerbreche, was ich falsch gemacht habe, murmelt er an meinem Ohr: „Schlaf, kleine Füchsin. Du bist hier in Sicherheit. Ich werde nicht zulassen, dass dir irgendjemand wehtut. Das ist ein Versprechen."

Jetzt seufze ich auch.

Er streichelt meinen Arm. „Alles wird gut werden. Bei mir bist du immer in Sicherheit, Fähchen."

Freude – ein gefährliches Gefühl – legt sich über mich und ich versinke darin. Lasse mich von der Zufriedenheit meines Orgasmus und der Sicherheit von Grizz' Armen und Worten in einen tiefen, traumlosen Schlaf wiegen.

KAPITEL 8

 ordy

„Morgen, Fähchen." Grizz' raue Stimme rumpelt durch mich.

Ich presse mich nach hinten gegen die warme Wand seines riesigen Körpers und sein schnurrendes Knurren schickt angenehme Vibrationen durch mich. Ich biege automatisch den Rücken durch und reibe meinen Hintern an dem straffen Rahmen, den seine Hüften formen. Sein Knurren vertieft sich vor Frust. Große Hände zwingen meine Beine auseinander. Ich halte die Luft an, als seine rechte Hand auf Erkundungstour geht.

Außerhalb des Raumes durchbricht ein harscher Klingelton die Stille. Ich zucke in Grizz' Armen zusammen und sein Griff spannt sich an.

„Es ist okay. Nur das Telefon."

„Du solltest rangehen", flüstere ich, während das Telefon immer weiter klingelt.

Er antwortet mit einem Knurren.

Ein Piepen und der Anrufbeantworter springt an.

„Raus aus den Federn, es ist ein hübscher Tag", trällert ein irischer Akzent.

Grizz knurrt, als Declan fortfährt, eine Nachricht zu hinterlassen. „Ich habe Neuigkeiten für dich, also ruf mich vielleicht an."

„Hast du ihm erzählt –", unterbricht eine andere Stimme die Nachricht.

„Richtig, richtig, ich werde es ihm erzählen", schneidet Declan der Person das Wort ab. „Meine Fresse, reg dich ab."

„Ich sag ja nur –", sagt die zweite Stimme und die zwei beginnen, zu streiten, bis die Maschine piept und das Ende der Aufnahmezeit signalisiert.

Eine Sekunde später fängt das Telefon erneut zu klingeln an.

„Oh beim Schicksal –", ächzt Grizz.

Das Telefon klingelt, bis es wieder piept, und eine neue Stimme hinterlässt eine Nachricht. „Hier spricht Parker. Wir sind in dem Burgerladen. Halt dich vom Kampfklub fern."

„Gib mir das Telefon", mischt sich Declan ein.

„Nein. Ich habe ihm gesagt –" Die zwei beginnen von neuem zu streiten und die Nachricht endet.

Grizz gibt einen schweren Seufzer von sich, während ich mein Gesicht an Grizz' Brust drücke und kichere.

„Schätze, wir müssen uns mit diesen Idioten treffen", schnaubt Grizz in mein Ohr.

„Weißt du, du bist die einzige Person auf der Welt, die noch eine Festnetznummer hat", informiere ich ihn.

„Ich bin altmodisch."

„Oder einfach nur alt." Ich kräusle die Nase.

Im nächsten Moment finde ich mich auf seinem Schoß wieder.

„Ich werde dir altmodisch zeigen." Er schlägt meinen Rock nach oben und auf meinen nackten Po.

„Nein!" Ich trete um mich, obwohl er mir kaum einen richtigen Schlag verpasst hat. „So hab ich es nicht gemeint! Ich nehme es zurück!"

„Klar tust du das, jetzt da du dir eine Bestrafung verdient hast", sagt er und ich presse meine Beine zusammen, während ein Schauder der Erregung über mein Rückgrat rieselt. Er macht Witze, aber Grizz, der mir eine spielerische Bestrafung verabreicht, reicht schon, damit ich feucht werde.

Eine Sekunde später gleitet seine Hand zwischen meine Beine und er fühlt meinen erregten Zustand selbst.

„Beim Schicksal", flucht er.

Ich entspanne mich und unterwerfe mich ihm glücklich, während er meine klatschnassen Falten erkundet. Er weiß genau, wie er mich berühren muss – leicht, aber bestimmt. „Dir gefällt es, wenn dir der Hintern versohlt wird, was, Fähchen?"

„Ja", gebe ich zu.

„Warum?"

„Frag nicht warum. Es gibt kein Warum. Ich habe mein ganzes Leben versucht, diese Sache an mir zu verstehen. Warum mich Bestrafung antörnt. Warum ich gerne dominiert werde. Es gibt keine Antwort dafür. Ich wurde einfach so geboren. Das ist das einzig Gute, das aus meiner Versklavung an Augustine hervorging. Ich entdeckte eine ganze Welt der sexuellen Befriedigung. Und ich entdeckte auch, dass ich mit meinen Sehnsüchten nicht allein bin. Es gibt Dutzende anderer Süßblüter, die auf noch mehr Schmerzen stehen als ich und die im Toxic spielen."

„Du willst mehr?" Seine Stimme ist barsch und ich höre

Sorge darin, als wäre er sich unsicher, ob er die Frage überhaupt stellen sollte.

„Ja, bitte", antworte ich so liebenswürdig, wie ich kann.

Seine riesige Hand klatscht auf mein Hinterteil, versohlt erst eine Backe, dann die andere ein paar Mal. Er testet erneut, wie feucht ich bin. Ich stöhne vor Lust. Er räuspert sich. „Wie fest?"

„Fester, bitte."

„Du möchtest, dass ich dir wehtue?"

„Ja", gestehe ich. Ich mag die Empfindung von Schmerz. Das heiße Kribbeln, das einsetzt, wenn sie verabreicht wurde. Das Vorspiel vor dem Sex, das ich brauche, bevor ich die Befriedigung des Höhepunktes finden kann.

Meine Gestaltwandlerohren fangen das Geräusch seines Herzens auf, das schneller als normal schlägt. Ist er erregt? Oder ehrlich nervös, dass er mir wehtun könnte?

Er zerrt meine Handgelenke hinter meinen Rücken und fixiert sie dort mit einer Hand. „Okay, kleine Füchsin. Du wirst ein Spanking bekommen. Und dann wirst du mir deine Dankbarkeit erweisen."

Ich lächle in die Decke, weil er bereits von Natur aus so dominant ist. Er macht sich daran, mir hart und schnell den Hintern zu versohlen, und ich winde mich auf seinem Schoß. Es ist ein perfektes Spanking. Seine Hand ist so groß wie ein Paddle und er schlägt mich mit genug Kraft, dass es wirklich brennt. Ich zähle die Schläge in meinem Kopf, damit mein Verstand beschäftigt ist, damit ich mich wegen der Intensität nicht von seinem Schoß winde. Er verpasst mir dreißig, dann stoppt er und streichelt mit seiner schwieligen Handfläche über meinen zuckenden Hintern.

„Ist das gut?" Seine Stimme ist barsch.

„Ja, Mas– Grizz." Ich erinnere mich noch gerade rechtzeitig daran, ihn nicht Master zu nennen.

Er verpasst mir vier weitere Schläge, wobei er sich auf die Rückseite meiner Schenkel konzentriert, wo es stärker brennt. Jepp, er ist ein Naturtalent. „Nun, was werden wir jetzt wegen dem hier unternehmen?", sinniert er und schiebt seine Finger zwischen meine Beine. Ich spreize meine Schenkel und neige meinen Po nach oben, biete mich ihm an.

„Braves Mädchen", murmelt er und führt zwei Finger in mich ein.

Ich schreie vor Wonne auf. Dann pumpt er sie rein und raus, während sich sein Daumen zwischen meinen Pobacken vergräbt, um über meinem Anus zu ruhen. In dem Moment, in dem er dort Druck ausübt, beginne ich, mich wie wild an seinem Schoß zu reiben. Es ist peinlich, was für ein geringes Maß an Stimulanz ich von diesem Mann brauche, um den Höhepunkt zu erreichen, aber ich kann einfach nicht anders. Mein Körper ist seit dem Moment für ihn bereit, in dem ich sein tiefes Knurren hörte.

„Fuck, Fähchen", knurrt er, während er seine Finger in mich rein und raus stößt. Ich halte nur dreißig weitere Sekunden durch und dann komme ich auf seinen Fingern, wobei sich meine inneren Wände rhythmisch um ihn zusammenziehen und ihn wieder freigeben, während meine Säfte auf meine Innenschenkel tropfen.

„Nun." Er klingt beinahe aufgewühlt. „Ich verstehe es noch immer nicht, aber…"

Ich drehe mich und schaue über meine Schulter, um forschend in sein Gesicht zu blicken. „Aber?"

„Ich mochte auf jeden Fall meine Seite des Ganzen."

Ein Lächeln, das so breit ist, dass es fast schon wehtut, zupft an meinen Wangen. „Aber ich habe dir noch nicht einmal meine Dankbarkeit gezeigt." Ich krabble von seinem Schoß und verändere meine Position so, dass ich ihn blasen kann, doch er stöhnt und schüttelt den Kopf.

„Das werden wir auf ein andermal verschieben müssen. Wir haben heute einen großen Tag vor uns. Auf geht's." Daraufhin erhebt er sich und seine große Gestalt nimmt die ganze Wärme aus dem Bett mit.

Ich wimmere, aber kraxle aus dem Bett, um ihm zu folgen.

Er verschwindet in der Dusche und ich mache mich selbst fertig und beeile mich, mit der Zubereitung des Frühstücks zu beginnen. Ich komme nur zum Kaffeekochen, bevor er in die Küche trampelt. Ich serviere ihm den Kaffee, während er sich daran macht, Fleisch zu braten. Heute trage ich ein Kleid, das, welches er auswählte. Es flattert um meine Knie und ich tänzle damit durch die Küche, fühle mich hübsch, während ich den Tisch decke.

Sowie Grizz seinen Kaffee geleert hat, bin ich schon mit der Kanne bei seinem Ellbogen, um seine Tasse mit einem Lächeln aufzufüllen. Ich gehe los, um Teller zu holen und plötzlich ist Grizz an meinem Rücken und presst mich an die Schränke. Seine großen Arme legen sich um mich und er lehnt sich an die Arbeitsplatte, wodurch er mich einkeilt.

„Du musst mich nicht bedienen", raunt er mir ins Ohr.

„Das mache ich gerne", erwidere ich flüsternd.

Er grunzt und mein Nacken prickelt. Ich bin mir nicht sicher, ob er zufrieden oder aufgebracht ist, weshalb ich mich herumdrehe, um ihm ins Gesicht zu schauen. Seine Augen sind hell und er bewegt seine untere Körperhälfte an mir. Seine Härte streicht über meinen Bauch. Er ist nicht wütend. Nur frustriert. Nun, das ist seine eigene Schuld.

„Ich kann dir dienen", sage ich. „So viel du willst." Ich bin nicht dreist genug, einfach seine Erektion zu packen, aber ich lehne mich ihm entgegen.

„Hab heute Morgen eine Menge zu tun", sagt er.

„Das hast du schon gesagt."

„Hab keine Zeit, dich zurück ins Schlafzimmer zu bringen und mich mit dir zu befassen."

„Es muss nicht viel Zeit in Anspruch nehmen", biete ich an.

„Ich denke, das muss es. Ich bräuchte mindestens einen Tag. Vielleicht zwei."

Ich lächle ihn an, woraufhin er zurücktritt und seine Jeans verlagert.

„Hör auf, so niedlich zu sein", befiehlt er mit einem Grinsen. Ich senke den Kopf.

Seine Hand fällt auf meine Hüfte und streichelt mich durch den dünnen geblümten Stoff. „Ist das das Kleid, das ich ausgesucht habe?"

„Jepp. Gefällt es dir?", frage ich plötzlich mutig. Ich drehe mich im Kreis. Der Rock bläht sich auf. Uups, zu viel. Er hat definitiv einen Blick darauf werfen können, was sich darunter befindet. Wenigstens habe ich einen Slip an.

Seine Augen sind hell. „Vorsicht. Mach das bei niemand anderem als mir."

Ich nicke.

„Los mach weiter, deck den Tisch", befiehlt er sanft und tätschelt meine Hüfte.

Ich gehorche, wobei ich mir ein Lächeln verkneife.

Nach dem Frühstück hört er noch mal die Nachrichten ab und löscht sie anschließend. Sein Gesicht ist ernst, ganz geschäftsmäßig.

„Bereit zum Gehen?"

Ich nicke und halte eine Plastiktüte hoch. „Ich habe Wasserflaschen eingepackt. Es sind keine Snacks übrig – ich glaube, die Stooges haben sie gegessen."

„Stooges?" Grizz zieht eine Augenbraue hoch.

„Die drei Gestaltwandler…" Ich senke den Blick. Ich habe seine Freunde beleidigt.

„Tatsächlich ist das ein guter Name für sie", grunzt Grizz. „Gestaltwandler Stooges. Sie sind zu dritt."

„Ich werde ihnen das nicht ins Gesicht sagen", verspreche ich beklommen.

„Ich schon. Sie werden es vermutlich witzig finden." Grizz schnappt sich den Motorradhelm und winkt mir. „Hol deine Malsachen. Ich hab einiges zu erledigen und dir könnte langweilig werden."

Ich will protestieren, dass mir bei ihm nicht langweilig werden wird, aber stattdessen hole ich meine Sachen.

Während das Motorrad den Berg hinabrast, lehne ich mich mit Grizz in jede Kurve. Drei Tage sind vergangen, seit er mich von Augustine stahl, und es fühlt sich so natürlich an, mit ihm zusammen zu sein. Die Zeit mit meinem Master scheint immer weiter in der Vergangenheit zu liegen. Doch Grizz hat mir nicht verraten, was er mit mir vorhat. Ich darf mich nicht zu sehr an ihn gewöhnen.

Und tatsächlich stehen wir an einer Ampel, als sich Grizz zu mir dreht.

„Wo ist dieser geheime Club?"

Ich lecke mir über die Lippen und blicke zu der Ampel. Sie ist noch rot, aber könnte jede Sekunde umspringen.

„Sag es mir schnell, Fähchen", befiehlt er.

Ich platze mit dem Straßennamen heraus. „Ich kenne nicht die genaue Adresse, aber es gibt ein Restaurant in der Nähe mit einem blauen Schild." Ich beschreibe die Gegend.

Er grunzt und dreht sich nach vorne, kurz bevor die Ampel grün wird.

Ich lasse einen Seufzer fahren und umarme seinen Rücken, während das Motorrad über die Kreuzung rollt.

Grizz ist der Feind meines Masters. Das darf ich nicht vergessen. Auch wenn er dafür sorgt, dass ich mich gut fühle.

Wir fahren auf den Parkplatz des Burgerladens, den wir schon gestern Nachmittag aufsuchten. Der weiße Camaro wartet dort.

Ich hüpfe von dem Motorrad und streiche mein Kleid nach unten, während Grizz absteigt und meine Sachen aus der Satteltasche zieht.

„Warte hier", sagt Grizz und reicht mir das Malbuch und die Stifte. Ich presse sie an meine Brust während er sich den drei Stooges nähert. Einer von ihnen trägt eine altmodische Ballonmütze, die Sorte, die Männer in alten Schwarzweißfilmen tragen, die ich untertags anschaute, wenn es mir Augustine erlaubte. Die drei Gestaltwandler beugen sich alle aus dem Auto, erpicht darauf, Grizz etwas zu erzählen.

Ich zupfe an meinem Rock herum und trete von einem Fuß auf den anderen, bis sich Grizz umdreht und mich zu sich winkt.

Er kommt mir auf halbem Weg entgegen, gerade als die Brise den Saum meines Kleides einfängt und es nach oben um meine Schenkel pustet. Ich streiche es glatt und mache mir eine mentale Notiz, beim nächsten Mal Fahrradshorts darunter zu tragen. Allerdings macht Grizz' Gesichtsausdruck, als seine Augen über mich wandern, meinen beinahe Marilyn Monroe Moment wert.

Ich stoppe vor ihm. Er legt eine Hand auf meinen Rücken, schiebt mich näher und beugt sich so, dass sein Gesicht auf einer Höhe mit meinem ist.

„Du siehst gut in deinem Kleid aus, Fähchen." Seine Augen sind hell.

„Danke", wispere ich. Meine Brustwarzen ziehen sich unter dem Blümchenstoff zusammen. Ich habe keinen BH an, weshalb seine Wirkung auf mich offensichtlich sein sollte. Ein träges Lächeln breitet sich auf seinen vernarbten Lippen aus. Ich warte darauf, dass er mehr tut, aber er tritt weg.

„Ich werde dich den Nachmittag über bei diesen Kerlen lassen. Keine Sorge, sie sind irre, aber du wirst in Sicherheit sein."

„Ich will mit dir kommen."

„Geht nicht, Fähchen. Es könnte gefährlich werden."

Ich hebe zu Protesten an und er legt einen Finger auf meine Lippen, womit er mich zum Schweigen bringt. „Ich sag dir was. Ich werde dich vor der Dunkelheit abholen und dann werden wir gemeinsam zu Abend essen."

„Okay. Ich werde für dich kochen", biete ich leise an.

„Das würde mir gefallen."

Er drückt einen Kuss auf meine Stirn, tätschelt meinen Po und nachdem er den drei Gestaltwandler Stooges knurrend Befehle erteilt hat, „auf sie aufzupassen und mit eurem Leben zu beschützen", steigt er auf sein Motorrad und braust davon.

Ich schlucke schwer und presse mein Malbuch an meine Brust, während das alberne Gestaltwandlertrio seine neugierigen Augen auf mich richtet.

GRIZZ

MEIN BÄR KNURRT, während ich davonfahre. Aber ich kann es nicht ändern. Früher oder später wird Augustine bemerken, dass Jordy fort ist, falls er es nicht schon längst gemerkt hat. Und wenn er es tut, wird er sauer sein. Vampire mögen es nicht, wenn sich andere Leute an ihren Spielzeugen vergreifen. Selbst wenn sie ihre Spielzeuge misshandeln. Es ist eine Machtsache.

Und während ein Teil von mir sich auf die Gelegenheit freut, es mit Augustine aufzunehmen und ihm eine Lektion zu erteilen, bin ich nicht so dumm, mich in diesen Schlamassel ziehen zu lassen. Sowie dieser Auftrag erledigt ist, bin ich wieder auf der Jagd nach dem Vampir, der meine Mutter tötete. Ich esse, schlafe, träume Rache und das ist kein Leben für Jordy. Sie verdient mehr.

Wenigstens hat sie mir erzählt, wo der geheime Vampirclub ist. Dadurch kann ich mir weiterhin einreden, dass es das wert ist, sie bei mir zu behalten.

Das blaue Restaurantschild fliegt rechts an mir vorbei. Ich werde langsamer und fahre noch einmal daran vorbei, bevor ich in einer Gasse parke. Jordy konnte mir nicht die genaue Adresse nennen, aber das ist kein Problem. Den Rest kann ich zu Fuß rauskriegen.

Ich brauche weniger als fünf Blöcke, bis ich ihn rieche. Den kalten, erdigen Geruch von Vampiren unter einem anderen fleischigen Geruch.

Ich breche mit einer Brechstange und einem kräftigen Schubs mit meiner Schulter in das Gebäude ein.

Es ist eine Art alter Tanzsaal, komplett mit Bühne. Dort laufe ich hoch. Gut für eine Auktion.

Und im Keller: bingo. Hier bewahren sie wahrscheinlich die Käfige auf.

Blut, Schweiß, Tränen. Riecht für mich nach einem Ort für Gestaltwandler-Auktionen.

Ich habe noch eine Sache zu erledigen und dann werde ich zu Jordy zurückkehren. Ich hoffe, sie kommt mit den drei Stooges, wie sie sie nennt, gut zurecht. Beim Schicksal, sie ist niedlich.

Ich drehe noch eine Runde durch das Gebäude und werfe

einen Blick in alle Ecken und Winkel. Gruseliger Ort, aber nichts allzu Bösartiges, nicht bis ich den Raum hinter der Bühne betrete. Green Room wird er von Theaterleuten genannt. Hier hinten gibt es Möbelstücke, altmodische Samtsessel und Chaiselongues, perfekt für eine Diva. Es riecht nach Vampiren. Aber das ist es nicht, was mir die Nackenhaare sträubt.

In der Mitte des Raumes ist ein großer brauner Fleck auf dem Boden. Ich gehe in die Hocke, aber muss nicht daran schnuppern oder es anfassen, um zu wissen, was so tief in die hölzernen Dielenbretter eingedrungen ist.

Blut. Eine ganze Menge But.

Jordy

DIE DREI STOOGES stehen um den Camaro und stopfen sich Burger in den Mund. Es ist noch nicht einmal elf Uhr morgens. Der grauhaarige Mann, Parker, wartete mit mir, während sich die anderen zwei an die Tür stellten, bis ein Angestellter sie rein ließ. Sie kehrten mit so vielen Tüten zurück, dass sie ein ganzes Rudel füttern könnten.

Der Dunkelhaarige, Declan, dreht sich zu mir und sagt etwas mit vollem Mund.

„Wie bitte?", frage ich.

„Er hat gefragt, ob du einen Burger möchtest", sagt Parker zwischen Bissen von seinem Sandwich.

Ich lehne ab, wobei ich nach wie vor das Malbuch an meine Brust presse. Ich kann einfach nicht anders, als die Straße im Blick zu behalten in der Hoffnung, dass Grizz auf seinem Motorrad zurückkommen wird.

Declan schluckt einen Bissen. „Ich weiß, was du bist."

Ich drehe mich zu ihm und blinzle seinen ausgestreckten Zeigefinger an.

„Kleines, geschicktes, furchtsam kauerndes Biestchen."

„Declan", seufzt Parker.

„Das ist ein Gedicht", wirft der dritte Gestaltwandler ein, ein hochgewachsener und dünner Mann, der nach Federn riecht.

„Ich weiß, dass es ein Gedicht ist", sagt Parker. „Es ist vom Barden."

„Nicht vom Barden, du Volltrottel", brummt Declan. „Das ist Shakespeare."

„Wie auch immer." Parker fuchtelt mit einer Hand herum, knüllt die Verpackung zusammen und wirft sie in den Mülleimer. „Für mich hören sich alle toten weißen Dichter gleich an."

„Aber es ist mit einem Akzent geschrieben", protestiert der Mann, der nach Federn riecht, leise, während Declan und Parker lauthals zu streiten beginnen. Ich blinzle sie an. Was auch immer ich von den Männern, bei denen mich Grizz zurückließ, erwartete, es war keine Diskussion über Gedichte. Am Ende hat Declan Laurie die Mütze gestohlen und er und Parker haben sich beinahe geprügelt. Sie haben die Verpackungen ihrer Burger zusammengeknüllt und sich damit beworfen.

Als sie sich beruhigt haben, trete ich näher zu ihnen und verstecke mein Lächeln hinter meinem Buch.

„Das ist es, komm, setz dich ein Weilchen." Declan grinst mich an und rückt rüber, um auf der Motorhaube des Camaros Platz für mich zu machen. Ich setze mich vorsichtig und ziehe mein Kleid nach unten.

„Also, kleines Biestchen, verrat uns, was du mit nem Bären wie Grizz machst."

„Ich helfe ihm", antworte ich bestimmt.

„Tuste das?" Der Ire zieht eine Braue hoch. „Denn weißt du, was er am meisten braucht –"

„Declan", sagt Parker in warnendem Tonfall, aber das tangiert den irischen Wolf kein bisschen.

„– ist flachgelegt zu werden."

Parker schlägt Declan so fest, dass der schwarzhaarige Mann vor und zurück schwankt, doch mit einem Zwinkern an mich fährt er fort: „Er braucht es, dringend."

„Oh, damit helfe ich ihm ja", platzt es aus mir heraus, bevor ich mich stoppen kann.

„Biste dir sicher? Er ist ein großer, gigantischer Grizzlybär und du bist ein winziges, kleines Ding. Haste keine Angst vor ihm?", sagt Declan auf seine muntere Art, aber seine dunklen Augen suchen mein Gesicht sorgfältig ab.

„Nein. Ich habe keine Angst vor Grizz. Er ist groß und furchterregend, aber nicht zu mir. Nie zu mir."

„Declan, halt die Klappe." Parker zieht Delcan die Mütze über die Augen und wendet sich an mich. „Ich entschuldige mich für seine Unhöflichkeit." Er ist so formell, dass ich nicht anders kann, als ihn anzulächeln, obwohl ich erröte.

„Es ist okay. Es ist für mich okay." Ich schwenke eine Hand durch die Luft.

„Siehst du, sie mag es." Declan zieht die Mütze wieder hoch und schlägt im Gegenzug nach Parker. „Hat offensichtlich Mumm, wenn sie es mit Grizz aufnimmt."

„Aber sagt es ihm nicht", sprudelt es aus mir heraus. Mein Gesicht ist vermutlich tomatenrot. „Es ist eine Überraschung."

„Eine Überraschung?" Declans buschige Brauen kriechen nach oben unter seine Mütze, dann schenkt er mir ein Lächeln mit weißen Zähnen und klopft mir so fest auf den Rücken, dass ich nach vorne taumle. „Ich liebe es. Du hast mehr

Schneid, als ich dir zugetraut hätte, aber ich mag deinen Mumm, täusch dich nicht."

„Ok. Dankeschön."

„Ich bin froh, dass das alles geklärt ist." Parker verdreht die Augen. „Mir war nicht klar, dass du so besorgt um das Sexleben von Bären bist."

„Nicht irgendeinem Bären. Unserem Gewinnerkämpfer."

„G-gewinnerkämpfer?", fragt der hochgewachsene, dünne Mann stotternd. Als ich ihn anschaue, sieht er mir nicht in die Augen. Er ist also noch unterwürfiger als ich. Ein schwacher Gestaltwandler – vermutlich ein Vogel. Das würde den Geruch nach Federn erklären.

„Jepp", verkündet Declan fröhlich.

„Ojemine", grunzt Parker, der Declans Mütze packt und sie sich selbst in einem kecken Winkel auf den Kopf setzt. „Nicht noch eine fette Wette auf einen verrückten Kämpfer."

„Das ist richtig. Wir sind alle beteiligt. Wir müssen nur das Tucson Rudel davon abhalten, unsere Investition zu töten."

Ich versteife mich. „Sie wollen ihn töten?"

„Oh ja. Seit er sich auf die Seite der Vampire gestellt hat."

„Er steht nicht auf der Seite der Vampire", sage ich und beiße mir auf die Lippe. Ich weiß nicht, wie viele Informationen ich rausrücken darf.

„Tja, dann müssen wir nur noch die Wölfe davon überzeugen. Ansonsten könnten sie versuchen, ihn noch vor dem Kampf aus dem Verkehr zu ziehen. Sie würden nicht gewinnen – du hast ihn ja gegen all die Katzen kämpfen sehen. Aber sie könnten ihn verletzen und dann stehen die Chancen im Kampf schlechter."

„Sag mir, dass du die Wette nicht platziert hast", stöhnt Parker und zieht sich die Mütze über die Augen.

„Oh, ich habe sie platziert", verkündet Declan. „Freitag-abend werden wir reich sein."

„Solange Grizz nicht verliert", sagt Parker.

„Du hast ihn kämpfen gesehen." Declan nimmt einen Burger in die Hand und schwenkt diesen durch die Luft. „Was waren das? Zehn, fünfzehn zu eins?"

Parker hebt die Mütze, aber sieht nicht glücklich aus. „Weil es keinen anderen Grund gibt, aus dem Grizz verlieren könnte. Wie beispielsweise, dass er den Kampf für die Vampire verliert."

Declan wickelt den Burger aus und verschlingt ihn mit drei Bissen. „Das wäre schlecht. Gehe nicht über Los, ziehe keine drei Millionen Dollar ein."

Parker stöhnt abermals. „Sag mir nicht, dass du Geld geliehen hast, um diese Wette abzugeben."

„Es ist eine sichere Sache." Declan leckt sich Ketchup von den Fingern.

„Berühmte letzte Worte", murrt Parker und setzt sich in das Auto, wo er den Fahrersitz nach hinten neigt und sich mit der Mütze über seinem Gesicht zurücklegt.

„Also", Declan dreht sich zu mir, „wo hast du unseren Grizzly kennengelernt?"

„Ähm", meine Haut wird heiß und röstet meine Sommer-sprossen. „In einem Club."

„Welcher Club, Liebes? Der Kampfklub oder der Club mit den kinky Vampiren?"

„Der... ähm", stottere ich, „mit den Vampiren."

Declan beugt sich nach vorne, um zu dem dritten, ruhigsten Stooge zu sagen: „Sie ist niedlich, wenn sie errötet. Betont ihre roten Haare."

„L-l-lass sie in Ruhe", erwidert der große, dünne Gestalt-wandler.

Ich lächle ihn dankbar an. „Es ist alles okay."

„Was hat ein nettes Mädel wie du an so einem Ort gemacht?"

„Ich war mit meinem Vampirmaster dort."

Declan blinzelt schnell und ich blicke ihm direkt in die Augen.

„Du bist ein S-s-s-süßblut?", stammelt der hochgewachsene Gestaltwandler.

„Das bin ich. Nun, das war ich." Ich weiß nicht, was Grizz mit mir machen wird, wenn er fertig ist, aber ich bezweifle, dass er mich zu einem Vampirmaster zurückgehen lassen wird.

„Du bist es nicht mehr? Ham dich die Vampire weggegeben?", will Declan wissen.

Ich beiße auf meine Lippe und schüttle den Kopf.

„Wie kommt's dann, dass du bei Grizz bist?"

„Grizz brach in das Haus ein und ähm, nahm mich mit."

Declan sackt in sich zusammen. „Meine Fresse." Er hüpft von der Motorhaube und tigert hin und her. Im Auto setzt sich Parker auf.

„Was ist los? Laurie, erzähl es mir."

Laurie deutet auf mich. „Grizz hat sie von einem V-vampir g-g-ge-gestohlen."

„Oh Mann, beim Schicksal", flucht Parker und stolpert aus dem Auto.

Declan fährt damit fort, vor dem Auto auf und ab zu laufen, den Kopf gesenkt und ein gelegentliches Schimpfwort ausstoßend.

„Du wettest auf einen Kämpfer, der einen Vampir verärgert hat. Der von einem Vampir gestohlen hat." Parker wirbelt zu mir herum. „Welchem Vampir hast du gesagt, hast du gehört?"

„Augustine."

Declan stoppt, um mich finster anzublicken. „Großer

Typ? Sieht aus wie ein männliches Model? Trägt die ganze Zeit Anzüge?"

Parker stupst den Iren in die Rippen. „Du hast gerade jeden Vampir beschrieben, der existiert."

„Das habe ich nicht!"

„Ach wirklich? Welcher Vampir sieht nicht wie ein männliches Model aus?"

Declan denkt darüber nach. „Da war dieser kleine, dürre. Weißt du noch? Ben irgendwas."

„Benedict?", schlage ich vor.

Declan schnippt mit den Fingern. „Genau der. Der gute alte Benny. Sieht aus, als gehöre er in eine Boygroup."

Neben mir lacht Laurie leise.

Declan grinst mich an. „Sag mir, dass ich falsch liege."

„Du liegst nicht falsch." Ich erwidere das Lächeln. Nach dem, wie er mich das letzte Mal im Club behandelte, ist Benny nicht mein Lieblingsvampir. Nicht, dass irgendeiner der Vampire mein Liebling ist.

„Herzlichen Glückwunsch", sagt Parker säuerlich. „Weißt du, wer nicht wie ein Model oder ein Mitglied einer Boygroup aussieht? Frangelico." Bei der Erwähnung des Vampirkönigs verschwindet das Lächeln von allen Gesichtern. „Was wird Frangelico davon halten, dass Grizz von Vampiren stiehlt?"

Ich zucke mit den Achseln, wenngleich mir das Herz in die sprichwörtliche Hose rutscht.

„Ich denke nicht, dass es ihn groß kümmert." Declan reibt sich am Kinn. „Er ist bezüglich seiner Schöpfungen, den Vampiren, die er gemacht hat, recht lasch. Aber Augustine… das ist eine andere Geschichte."

Ich schlinge meine Arme um mich, da mir plötzlich kalt ist. Augustine wird sauer auf Grizz sein, wenn er herausfindet, wo ich bin. Das habe ich ganz vergessen.

„W-was wird A-augustine tun?", fragt Laurie.

„Mit einem Gestaltwandler, der ihn bestohlen hat?" Parker zuckt mit den Achseln. „Deine Vermutung ist so gut wie jede andere."

„Was vermutest du?", fragt Declan.

„Ich weiß es nicht." Parker wedelt mit einer Hand. „Grizz aufspüren und ihm den Kopf abreißen?"

Sämtlicher Sauerstoff weicht aus der Umgebung. Ich schwanke und sacke gegen Laurie, der einen Arm um mich legt.

Declan rennt zur Fahrerseite und kracht dabei gegen Parker, der brüllt und versucht, ihn von sich zu stoßen. Sie verkeilen sich in einander und beginnen mit fliegenden Armen miteinander zu ringen.

„Ins Auto", ruft Declan. „Wir müssen ihn finden!"

„Bist du okay?", flüstert Laurie und ich nicke. Mir dreht sich noch immer der Kopf. Ich muss zu Grizz. Ich muss wissen, dass es ihm gut geht.

„Beruhig dich, Knallkopf", knurrt Parker und schubst Declan von sich. Der Ire stürzt zum Auto und steigt auf den Fahrersitz.

„Wir müssen ihn retten! Wo sind die Schlüssel?"

Parker hält sie hoch. „Es ist Tag. Jetzt sind keine Vampire wach."

„Richtig", sagt Declan und streicht sich die Haare aus dem Gesicht. „Richtig."

„Aber du hast ihm Informationen zu den Gestaltwandler-Sklavenhändlern gegeben und ihn auf sie angesetzt", sagt Parker und verschränkt seine Arme vor der Brust.

„Meine Fresse, warum hab ich das getan?" Declan fährt sich mit einer Hand über das Gesicht.

„Ich weiß es nicht. Damit er dich nicht umbringt und auffrisst?" Parker bückt sich und hebt die zerquetschte

Mütze auf, die er abstaubt, bevor er sie wieder Laurie reicht.

„Oh mein Herz." Declan legt eine Hand auf seine Brust und keucht. „Ich kann diese Gewalt nicht ertragen."

„Daran hättest du denken sollen, bevor du auf einen Kampf gesetzt hast." Parker rollt mit den Augen.

KAPITEL 9

 *rizz*

DIE INFORMATIONEN, die mir Declan vorhin gab, führen mich zu einer verlassenen Fernfahrerkneipe einige Meilen außerhalb der Stadt. Ich fahre auf meinem Motorrad herum, bis ich mir sicher bin, dass niemand in der Nähe ist, dann parke ich, um den Ort auszukundschaften. Wieder gibt es nichts außer Fellbüschel und die gelegentliche Feder. Jemand bringt hier auf jeden Fall Gestaltwandler rein und raus. Die Frage ist: warum? Sind Frangelicos Vampire alle auf den Geschmack von Gestaltwandlerblut gekommen?

Ich wandere umher, aber finde nicht viel mehr. Nur ein zerknittertes Stück Papier, das Werbung für eine Mitternachtsauktion mit ,frischer Ware' macht. Es steht keine Adresse darauf, aber ein Bild ist abgedruckt – von dem alten Theatergebäude, das ich gerade verlassen habe.

Zufall? Ich denke nicht.

Ich stecke den Flyer in meine Tasche. Die Sonne steht noch ziemlich hoch am Himmel, aber wird das nicht mehr lange tun. Ich muss Jordy anrufen. Ich werde nicht vor der Dunkelheit zurücksein – ich habe noch eine Aufgabe zu erledigen. Es ist einige Tage her und ich habe genug gefunden, um dem Vampirkönig Bericht zu erstatten. Nicht genug, damit er ein Urteil verkünden kann, aber er wird über den geheimen Vampirclub, die Auktionen, das Blut auf dem Boden des Green Rooms Bescheid wissen wollen. Er wird sauer sein, wenn er es auf anderem Weg erfährt.

Ein Coyote trottet vorbei, seine gelben Augen blitzen zu mir, aber er scheint in meiner Gegenwart nicht sonderlich nervös zu sein.

Über meinem Kopf kreist ein Falke und kreischt.

Kalter Schweiß bricht mir im Nacken aus. Irgendetwas sagt mir, dass ich von hier verschwinden muss.

Ich jogge langsam zu meinem Motorrad. Als ich schließlich auf dem Highway zurück in die Stadt bin, entspannt sich mein Bär.

Bis ich ein vertrautes Nationalparkzeichen passiere. Ich war so in die Jagd vertieft, dass ich tief in Wolfrevier vorgedrungen bin. Normalerweise ist das kein Problem, doch im Moment bin ich nicht gerade die Lieblingsperson der Wölfe.

Und tatsächlich, als ich an einer Tankstelle vorbeifahre, erwachen zwei Motorräder zum Leben und biegen hinter mir auf die Straße.

Sowie ich in einen Bereich mit vernünftigem Netzempfang gelange, dreht mein Handy durch und vibriert, als würde es versuchen, ein Loch in meine Jeanstasche zu bohren und zu fliehen. Es ist nervig, bis mir einfällt, dass nur Declan die Nummer dieses Wegwerfhandys kennt. Mein Körper wird kalt. Jordy.

Ich fahre an den Straßenrand und reiße es aus meiner Tasche. „Geht es Jordy gut?", knurre ich.

„Grizz? Bist du das?", fragt Parker.

„Nein, es ist der verdammte Papst", blaffe ich. Mein Sichtfeld verschwimmt und ich muss meinen Griff um das Handy lockern, bevor ich es noch zerquetsche. „Wo ist Jordy?"

„Sie ist direkt neben mir", sagt Parker rasch. „Ihr geht's gut."

„Hol sie ans Telefon." Ich kann nicht klar denken, bis mein Bär weiß, dass sie in Sicherheit ist.

„Grizz?", begrüßt mich ihre Stimme atemlos und besorgt. „Ist alles okay?"

Mein Körper entspannt sich. „Prima. Was ist los? Warum klingst du verängstigt? Haben sie dir wehgetan?" Ich zittere und beende meinen Satz mit einem Brüllen.

„Nein, Grizz." Ich entspanne mich, weil sie erleichtert klingt. „Mir geht's gut, wirklich. Die Jungs sind klasse. Ich mache mir nur Sorgen um dich."

„Mich? Mir geht's prima. Alles ist gut", lüge ich. Die zwei Motorräder haben hinter mir angehalten.

„Declan sagt, Augustine wird wütend auf dich sein, weil du mich mitgenommen hast. Er wird dir wehtun."

„Es ist okay, Fähchen. Niemand wird mir wehtun." Zur Hölle mit diesen Stooges, weil sie ihr Angst eingejagt haben.

Hinter mir haben sich die zwei Biker nicht bewegt. Ihre Befehle müssen lauten, nur auszukundschaften und dann Bericht zu erstatten. Ich winke ihnen.

„Komm bald zurück", sagt Jordy.

„Bald, Fähchen. Ich habe noch eine Sache zu erledigen, aber ich werde erst nach der Dunkelheit kommen können, okay? Sei brav."

„Das werde ich. Möchtest du, dass ich Parker wieder ans Telefon hole?"

„Yeah." Ich warte, bis Parker meinen Namen sagt und befehle: „Geht mit Jordy ins Kino. Schaut zwei Filme hinter einander und kauft ihr alles, das sie will. Ich werde euch das Geld geben." Ich lege auf, bevor er zustimmen kann.

Hinter mir kommt ein fernes Knattern nähern. Ich drehe mich auf meinem Motorrad um, aber es ist zu spät. Ein Haufen Motorräder fährt die Straße hinter mir hoch. Innerhalb von Sekunden ist mein Motorrad umzingelt. Ich werde von Fahrern eingekeilt, die in Dreierreihen stehen. Sie haben alle die Mondphasen auf ihre Fingerknöchel tätowiert. Wölfe.

Ich greife in meine Jacke und nach dem Flachmann, ehe mir einfällt, dass er leer ist.

Zu beiden Seiten von mir ziehen die Motorradfahrer ihre Lederwesten zur Seite und zeigen Pistolen.

„Ihr bringt eine Pistole zu einem Faustkampf?", spotte ich. „Das ist nicht fair."

„Im Krieg ist alles erlaubt", brummt der Biker.

„Das hier ist ein Krieg?", frage ich.

Vor mir richtet Trey helle Augen auf mich. „Es ist, was auch immer du möchtest, dass es ist, Grizzly. Unser Alpha will, dass du zu einem kleinen Gespräch vorbeikommst. Wir können das auf die leichte oder die harte Tour tun. Das liegt an dir."

Ich balanciere mein Bike. Gestaltwandler stehen ringsum in Dreierreihen. Mindestens zwölf. Bessere Chancen als bei dem Katzenrudel, aber diese Kerle sind kein Haufen Pussys.

„Nun?", verlangt Trey zu wissen.

„Was darf es sein?"

Ich schaue nach links und rechts, wäge meine Chancen ab.

„Oh bitte", brummt der Biker zu meiner Rechten, „wähle die harte Tour."

Verdammte Wölfe. Sind immer auf einen Kampf aus, vor allem wenn sie in einem Rudel unterwegs sind. Ich könnte es mit ihnen aufnehmen, ich weiß, dass ich das könnte, vor allem wenn ich den Saft hätte. Aber mir ist der Saft ausgegangen.

„Ich schätze, ich habe Zeit für ein Gespräch", informiere ich Trey. Ich wollte ohnehin mit Garrett reden.

Der große Wolf nickt. „In Ordnung. Fahren wir."

Ich folge ihnen zu ihrer Rudelzentrale, einem Nachtclub namens Eklipse an der Congress Street. Er ist noch nicht für die Öffentlichkeit geöffnet, was bedeutet, dass die Wölfe ihn als Clubhaus benutzen können. Ich parke mein Motorrad mit dem Rest von ihnen und folge Trey nach drinnen. Während sich meine Augen an das schwächere Licht gewöhnen, holt irgendein Wolfarsch zum Schlag aus und boxt mich in die Rippen.

„Was zum Geier?", blaffe ich. Ich rechnete mit einem Treffen mit ihrem Rudelanführer Garrett, nicht mit einem verdammten Hinterhalt.

Noch ein Wolf schlägt nach mir und dann noch einer.

Ich schlage zurück und verteidige mich, wobei ich in einem lockeren Kreis jogge.

Sie wollen mich nicht ernsthaft verletzen. Das kann ich daran erkennen, dass ihre Angriffe langsam und bemessen sind. Einer nach dem anderen. Es fühlt sich eher wie Boxen an. Als wollten sie mich nur verprügeln.

Na schön. Sie können mich verprügeln, wenn es das ist, was sie tun müssen. Auf mich pissen, um die Länge unserer Schwänze zu vergleichen.

Ich erhasche eine Wolke eines Geruchs, bei dem sich mir die Nackenhaare sträuben, aber ich kann nicht sehen, woher er kommt, denn ich bin zu sehr damit beschäftigt, mich zu verteidigen.

„Auf mich wirkt er gar nicht so groß." Das Stampfen schwerer Stiefel auf dem Boden veranlasst mich dazu, mich zu dem Geruch zu drehen.

Bär.

Ein riesiger dunkelhaariger Mann trampelt auf mich zu – größer als ich und mit einem richtigen Rübezahlbart. Mein Bär nimmt eine drohende Haltung ein, weil seine Augen tier-hell sind. Als würde es ihm schwerfallen, sein Tier unter Kontrolle zu kriegen. Als wäre er halbwild.

Ich kassiere noch ein paar Faustschläge in die Rippen.

„Genug." Garretts Knurren kommt von der Eingangstür. Er beäugt den anderen Bären argwöhnisch und nickt einmal. „Caleb."

„Garrett." Der Bär wirkt genauso misstrauisch.

„Hier handelt es sich um eine Rudelangelegenheit."

Caleb zuckt mit den Achseln. „Ich habe nicht darum gebeten, involviert zu werden." Er bedenkt mich mit einem weiteren Blick und geht durch dieselbe Tür, durch die er hereinkam.

„Sie haben diesen verrückten Bären extra für dich herge-holt, Grizz."

Ich starre dem fremden Bären hinterher. „Was zum Geier?" Ich habe keine Ahnung, wovon er redet.

Garrett neigt seinen Kopf. „Er ist es, gegen den du Frei-tagabend kämpfen wirst."

Natürlich ist er das.

Ich zucke mit den Achseln. „Hat er seine Tollwutimpfung gekriegt?"

Garrett verschränkt die Arme vor der Brust. „Was ist los, Grizz?"

Ich ahme seine Haltung nach. „Ich habe kein Problem mit Wölfen."

„Du arbeitest für die Blutsauger. Du hast unser Rudel als ihr Spion infiltriert. Ich habe definitiv ein Problem mit dir."

Ich bleibe ruhig, aber lockere meine Muskeln, um für einen Angriff bereit zu sein. Die Wölfe brennen auf einen Kampf, aber ich weiß, dass Garrett ein vernünftiger Typ ist. Und ich habe keine Schritte gegen sein Rudel unternommen, ganz egal, was er denkt. „Kein Spion. Ich habe nie spioniert. Ich habe für euch beide gearbeitet – das ist alles."

„Was hat Frangelico gegen dich in der Hand, Grizz? Was ist das große Geheimnis, das du bewahrst?"

Ich schüttle den Kopf. „Kein Geheimnis." Das ist eine Lüge, aber mein Geheimnis geht sie nichts an.

„Welche Drecksarbeit machst du im Moment für den Vampirkönig?"

Ich behalte eine ausdruckslose Miene bei. „Das weißt du bereits. Ich untersuche das Verschwinden der Gestaltwandler."

„Und?"

Ich zucke mit den Schultern. „Ich hab ein paar Spuren."

Garrett verschränkt die Arme. „Welche da wären?"

Fuck. Ich will ihnen meine Informationen nicht anvertrauen. Sie werden mir nur in die Quere kommen. Dennoch werde ich hier nicht rauslaufen, ohne dass mein Körper in Fetzen gerissen wird, wenn ich ihnen nicht irgendetwas gebe.

„Ich hab den Ort einer Gestaltwandler-Sklavenauktion gefunden. Ich weiß nicht, wer dahintersteckt, noch nicht."

„Was springt bei dem Ganzen für dich raus?"

„Das ist nicht relevant."

Garrett packt mein Shirt mit seiner Faust und stößt mich nach hinten gegen den nächsten Bartisch. Er ist nicht mein

Alpha, aber ich wehre mich nicht. Nicht wenn sein ganzes Rudel hier ist, um ihm Rückendeckung zu geben. Wenn er vor seinen blutdurstigen Männern etwas Kraft demonstrieren muss, verstehe ich das. Ich kenne die Wolfdynamik. „Ich mag deine Geheimnisse nicht, Grizz", knurrt Garrett mit leiser Stimme. „Ich mag es nicht, dass du ein doppeltes Spiel treibst. Und ich mag es überhaupt nicht, dass ich nicht weiß, was du vorhast."

„Ich suche den Vampir, der für den Gestaltwandler-Sklavenmarkt verantwortlich ist. Und wenn ich ihn finde, werde ich mich um ihn kümmern."

Garrett muss das Leuchten echter Entschlossenheit in meinen Augen sehen, denn er studiert mich einen Augenblick, dann lässt er mich los. „Ich will Bescheid wissen, wenn du ihn findest."

„Ich will ja kein Arsch sein, aber ich arbeite nicht mehr für dich. Deine Wölfe haben mich gefeuert", erinnere ich ihn. Sein Junge Trey, der Eigentümer des Kampfklubs, ist vor einigen Monaten völlig durchgedreht, als er herausfand, dass ich auch für die Blutsauger arbeite.

Garrett schlägt mir in den Magen. „Wenn du dich in dieser Stadt blicken lassen willst, dann tust du gefälligst, was ich von dir verlange. Verstanden?"

Ich grunze, teilweise weil er mir die Luft aus den Lungen gepresst hat und ich es mir nicht anmerken lassen will.

„Was war das?"

„Na schön."

„Gut." Garrett tritt zurück, als wolle er mich vorbeilassen. „Ich erwarte die gleichen Berichte, die du Frangelico gibst, wenn nicht sogar bessere."

Seine Wölfe drängen sich von allen Seiten an mich, erpicht darauf, mich ebenfalls zu schlagen.

„Na schön", wiederhole ich, nicht weil ich Angst vor Garrett oder seinem Rudel habe, sondern weil ich zurück zu

Jordy muss, um mich zu vergewissern, dass es ihr gut geht. Ich habe keine Zeit für einen Weitpisswettbewerb mit diesen Kerlen.

„Lasst ihn gehen", brummt Garrett und die Wölfe teilen sich, um mich durchzulassen. Ein paar verpassen mir noch Schläge, als ich vorbeigehe, aber ich stecke sie einfach weg und laufe kopfschüttelnd nach draußen.

Aus dem hinteren Teil des Ladens höre ich das wilde Brüllen des bösartigen Bären.

Ich weiß nicht, was zum Geier seine Geschichte ist, aber ich habe keine Angst, gegen ihn zu kämpfen. Wenn er sein Tier nicht unter Kontrolle hat, dann wird es ein Leichtes sein, ihn zu besiegen.

KAPITEL 10

 *rizz*

ICH ROLLE PASSEND zur Abenddämmerung vor Frangelicos Haus. Es ist eine nagelneue Villa, die oben auf einem Hügel auf einem Privatgrundstück steht, das man über eine lange Auffahrt erreicht. Die Marmorsäulen im italienischen Stil sehen vor dem Wüstenhintergrund merkwürdig aus. Das Tor am Fuß des Hügels öffnet sich langsam für mich. Es gibt kein Anzeichen von Security, aber ich lasse mich nicht täuschen. Auf diesem Grundstück wimmelt es nur so vor Wachen, sowohl menschlichen als auch Drohnen.

Ich parke hinter einem roten Lamborghini und weißen Tesla Roadster und bleibe ein Weilchen sitzen, während ich beobachte, wie die Sonne hinter den Bergen untergeht. Es juckt mich in den Fingern, Jordy anzurufen, aber ich halte mich zurück. Sie ist bei Declan und Parker in Sicherheit. Ihr seltsames Verhalten erlaubt Leuten, sie einfach zu ignorieren, und sie bleiben von den Meisten unbemerkt.

Ich laufe zu dem Haus und schreite zwischen den weißen Marmorsäulen zur Eingangstür.

Zwei Schlägertypen tauchen von entgegengesetzten Seiten des Hauses auf und stoppen mich. Ich ziehe langsam meine Lederjacke aus und strecke meine Arme aus, damit sie mich abtasten können. Drinnen laufe ich durch einen Torbogen, von dem ich weiß, dass sich ein versteckter Metalldetektor darin verbirgt. Vampire sind paranoide Dreckskerle und ihr König ist der Paranoideste von allen. Das ist auch der Grund dafür, dass er noch am Leben ist.

Frangelico betritt ohne Trara das Wohnzimmer. Auch wenn er seine Zeremonien liebt, ist er ziemlich direkt und es lässt sich gut mit ihm arbeiten, wenn wir allein sind. Oder vielleicht will er mich auch einfach nicht so lange in seinem Haus haben.

„Broderick. Willkommen."

Ich schüttle den Kopf, als ich meinen echten Namen höre. Ich weiß nicht, wie Frangelico das herausgefunden hat. Die letzte Person, die mich Broderick nannte, war meine Mutter. Der König nennt mich nur so, um mich zu ärgern, aber ich werde mich nicht so weit erniedrigen, ihm zu sagen, er solle damit aufhören. Das ist ein Machtspielchen, das ich nicht gewinnen werde.

Frangelico durchquert den Raum und geht zur Bar, wo er sich ein Glas Wein einschenkt. Ich lehne sein Angebot für einen Drink ab und warte, während der König das Glas hoch ins Licht hält, die rote Flüssigkeit im Kreis schwenkt und das Glas wieder nach unten senkt, um daran zu riechen und so weiter und so fort. Er tut alles, außer es heiraten, bevor er endlich einen Schluck nimmt. „Ich nehme an, du hast etwas zu berichten?"

Ich erzähle ihm alles, das ich herausgefunden habe, mit einer Ausnahme. Jordy. Ich lasse jegliche Erwähnung von ihr aus. Nur weil der König und ich Verbündete sind, heißt das nicht, dass er nicht gefährlich ist. Mir wäre es lieber, wenn er Jordy nicht auf dem Schirm hätte.

„Deine Quellen haben dir also von den Bewegungen der Gestaltwandler-Sklavenhändler erzählt und dadurch hast du den Standpunkt des Auktionshauses herausgefunden?"

„Ich habe das hier gefunden." Ich ziehe den Flyer des Theaters heraus und streiche ihn glatt, bevor ich ihn dem König reiche. Er studiert ihn kurz, bevor er ihn mir zurückgibt.

„Ich hatte eine Spur, die mich zuerst zu dem Theater führte", gestehe ich für den Fall, dass mich Frangelico beschatten lässt.

„Eine Spur?"

„Vertraulich." Ich falte den Flyer und stecke ihn wieder in meine Tasche. „Aber offensichtlich korrekt. Deine Vampire spielen hinter deinem Rücken."

Frangelico seufzt und läuft zu den Glastüren, die auf eine steinerne Terrasse hinausblicken. Die Türen öffnen sich, als er sich nähert und nach draußen tritt. Ich folge ihm, wobei ich einige Schritte hinter ihm bleibe, während er sich gegen eine Säule lehnt. Seine Kehle arbeitet, während er seinen Drink abkippt.

Er hört zu, während ich ihm alles erzähle, das ich über den geheimen Club weiß. „Es scheint eine ganze Fraktion deiner Vampire zu geben, die einen Geschmack für devote Gestaltwandler entwickelt haben. Eine neue Art von Süßblütern."

„Ah ja." Er lässt den Bodensatz in seinem Glas kreisen. „Gestaltwandler-Subs. Einer meiner Vampire hat erwähnt, dass sein Süßblut verschwunden ist. Ein Haustierfuchs, glaube ich."

Ich erstarre und achte sorgsam darauf, eine neutrale Miene zu wahren.

„Du weißt nicht zufällig etwas darüber, oder?" Er lächelt, als ich nicht antworte. „Ich muss gestehen, ich war zu lasch im Umgang mit meinen Kindern. Ich verwöhne sie. Es ist so schwer, einen Vampir zu erschaffen, weißt du. Also neige ich dazu, sie am Leben zu halten, auch wenn sie sich gegen mich wenden." Sein Lächeln, halb verborgen hinter seinem Weinglas, ist furchterregend.

„Du hast jetzt schon seit einiger Zeit Beweise für einen Putsch."

„Ah ja. Der kleine Nero und sein Versuch, sich ein Imperium aufzubauen." Frangelico tippt mit einem Finger an sein Glas. Der Mond ist aufgegangen und badet die Berge in einem geisterhaften Licht. Die polierten Säulen seines Portikus rahmen die Wüstenaussicht perfekt. Die Villa steht auf einem Hügel und ist gen Osten ausgerichtet, als warte sie auf die ersten Strahlen der frühen Morgendämmerung.

Ich frage mich, wie lange es her ist, seit dieser Vampir einen Sonnenaufgang sah. Frangelico ist alt, älter als irgendjemand weiß. Das würde mir zu schaffen machen, all diese Jahre im Dunkeln.

Als sich die Stille ausdehnt, widerstehe ich dem Drang, mich zu bewegen oder zu husten, um den Vampirkönig daran zu erinnern, dass ich hier bin. Nur weil Frangelico reglos wie eine Statue dasteht, sein Profil von silbergrauem Mondlicht beleuchtet wird und erstarrt ist wie das Gesicht eines römischen Eroberers auf einer Münze, heißt das nicht, dass er vergessen hat, dass ich hier bin.

Schließlich richtet sich Frangelico auf. „Es ist ein unglaublich schwieriger Vorgang, einen Vampir zu erschaffen", murmelt er, wobei er mich nach wie vor nicht ansieht. Ich bekomme das Gefühl, als würde er mit sich, anstatt mit mir, reden. „So viel Zeit und Blut. So viele Niederlagen. Und wenn es schließlich funktioniert..." Er seufzt und beugt seinen Kopf. „Musst du sie noch immer unterstützen. Sie entwöhnen. Es ist so ein delikater Prozess, noch einen von meiner Art zu erschaffen. Menschen blinzeln und setzen Babys in die Welt. Deswegen werden sie letzten Endes gewinnen. Sie werden uns zahlenmäßig weit überlegen sein."

Er dreht sich um und ich wende den Blick ab.

„Ich hielt es einst für richtig, dass unsere Nahrung so zahlreich vorhanden ist. So gebärfreudig." Ein spöttisches Lächeln biegt seine Lippen nach oben und ich widerstehe dem Drang, zurückzuweichen. Nichts ist furchterregender als ein lächelnder Vampir. „Ich dachte, dass ich, würde ich nur genug Vampire erschaffen, ein Gleichgewicht in der Welt herstellen würde. Vergleichbar mit der Einführung von Wölfen im Yosemite Nationalpark, um die übermäßige Rehpopulation zu senken." Da blickt er zu mir. „Es muss dich belustigen, zu hören, dass ich unsere Art mit Wölfen vergleiche."

Nope, ich bin überhaupt nicht belustigt. Verdammt entsetzt. Ich weiß nicht, warum Frangelico auf einmal so nostalgisch wird und vor sich hin schimpft, aber ich will es auch gar nicht wissen. Manche Monster lässt man besser schlafen.

„Wie auch immer." Frangelico geht zurück ins Wohnzimmer und der Moment ist vorbei. „Es scheint, dass sich meine Schöpfungen gegen mich erheben", sagt er kühl. „Nicht nur Nero, sondern eine große Fraktion. Es wird eventuell bald einige... Unannehmlichkeiten geben."

Unannehmlichkeiten. Eine andere Art, ‚die völlige Vernichtung meiner Feinde' zu sagen. Noch ein Zeichen dafür, dass ich zu lange mit Frangelico gearbeitet habe, denn ich weiß genau, dass er Dinge untertreibt.

Frangelico spricht weiter: „Ich würde es verstehen, wenn du den Auftrag jetzt ablehnen möchtest."

„Nah", sage ich. „Ich werde ihn bis zum bitteren Ende durchziehen."

Frangelicos Miene zuckt. „Ich habe nicht erwartet, dass du das sagen würdest. Ich dachte, du wärst erleichtert, dich wieder deinem Unterfangen, deine gefallene Familie zu rächen, widmen zu können."

„Oh, das gebe ich nicht auf", sage ich grimmig. „Sobald ich auf den Grund dieser Sache vorgedrungen bin, bin ich wieder auf der Jagd nach diesem mordenden Scheißkerl."

„Auch wenn ich es mir wünsche, dass du dich auf die Geschäfte konzentrierst, die ich dir zuteile, muss ich gestehen, dass ich von deinem Einsatz beeindruckt bin. Ich wünschte, ich könnte dir bei deinem anderen Unterfangen eine größere Hilfe sein." Bevor ich ihm erzählen kann, wie er mir helfen kann, fährt er fort: „Du hast zuvor schon von diesem Vampir gesprochen. Bist du schon ein Stück damit weitergekommen, seine Identität herauszufinden? Dann könnte ich dir eventuell helfen."

„Das Einzige, das ich weiß, ist, dass er männlich ist. Hochgewachsen. Groß."

„Mit einem Auge hast du mir erzählt."

„Yeah, ein Auge. Er hat es… bei einem Kampf verloren." Bei dem Kampf, der meine Mutter tötete.

„Ich bin mit keinem Vampir dieser Art bekannt."

„Du hast ihn vielleicht gekannt, als er noch beide Augen hatte."

„Stimmt." Frangelico stellt sein Glas ab. „Ich bereue, dass ich dir nicht helfen kann, ihn zu identifizieren."

„Dabei brauche ich deine Hilfe nicht. Die einzige Weise,

auf die du mir helfen kannst, besteht darin, mir mehr Blut zu geben."

Frangelico seufzt. „Ah ja. Ich habe mich schon gefragt, wann du danach fragen würdest."

„Ich brauche es."

„Ist dir jemals in den Sinn gekommen, dass die Nebeneffekte, die das Trinken meines Blutes hat... lebensverändernd sein könnten?"

„Du meinst, dass ich gewandelt werde, oder?"

„Oh nein." Die Stimme des Königs wird kalt. „Keine Wandlung. Ich würde dir mein Blut nicht geben, wenn eine Chance bestünde, dass du dadurch zum Vampir würdest. Ein Gestaltwandler, der zum Vampir wird – das wäre eine Abscheulichkeit."

Die Haare an meinen Armen kribbeln bei seinem Tonfall.

„Nein", fährt Frangelico fort, während er zur Bar geht und hinter diese tritt, um den Minikühlschrank zu öffnen. „Ich erlaube dir dieses Blut nicht, weil ich dich zu wandeln wünsche. Wenn irgendeine Chance bestünde, dass du zu einem Vampir werden könntest, würde ich dich jetzt sofort töten und deine Leiche verbrennen."

„Gut", kann ich nur murmeln, während sich mir der Magen umdreht. „Ich würde mir die Kehle selbst aufschlitzen, bevor ich ein Vampir werde."

„Und ich würde deinen Kopf entfernen", stimmt Frangelico zu, dessen Tonfall glatt und herzlich wird. „Deswegen arbeite ich mit dir zusammen. Wir sind einer Meinung."

„Fan-fucking-tastisch", sage ich. Ich hasse es, wie erpicht ich auf den Saft bin, während ich dem König dabei zusehe, wie er mehrere Blutbeutel auf der Bar stapelt. Das erste Mal musste ich mich dazu zwingen, das Blut zu trinken. Ich tat es nur, weil ich wusste, dass es mir zusätzliche Kraft verleihen würde.

Nach dem zehnten Mal hörte ich zu würgen auf. Nach dem zwanzigsten Mal genoss ich die Kraft, die durch meine Adern strömte.

Jetzt nach einhundert Dosen und mehreren Vampirtötungen lebe ich für den Push, das High, das es mir verschafft.

Er blickt zu mir und muss etwas von meinem Verlangen auf meinem Gesicht sehen. „Bist du dir sicher, dass du das hier willst?"

Ich wende mich ab. „Es geht nicht darum, ob ich es will. Ich brauche es." Das ist nur teilweise eine Lüge.

„Ich habe noch nie von einem Gestaltwandler gehört, der so viel eingenommen und es überlebt hat. Die meisten Vampire würden es nicht erlauben. Ich mache es nur, weil wir so gut zusammenarbeiten."

„Und ich gewillt bin, deine Drecksarbeit zu erledigen."

„Das auch. Aber der Tag mag kommen, an dem wir uns am Ende unseres Handels wiederfinden. Du wärst gut damit beraten, den Tribut, den das Blut von dir fordert, davor abzuwägen."

Ich starre ihn an – nicht in seine Augen, sondern eine Stelle auf seinem Gesicht. Wenn er denkt, dass ich zusammenbrechen und ihm sagen werde, wie sich das Blut auf mich auswirkt, dass ich nach jeder Dosis schwach bin und ohnmächtig werde, hat er sich geschnitten. Ich brauche sein Mitleid oder seinen Ratschlag nicht.

Ich brauche es nicht, dass er mir erzählt, dass es eines Tages, wenn ich dieses Blut einnehme, mein letzter sein wird. Entweder wird mich die Dosis umbringen oder so schwach zurücklassen, dass mein Feind das für mich erledigen wird. Es ist mir egal. Ich muss nur den einäugigen Vampir ausschalten, bevor ich sterbe.

Der König beendet das Stapeln der Blutbeutel auf der Bar. „Viel Glück auf deiner Jagd", sagt er leise und geht. Ich warte, bis er wirklich fort ist, bevor ich mich ebenfalls in Bewegung setze. Endlich kann ich zurück zu Jordy gehen.

Doch zuerst gehe ich zu der Bar und nehme das Blut. Ich muss es tun. Ohne es kann ich es nicht mit einem Vampir aufnehmen und gewinnen. Ich brauche das Blut, damit es mir die Kraft zum Kämpfen gibt. Ich brauche das Blut, damit ich den Vampir, der meine Mutter tötete, aufspüren und meine Rache verüben kann.

~

GRIZZ

DER WEISSE CAMARO steht fast an der gleichen Stelle, an der ich ihn zurückließ, nur einige Parkplätze links davon. Es ist später, als ich es mag, weit nach Einbruch der Dunkelheit. Ich musste noch eine Sache erledigen, nachdem ich den Vampirkönig verlassen hatte.

Ich fahre mit meinem Motorrad direkt neben das geparkte Auto und blinzle gegen dessen Scheinwerfer an. Ich kann niemanden sehen. Dann schießt eine Gestalt vor das Auto und mein ganzer Körper verspannt sich. Jordy.

Sie rennt geradewegs zu mir, wobei ihre kleinen weißen Keds aufblitzen und ihr Kleid um ihre Knie wirbelt. Die Scheinwerfer des Camaro umreißen ihre Form, aber der Lichtschein, der sie umgibt, ist nicht so strahlend wie ihr Lächeln.

„Hey", sagt sie atemlos. Ihre süße, bescheidene Schönheit trifft mich wie ein Schlag in den Magen. Sie ist eine Blume, die auf einem von Müll übersäten Parkplatz blüht. Ein Stern, der am Nachthimmel funkelt.

Vergiss diesen beschissenen Tag. Vergiss die Wölfe, die

Vampire und die Nachbesprechung mit den Stooges. Ich muss sie nach Hause bringen, jetzt.

Fuck, wenn ich doch nur reden könnte. Ich reiche ihr den Helm. Nachdem sie ihn aufgesetzt hat, überprüfe ich den Sitz des Gurts und bedeute ihr mit einem Ruck meines Kopfes, dass sie aufspringen soll. Ihre Arme legen sich um mich und ich ziehe sie fester an mich, denn ich bin ein Masochist. Sie an meinen Rücken gepresst und ihre Hände um meine Bauchmuskeln verschränkt zu fühlen, lässt meinen Schwanz so hart werden, dass ich damit eine Stahltür durchbohren könnte.

Mit knirschenden Zähnen winke ich den drei Stooges. Ich werde sie anrufen und ihnen die Neuigkeiten und meine Dankbarkeit später übermitteln. Ich fordere in der ganzen Stadt Gefallen ein. Jordy lehnt sich an mich, ihr Kopf ruht an meinem Rücken und ich denke: *Das ist es wert.*

Die Fahrt zu meinem Berg dauert verdammt noch mal ewig.

Sie springt ab, läuft vor mir her und lehnt sich an das Haus, während ich die Tür öffne. Sowie wir im Inneren sind, lasse ich die Tüten fallen, die ich trage, und schalte das Licht an, bevor ich Jordy einfange. Ich zerre Jordy in meine Arme und sie erlaubt es mir, gibt nicht ein protestierendes Quieken von sich, als ich sie hochhebe und ihr einen harten Kuss gebe.

„Hab dich vermisst, Fähchen."

„Ich hab dich auch vermisst." Ein Lächeln umspielt ihre Lippen. Ich ziehe ihr Gewicht an mich und sie biegt den Rücken wie eine Katze durch und reibt sich an meiner Härte. Fuck, daran könnte ich mich gewöhnen. Das ist der Grund, aus dem Augustine sie in ein Halsband gelegt und in einem Käfig aufbewahrt hat.

Der Gedanke an den Vampir ist wie ein Eimer kaltes Wasser auf meinem Schwanz. Ich verliere meinen Griff und lasse sie zu Boden gleiten.

„Grizz? Was ist los?"

„Nichts. Hast du Hunger?"

„Ein wenig", sagt sie zögerlich.

„Ich werde uns schnell etwas zubereiten." Ich gehe zum Kühlschrank und mache mich daran, Lebensmittel herauszuziehen und sie auf die Arbeitsplatte zu klatschen.

Sie drückt sich hinter mir herum. „Habe ich etwas falsch gemacht?"

„Nein", blaffe ich und wiederhole in einem sanfteren Tonfall, „Nein. Du bist perfekt. Ich bin nur – es war ein langer Tag."

„Natürlich." Sie klopft ihre Hände an ihrem Kleid ab. „Nur... lass mich wissen, was ich tun soll." Sie flitzt davon und eilt in der Küche hin und her. Ich versuche, mich wieder der Essenszubereitung zu widmen, aber ich habe noch immer ihren Geruch in meiner Nase und ihren Geschmack auf meiner Zunge. Ich habe mich auf sie gestürzt, sowie sie durch die Tür gelaufen ist, aber sie hat nicht protestiert. Ich habe sie geküsst und sie hat es mir erlaubt, als wäre es mein gutes Recht. Ich knirsche mit den Zähnen. Wäre sie so gewillt, dem erobernden Sieger ihre Reize anzubieten?

Ich muss einen klaren Kopf kriegen und ihr mitteilen, wo sie steht. Was auch immer wir füreinander empfinden, worauf auch immer wir zugehen, es kann nicht andauern.

Der Gedanke weckt den Wunsch in mir, zu heulen.

„Tüten, Fächchen. Geh sie auspacken", befehle ich ihr. Da ich so auf sie eingestellt bin, lausche ich dem Rascheln der Tüten und warte, bis ihr Atem stockt, bevor ich mich umdrehe.

Sie hält einen großen Skizzenblock in der Hand.

„Ist das für mich?"

„Ich bin kein großer Künstler. Jedenfalls habe ich dir gesagt, dass du einen kriegen würdest."

„Das hättest du nicht tun müssen, aber Dankeschön."

„Kein Problem." Ich werfe alles in einen Schongarer und schalte ihn auf die niedrigste Stufe. „Wir haben noch etwas Zeit vor dem Abendessen. Mach es dir gemütlich."

Ich stapfe zum Bad, um mich zu waschen. Ziehe mein Shirt aus und betrachte mich in dem trüben Spiegel. Die verdammten Wölfe haben einige Treffer gelandet, aber die Blutergüsse sind fast verblasst. Die Kratzer der Katzen sind so gut wie verschwunden. Nur einige rote Striemen sind noch dort vorhanden, wo sie mich mit ihren Krallen erwischten. Ich bin nicht überrascht, dass sie ihre Nägel in etwas tauchten, das die Gestaltwandlerheilung hinauszögert.

Die Tür öffnet sich knarzend und Jordy steht dort mit großen Augen, während sie meine nackte Brust mustert.

„Du bist ganz geheilt", stellt sie fest, kommt zu mir und berührt meinen Rücken. Ihre Finger tanzen leicht und sanft über meine Haut. Ich erstarre und sie muss das als ein Zeichen der Ermutigung auffassen, denn sie streichelt mit beiden Händen über die Ausdehnung meiner Muskeln, dann legt sie ihre Arme um meine Mitte und presst ihren Körper an meinen. Ihre Brüste streifen meinen Rücken, während sie mich umarmt. Beim Schicksal.

Sie hat keine Ahnung, wie kurz ich davor bin, herumzuwirbeln und mich auf sie zu stürzen, ihre Beine aufzuzwängen und meinen Schwanz in ihre süße kleine Muschi zu hämmern, bis sie meinen Namen schreit.

Ich nehme einen tiefen, beruhigenden Atemzug. „Weil ich geheilt bin", informiere ich sie barsch. „Hab nur ein paar Schläge eingesteckt."

„Und Kratzer und Bisse", sagt sie mit dem Hauch eines Tadels in der Stimme. Ich drehe mich um und nehme ihr Gesicht in beide Hände. „Du magst es nicht, wenn ich kämpfe, Fähchen?"

Auf ihre Lippe beißend, schüttelt sie den Kopf.

Ich drücke einen Kuss auf ihre Stirn genau dort, wo die rötlichen Haare auf ihre sommersprossige Haut treffen. „Gewöhn dich besser daran, denn ich bin ein Kämpfer. Das ist es, wer ich bin."

„Ich weiß." Ihre Stimme klingt gedämpft an meiner nackten Brust. Ihre Finger gleiten über meine Brustmuskeln und fahren ein erhobenes Mal nach. „Du hast all diese Narben."

„Du solltest den anderen Typen sehen."

Sie lächelt nicht. „Wie hast du die gekriegt? Nicht im Kampf mit Gestaltwandlern."

„Nein."

Sie blickt stirnrunzelnd zu mir auf. Ihre Finger wirbeln nach wie vor über meine Narbe und trüben meine Gedanken. Eine mächtige Folter, der ich nicht widerstehen kann. Noch ein paar Minuten und ich werde ihr das Herz ausschütten für eine Gelegenheit, sie in mein Bett zu kriegen. Ich muss etwas sagen und sie von diesem gefährlichen Thema ablenken.

„Hast du Augustine auch so viele Fragen gestellt?"

Ihr kleiner Körper versteift sich. Beim Schicksal, warum musste ich diesen Blutsauger ansprechen? Jordy macht Anstalten, zurückzuweichen und ich ziehe sie wieder an mich.

„Hey, so hab ich das nicht gemeint."

„Du weißt, dass ich das nicht getan habe", sagt sie zittrig. „Das war nicht die Art von Beziehung, die wir hatten. Er war mein Master. Ich musste gehorchen."

„Jordy, es tut mir leid."

Indem sie ihren Kopf zur Seite neigt, beäugt sie mich, während ihre Haare ihr Gesicht halb verdecken. „Du bist nicht mein Master."

„Nein, das bin ich nicht." Ich verkneife mir alles andere,

das ich noch hinzufügen würde. Ich will nicht ihr Master sein. Oder?

Sie runzelt nachdenklich die Stirn und ihre zusammengekniffenen Augen huschen meinen Körper hoch und runter. Taxieren mich, messen mich. Ich bekomme das Gefühl, dass sie jeden Teil von mir sieht. Zum ersten Mal in meinem Leben bin ich nicht stolz darauf, wer ich bin.

Selbst wenn ich sie besitzen wollen würde, würde sie es nicht erlauben. Ich kann ihr nicht das Wasser reichen.

„Jordy..." Ihr Name ist süß auf meiner Zunge. „Ich bin kein guter Mann."

Ihr Stirnrunzeln vertieft sich.

„Ich habe... Dinge getan. Es ist nicht so, dass ich nicht stolz auf sie bin, es ist nur so, dass das, was ich bin und was ich tue, nicht in die normale Welt passt. Die Welt, in der du lebst. Die Welt, die du verdienst." Beim Schicksal, ich erkläre das hier nicht richtig. „Ich bin nicht wie die normalen Männer."

Verstehen erhellt ihre Augen. „Ich will kein normal."

Ich seufze so schwer, dass es ihre Haare nach hinten pustet. Meine Hände finden erneut ihr Gesicht. Sie schließt die Augen. Das ist ein Bild, meine tätowierten und von Kämpfen in Mitleidenschaft gezogenen Hände zu beiden Seiten ihrer süßen, sommersprossigen Wangen. Sie ist so perfekt und unschuldig. Meine Haut sieht im Vergleich zu ihrer schmutzig aus. Ich will sie nicht berühren. Ich will nicht ruinieren, was sie ist.

Aber das werde ich. Wenn sie bleibt.

„Ich sollte dich wegschicken."

„Wohin würdest du mich schicken?"

„An einen sicheren Ort", murmle ich an ihren Haaren. „Irgendwo weit weg... von mir."

„Ich will nicht gehen." Ihre Hand sucht meine Wange. „Ich will nirgendwo anders sein als hier. Bei dir."

„Das kannst du doch gar nicht wissen. Du weißt nicht, was ich getan habe. Was ich zu tun vorhabe…"

Sie dreht sich um und zieht das Kleid über ihren Kopf, ehe sie sich wieder leicht zu mir dreht. Ich stehe schockiert da, während sie das Kleidungsstück zu Boden fallen lässt und mich über ihre Schulter anlächelt. Ihre Hüften schwingen und sämtliches Blut rauscht von meinem Kopf geradewegs zu meinem Schwanz.

„Nun?" Sie bleibt in der Tür zu meinem Schlafzimmer stehen. „Kommst du oder nicht?"

KAPITEL 11

 *rizz*

„BEIM SCHICKSAL", fluche ich und marschiere so schnell zu ihr, dass sich ihre Augen weiten. Ich hebe sie in meine Arme und werfe sie so schnell auf das Bett, dass sie keucht.

Ich weiche zurück. „Habe ich dir wehgetan?"

„Nein." Sie lacht. „Das ist es, was ich wollte." Ihre Hände wandern über mich und als ich ihren Mund finde und erobere, wölbt sie sich dem Kuss entgegen.

Dann schlängelt sie sich an meinem Körper nach unten.

„Fähchen –?" Ich schnappe sie mir und zerre sie wieder nach oben, aber ihre Hände machen sich an meiner Jeans zu schaffen und ich erstarre.

„Schh", sagt sie. „Entspann dich einfach und genieße es."

Ich schnaube. „Das ist mein Spruch. Du musst nicht –"

„Ich weiß. Ich will es aber." Sie öffnet die Knöpfe und den Reißverschluss meiner Jeans, als würde sie ein Geschenk auspacken. Es ist dunkel, aber ich fühle die Ehrfurcht in ihren Berührungen. Heißer Atem trifft auf meine Haut.

„Warte kurz." Ich kann nicht fassen, dass ich sie stoppe, aber die Gelegenheit, sie zu beobachten, ist einfach zu perfekt, um sie mir entgehen zu lassen. „Ich will dich sehen."

Ich greife zur Seite und schalte das Licht an.

Sie blinzelt zu mir auf. Ich lege mich zurück und erlaube ihr, sich über mir niederzulassen, während ich nach oben greife, um ihr Gesicht zu streicheln.

„Lass dich von mir nicht aufhalten."

„Mmmh", schnurrt sie und reibt ihre Nase an meinem Schwanz. Sie beginnt, ihn zu küssen, die Augen geschlossen, als hätte sie das Nirwana erreicht. Beim Schicksal, sie wird mir nicht nur den Schwanz blasen, sie wird ihn verehren.

Ihr Kopf senkt sich und ich stöhne, als sie über meine Hoden leckt und mit ihrer Zunge um diese wirbelt, als würde sie an einem Eis in der Waffel lecken. Benommen vor Lust erlaube ich ihr, dass sie sich Zeit lässt. Wie konnte ich nur so großes Glück haben?

„Jordy... Baby... du musst aufhören."

Ihr Kopf schnellt in die Höhe. „Gefällt es dir nicht?"

„Du weißt, dass ich es liebe. Aber ich werde explodieren."

Sie lächelt und ich sehe die Femme fatale in ihr.

„Ungezogen", knurre ich. „Blas meinen Schwanz."

„Ja, Sir."

Beim Schicksal, ich werde explodieren. „Jetzt", befehle ich und sie setzt sich auf und neigt sofort den Kopf.

Das ist der Moment, in dem ich es sehe, eine weiße Ansammlung von Narben über ihrem linken Busen.

„Was zum Geier?"

Ihr Kopf schießt in die Höhe und Sorge legt ihre Stirn in Falten.

Ich berühre das erhobene Fleisch, weiße Striemen, an denen die Haut verunstaltet wurde und geheilt ist. Wieso habe ich das zuvor nicht bemerkt?

„Das ist nichts", sagt sie und ihre Miene trübt sich. Eine riesige Veränderung von ihrem üblichen sonnigen Selbst. Als wäre das Licht ausgeschaltet worden.

„Er hat dich verdammt noch mal zerfleischt." Ich spreize meine Hand über der vernarbten Haut und bin so wütend, dass ich nicht klar denken kann.

Jordy neigt den Kopf. „Ich will nicht darüber reden."

„Wer hat dir das angetan? War es Augustine?" Ich kann seinen Namen kaum knurren.

Mit geschlossenen Augen schüttelt sie den Kopf. Ich fange ihre Haare ein und halte sie still. „Wer?"

„Ich weiß es nicht. Es war ein anderer Vampir. Ich weiß nicht, wer er war. Augustine gab mich an ihn weiter... als Belohnung. Du kennst ja meine Beziehung zu ihm. Ich tat, was mir befohlen wurde."

„Und er hat dir wehgetan." Das ist keine Frage. Wenn Eckzähne so in sie bissen, musste das wehtun.

Sie reißt sich von mir los und setzt sich an die Bettkante, wo sie sich zusammenkauert. Ich erhasche eine Wolke ihres Geruchs. Keine Angst, keine Wut.

Scham.

Mein Ärger verpufft.

„Schh, es ist okay. Ich weiß, dass er dich markiert hat. Es ist okay."

„Das ist es nicht", sagt sie in einer leisen Stimme, die mich umbringt.

Ich rücke zu ihr und als sie vor mir zurückweicht, ziehe ich ihren kleinen Körper zwischen meine schweren Schenkel und umschließe sie. Mein Arm legt sich um ihre Mitte gerade rechtzeitig, dass ich spüre, wie sie trocken schluchzt.

Oh fuck.

„Hey", sage ich verzweifelt. „Hey, es ist okay. Ich wollte nicht so reagieren. Es ist nur…" Ich suche nach Worten, um den Zorn zu beschreiben, der sich in meiner Brust zusammenbraut. „Der Gedanke, dass du so verletzt wirst… weckt in mir den Wunsch, Welten zu zerstören."

„Es ist meine Schuld", sagt sie.

„Jordy, nein. Das ist auf keinen Fall deine Schuld."

Sie hält den Kopf gesenkt.

„Was ist passiert? Möchtest du darüber reden?"

Sie schüttelt den Kopf.

„Okay, du musst nicht darüber reden." Beim Schicksal, was soll ich sagen? Ich strecke meinen Unterarm vor sie. „Siehst du das?"

Sie nickt.

„Was siehst du?"

„Tattoos. Jede Menge davon."

„Einen ganzen Arm voll."

„Ja."

„Taste ihn ab, Jordy. Berühr ihn."

Das tut sie und ich knirsche mit den Zähnen. Ihre Berührung sorgt noch immer dafür, dass ich hart werde. Ich warte, bis sie mein Lieblingsstück des Tattoos erreicht, einen riesigen Mammutbaum. Sie fährt mit ihrem Finger den Baumstamm hinauf und hält inne. Da.

„Spürst du es?", frage ich und vergrabe mein Gesicht in ihren Haaren. Sogar ihr Geruch ist perfekt. „Weißt du, was das ist?"

„Eine Narbe?"

„Jepp. Eine große. Wurde mit einem Messer erwischt."

„Aber wie –" Sie stoppt. Sie weiß, was einen Gestaltwandler vernarbt.

„Vampirblut. Ich versuchte, den Scheißkerl zu pfählen.

Wurde von seinem Blut getroffen und das hat dafür gesorgt, dass die Messerwunde vernarbte."

Sie dreht sich auf meinem Schoß um, die Augen wegen meiner Erklärung weit aufgerissen. „Du hast gegen einen Vampir gekämpft."

Mehr als einen, aber das muss sie nicht wissen. Sie sieht vollkommen schockiert aus und ich verstehe es. Denn ich kämpfte gegen einen Vampir und atme noch.

„Das ist nicht möglich", wispert sie.

„Fass meinen Arm an."

Sie tut es, nun zögernder. Der Striemen verläuft durch die Mitte des Mammutbaum-Tattoos und hinein in eine Welle in einem Ozean, *die große Welle vor Kanagawa* von Hokusai. Weiter um meinen Arm herum, auf ruhigerem Gewässer segelt ein Schiff in den Horizont. „Wie bist du entkommen?"

„Glück." Das ist teilweise die Wahrheit. „Ich kann dir nicht viel sagen."

„Erinnerst du dich nicht?"

Ich zucke mit den Achseln. Etwas in ihren Augen bewegt mich dazu, zu fragen: „Erinnerst du dich?" Ich berühre ihre Narbe abermals sachte, aber sie zuckt zusammen.

„Nein." Ihr Gesicht verschließt sich wieder. „Nicht komplett."

„Er muss Vampirblut auf dich geschüttet haben, um diese Narbe zu machen. Eine Menge davon."

„Ich weiß", sagt sie leise.

Ich will nicht fragen. Welcher kranke Vampir reißt sein Opfer auf und tränkt es in seinem Blut, nur damit es eine Narbe bekommt?

Kein Wunder, dass Jordy Alpträume hat.

„Wie kommt es dann, dass du Narben hast?", fragt sie.

Ich will diese Straße eigentlich nicht betreten, aber wenn

es sie von ihrem dunklen Pfad wegführt, werde ich es tun. „Genauso wie du. Vampirblut. Jede Menge davon."

„Er hat auf dich geblutet?"

„Nicht freiwillig. Es hat tierisch gebrannt, aber letzten Endes habe ich ihn erwischt."

Sie schweigt und denkt nach, wobei ihre Finger nach wie vor über meinen Arm streicheln. Ihre Berührung verschwindet und sie wendet sich dem Thema zu, von dem ich auf keinen Fall möchte, dass sie darüber nachdenkt. „Du kämpfst wie ein Vampir. Ich weiß, dass du das tust. Ich sah dich."

„Jordy –"

„Wie machst du es? Wie ist es möglich?"

Ich schüttle den Kopf. Presse meine Lippen zusammen. Das können wir nicht besprechen.

„Declan und Parker haben sich darüber unterhalten. Vampire sind größer, schneller, stärker. Gestaltwandler sind auch all diese Dinge, aber wenn es Mann gegen Mann ist, schlägt ein Vampir einen Gestaltwandler jedes Mal."

„Sie haben recht. Soweit ich weiß, bin ich der einzige Gestaltwandler, der jemals einen Vampir besiegt hat. Es gibt einen Weg, das zu tun, aber nur ich kenne ihn." Beim Schicksal, warum erzähle ich ihr das? Wenn irgendein Vampir herausfindet, was sie weiß, ist ihr Leben verwirkt. Ganz zu schweigen von meinem.

„Wie?"

„Das ist ein Geheimnis. Ich kann es dir nicht erzählen."

Ihre Hand fällt auf ihre Brust. „Ich träume manchmal von ihm. Dem Vampir, der das hier getan hat."

„Ich weiß, Fähchen." Ich habe sie während dieser Alpträume in meinen Armen gehalten. „Ich werde ihn umbringen."

„Nein. Ich wünschte, ich wäre größer, stärker, schneller.

blasen? Fuck, wenn ich sie stoppen kann. Ich kann kaum denken, während sich ihre rotbraunen Haare über meinen Schenkel ergießen und ihre Lippen meinen Schwanz streifen.

„Fuck, ja. Fähchen, Baby –"

„Ich liebe es, dass du mich Fähchen nennst", sagt sie und ihr Atem weht über meine steife Länge. „Deine kleine Füchsin." Ihre Zunge schnellt nach vorne und sie leckt über mich. Fuck, ich werde explodieren.

„Fähchen, bitte."

Ihr Lächeln ist selbstgefällig. „Ich mag es dein Baby zu sein. Du gibst mir das Gefühl, klein und niedlich zu sein."

„Du bist klein."

Sie kräuselt die Nase.

„Du bist auch niedlich, aber nicht nur das." Ich greife nach unten und fahre mit meinen stumpfen Fingern durch ihre Haare. „Du bist wunderschön."

Mit einem leisen, zufriedenen Lächeln öffnet sie ihren Mund und verschlingt meinen Schwanz. Lichter blitzen in meinem Gehirn auf, meine Hüften rucken nach oben und vögeln ihren Mund. Sie geht mit, bewegt ihren Kopf vor und zurück und ihr Mund sorgt für den perfekten Unterdruck. Sie nimmt mich bis zur Wurzel auf – was wahnsinnig ist angesichts dessen, wie groß ich bin und wie klein sie ist.

Sie schickt summende – beim Schicksal – Vibrationen durch mich, meine Hoden werden explodieren.

„Jordy." Ich rüttle an ihr. „Ich will dich." Ich will in ihr kommen, aber es ist nicht genug Zeit. „Ich werde kommen." Ich will sie. Sie saugt fester und zieht jedes bisschen Sperma aus mir.

Mit einem Brüllen stoße ich mich hart in ihren Mund und sie nimmt meinen Schaft auf, jeden Zentimeter.

Sperma tröpfelt aus ihrem Mundwinkel. Obszön. Ich sollte wütend sein, weil ich sie beschmutzt habe, stattdessen will ich sie hinlegen und zum Schreien bringen, sie ruinieren und zerstören und eine hübsche Sauerei in meinem Bett veranstalten. Dann möchte ich sie in meinen Armen halten und ihr erzählen, wie kostbar sie ist. Sie wird mich das tun lassen. Sie wird mich jede einzelne verdorbene Sache tun lassen, die ich tun möchte, und sie wird dort liegen, ihre Unschuld in Fetzen, und lächeln.

Indem ich meine Hand in ihren Haaren zur Faust balle, halte ich sie still und küsse sie so fest, dass es beinahe wehtut. Meine Stoppeln kratzen über ihre weiche Haut, aber falls es ihr wehtut, so lässt sie sich nichts anmerken. Sie windet sich unter mir, ihre Beine schlingen sich um meine Hüften, ziehen mich näher und betteln nach mehr.

Ich küsse einen Pfad ihren Körper hinab, verharre über ihrem Herzen und kratze leicht über ihre Brüste, während ihre Hände betteln.

„Bitte, Grizz, bitte, oh, ja –"

Ich lege ihre Beine über meine Schultern und vergrabe mein Gesicht in ihrem Schritt. Beim Schicksal, sie schmeckt so verdammt gut. „Werde dich lecken, Baby. Werde jeden einzelnen Tropfen auflecken." Meine Zunge leckt rau und breit über so viel von ihrer zarten Haut, wie ich kann. Sie windet sich bei diesem Angriff, aber ihre Hände packen meine Haare und ziehen mich dichter an sie.

Das ist es Baby, lass los. Meine Hand findet ihren Busen und umfängt ihn, drückt ihn. Sie wird die Male meiner rauen Stoppeln, meiner forschenden Hände tragen. Ich ziehe ihre Beine auseinander und greife ihre süße Pussy erneut mit meiner Zunge an, womit ich ihr ein neues Stöhnen entlocke. Fuck, ich will mehr.

Ich drehe sie herum und gebe ihr einen Klaps auf den Po, woraufhin ich vor Freude über den roten Handabdruck auf ihrer bleichen Haut knurre. Ich will sie markieren. Ich will sie besitzen. Ich will, dass sie mich in jeder Hinsicht fühlt. Ich schlage sie erneut, ohne Bösartigkeit, aber so fest, dass ich ein Mal hinterlasse.

Sie biegt ihren Rücken durch und stößt mir ihren Hintern entgegen. „Härter", befiehlt sie. „Mehr."

„Du gibst hier nicht die Befehle." Ich ramme meine Finger in ihre klatschnasse Pussy. Es wäre zu grob, wenn sie nicht so feucht wäre.

„Fuck, Fähchen, du bist so bereit. Willst du mich?"

„Ja", stöhnt sie und ihr Kopf fällt auf das Bett. „Ja, bitte."

„Werde diese Pussy vögeln. Aber nicht heute Nacht. Heute Nacht schlemme ich." Ich liege auf meinem Rücken und ziehe sie zu mir, sodass sie sich rittlings auf mich setzen kann. Sie blinzelt benommen und ihre Haare fallen um ihr Gesicht, während sie auf mich hinabblickt. Ihre Nippel stehen stramm. Ihr Geruch umgibt mich.

Meine Hände stützen ihre Hüften. Sie versucht, sich von mir zu schieben, und ich packe sie fester. „Werde dich lecken. Reib dich auf meinem Gesicht, Baby. Hol dir deinen Orgasmus, nimm dir alles." Ich ziehe sie tiefer und knurre direkt in ihre Pussy. „Das ist ein Befehl."

Ihre Hüften senken sich und sie tut, was ich verlange, schaukelt vor und zurück, reibt sich auf meinem Gesicht. Ich öffne meinen Mund weit und lecke sie, meine Zunge bohrt sich nach oben in ihr enges Loch, meine Finger graben sich in ihre glühenden Pobacken. Sie keucht und reibt sich fester an mir, ein riesiges Stöhnen reißt sich von ihrem leichten Körper los. Ihre Schenkel pressen sich zu beiden Seiten von meinem Kopf zusammen. Fuck, ich will nach meinem Schwanz greifen und mir einen runterholen, aber wenn ich sie loslasse, wird sie vornüberfallen.

Ihr Orgasmus schlägt wie ein Blitz zu und ich kämpfe darum, sie aufrecht zu halten, während ihr Körper von

Zuckungen geschüttelt wird. Meine Arme stützen sie, während ich meine Zunge so tief, wie ich kann, in sie schiebe und mich daran erfreue, wie sich ihre inneren Muskeln um mich herum verkrampfen.

„Fuck, du wirst dich so gut auf meinem Schwanz anfühlen."

Mit einem letzten Schrei kippt sie vornüber und ich lasse sie, ehe ich mich erhebe, um sie auf das Bett zu legen. Ich knie mich über sie, ein erobernder Krieger, der seine Eroberung betrachtet. Ihre Pussy ist weich und feucht, roh und rot von meinem Bart. Sie wird meinen Schwanz dort aufnehmen, aber nicht heute Nacht. Heute Nacht markiere ich sie als mein.

Ich rucke über ihrem niedergestreckten Körper an meinem Schwanz. Mit trägen Augen greift sie nach oben, um mir zu helfen, und ich lege meine Hand über ihre kleine und ziehe an meinem Schwanz, bis mein Samen auf ihren Körper spritzt. Ich packe ihr Handgelenk. „Fass es an. Verteil es auf dir." Ich warte, bis sie mein Sperma auf ihrer von Gänsehaut überzogenen Haut verteilt.

Ich weiß nicht, wohin das hier führen wird, aber heute Nacht ist sie mein. Nachdem ich sie an der Tür geküsst hatte, stellte ich sie beiseite. Sie entschied sich dazu, mir ins Bad zu folgen. Sich im Flur auszuziehen und mich ins Schlafzimmer zu locken. Sie hatte eine Chance, das hier zu vermeiden, und sie wählte mich.

Was auch immer daraus werden wird, ihr Schicksal ist besiegelt. Aber es scheint sie nicht zu stören.

Als sie damit fertig ist, ihre Haut mit meinem Sperma zu bemalen, führt sie ihre Finger an ihren Mund. Und leckt sie sauber.

Beim Schicksal. Ich bin erledigt.

∼

JORDY LIEGT SÜß und befriedigt in meinem Bett. Ich hole einen Lappen und wasche sie, wobei ich jedes Mal bewundere, das ich auf ihrem Körper hinterlassen habe. Natürlich verleitet mich das dazu, jeden Zentimeter ihrer geröteten Haut zu küssen, von ihren roten Wangen zu ihrem gut versohlten Hintern. Letztendlich lege ich sie wieder über meinen Schoß und drücke sie im Genick nach unten, während meine Finger sie zu einem letzten Orgasmus bringen.

Als der Wecker an dem Schongarer losgeht, muss ich mich sehr anstrengen, sie zurück in die Realität zu bringen. „Fähchen. Baby, Essenszeit."

Sie ist so erschöpft und schlaff, dass ich sie auf meinen Schoß setzen und kleine Bissen an ihren Mund halten muss, um sie Stück für Stück zu füttern. Was für mich völlig in Ordnung ist. Zwischen den Essenshappen küsse ich sie und schmecke die Soße. Sie setzt sich aufrechter hin, nachdem ich etwas Essen in sie gekriegt habe. Ihr Gesicht ist noch immer von all ihren Orgasmen gerötet.

„Böser Bär", brummelt sie und fährt mit einem Finger um meinen Mund. Ich knabbere daran.

„Böser Fuchs, kommt in mein Haus, isst all mein Fleisch und schläft in meinem Bett."

Sie blickt schmollend zu dem Schongarer. „Das Fleisch ist zu heiß." Sie betrachtet das Stück, das ich in der Hand habe. „Das Fleisch ist zu kalt." Sie rutscht auf meinem Schoß hin und her und obwohl ich bereits zweimal gekommen bin, wird mein Schwanz dicker. „Dieses Fleisch ist genau richtig."

„Böser Fuchs", knurre ich und halte meine Hand an ihren Mund. „Aufmachen."

Sie gehorcht und wartet darauf, dass ich ihr einen weiteren Happen in den Mund schiebe.

„Ich werde dir mein Fleisch so oft füttern, wie ich kann."

„Mmmmh."

Ich führe noch einen Happen an ihre Lippen und sie schüttelt den Kopf und leitet ihn zu meinem Mund um. Ich esse die Portion, die eigentlich für sie bestimmt war, und als sie in den Topf greift, erlaube ich ihr, mich weiterhin zu füttern, während ich sie füttere. Ich mache bei ihrem Spielchen mit und lecke die Soße von ihren Fingern.

„Genug", sage ich, während ich von einem Finger zum anderen wechsle. Ich hebe sie hoch und trage sie zurück zum Bett.

„Du musst mehr essen."

„Ich würde lieber dich essen."

„Das hast du doch schon."

„Ich will mehr."

Sie lacht.

„Später. Vielleicht." Ich stelle sie ab und arrangiere die Kissen hinter ihr. „Gerade jetzt muss ich saubermachen. Du bleibst", befehle ich, als sie Anstalten macht, mir zu folgen. „Ich will, dass du dich entspannst."

„Okay, Grizz", sagt sie glücklich. Ich reiche ihr den Zeichenblock und sie bedankt sich noch einmal bei mir.

„Ich werde etwas für dich zeichnen."

„Mir wäre es lieber, wenn du etwas für dich zeichnen würdest."

Sie legt den Kopf zur Seite. „Was zum Beispiel?"

Ich strecke meinen Arm aus und spanne meinen Bizeps unter meiner tätowierten Haut an. „Gefallen dir meine Tattoos?"

Ihre Augen sind glasig, trunken vor Verlangen. Beim Schicksal, das ist so antörnend.

„Du kannst dir auch ein Tattoo stechen lassen, weißt du. Wenn du möchtest, kannst du die Narben verdecken."

„Denkst du, ich sollte das tun?" Sie beißt sich auf die Lippe.

„Ich denke, du bist hübsch so, wie du bist. Aber wenn sie dich stören, dann ja, Fähchen. Zeichne etwas, das du auf die Narben tätowieren lassen kannst. Sie sind jetzt ein Teil von dir. Da kannst du sie genauso gut zu etwas Hübschem machen."

„In Ordnung", sagt sie leise. „Ich werde sehen, was ich zeichnen kann."

„Braves Mädchen."

Ich überlasse sie ihrer Aufgabe, die Knie angezogen, den Skizzenblock vor sich, die Zungenspitze rausgestreckt, während sie sich konzentriert. Niedliches kleines Fähchen.

Ich mache in der Küche klar Schiff, werkle vor mich hin und staune darüber, dass dies mein Leben sein könnte. Haushaltsdinge tun, während eine süße kleine Füchsin in meinem Bett wartet.

Mein Anrufbeantworter blinkt wegen einer Nachricht, die ich kurz nach 19:00Uhr erhalten habe. Ich drücke auf die Wiedergabetaste und widme mich wieder dem Geschirr. Eine kratzige Stimme dringt durch den Lautsprecher, eine, die ich vage erkenne. Ich erstarre.

„Grizzly." Eine Pause und der Sprecher atmet schwer und wütend. Zähne klacken – ein Vampir, der mit seinen Eckzähnen knirscht. Meine Nackenhaare sträuben sich bei dem Geräusch. „Du hast etwas, das mir gehört. Ich will es zurück." Die Nachricht endet.

Also hat Augustine herausgefunden, wer seinen Haustierfuchs mitgenommen hat. Er will sie zurück.

„Tja, Pech gehabt", teile ich dem Anrufbeantworter mit. Wenn dieser Blutsauger hier wäre, würde ich –

Ein leises Geräusch lässt mich herumfahren. Jordy steht

mit weit aufgerissenen Augen in der Küchentür. Sie begegnet meinem Blick mit ihrem entsetzten.

„Geh zurück ins Bett", sage ich ohne die Kraft dahinter, die meine Worte zu einem Befehl machen würde. Ich will in der Zeit zurückkreisen und die Nachricht löschen. Oder noch besser, zu der Zeit zurückkreisen, bevor ihre Familie sie verkaufte, damit ich sie finden, verführen und mich mit ihr davonstehlen kann.

Zu blöd, dass die Zeit nicht so funktioniert.

„War das –" Ihre Lippe zittert. Mehr als alles andere will ich sie in meinen Armen halten.

„Ja." Ich gehe zum Anrufbeantworter, um auf die Lösch-taste zu drücken, und sie stoppt meine Hand. Sie drückt auf die Wiedergabetaste und wir lauschen beide ein weiteres Mal der Nachricht. Als ich sie dieses Mal löschen möchte, hält sie mich nicht auf.

„Hatte er deine Nummer?"

„Nein. Er muss sie aus den Büchern im Toxic haben." Ich bemühe mich, gelangweilt zu klingen. Meine Kontaktdaten befinden sich in den Akten des Königs, genauso wie die aller anderen. „Es ist okay. Meine Adresse wird dort nicht aufgeführt."

„Er wird mich holen kommen."

„Er weiß nicht, wo du bist. Es ist okay, Fähchen, ich habe das hier unter Kontrolle."

Ich gehe zur Tür und überprüfe die Schlösser, nur für den Fall. Dass ich dieses Haus zu meiner Höhle gemacht habe, wird einen Vampir daran hindern, die Türschwelle zu über-schreiten, aber andere Diebe wird es nicht stoppen. Zum Glück werden sie vermutlich alle Menschen sein. Ich bin der einzige Gestaltwandler, den ich kenne, der mit einem Vampir zusammenarbeiten würde.

Mit Menschen kann ich es aufnehmen.

Als ich mich wieder umdrehe, steht Jordy noch immer wie zur Salzsäule erstarrt neben dem Anrufbeantworter.

„Es ist alles in Ordnung", beruhige ich sie.

„Du musst mich gehen lassen", flüstert sie.

„Fuck nein." Ich gehe zu ihr und ziehe sie an mich. Sie windet sich und ich halte sie fester. „Das kommt nicht infrage."

„Grizz, bitte." Normalerweise höre ich es gerne, wenn sie bettelt, aber jetzt nicht. „Er weiß, dass du mich hast. Er wird nicht aufhören."

„Er kriegt dich nicht zurück –"

„Er wird dich umbringen", platzt es aus ihr heraus. Ihre Pupillen sind geweitet. Sie ist vollkommen in Panik.

„Er kann es ja versuchen." Ich hebe sie hoch und schüttle sie leicht. „Beruhig dich, Fähchen."

„Er ist ein Vampir!"

„Und ich töte Vampire", fauche ich ihr ins Gesicht. Sie erstarrt schockiert. Fuck, mein Geheimnis ist raus. „Ich töte Vampire", wiederhole ich leiser. Ich bin nicht wütend auf sie. Meine Hand juckt leicht und will nach dem Saft greifen. Im Moment habe ich genug Blut und Zorn in mir, dass ich gegen die ganze Welt kämpfen könnte und gewinnen würde.

„Du hast gerade erst erzählt, dass du einen getötet hast. Dass es Glück war."

„Den ersten, gegen den ich kämpfte, tötete ich nicht. Ich entkam und das war Glück", gestand ich. „Er tötete jemanden, den ich liebte." Ich schlucke. Ich habe das noch niemandem außer Frangelico erzählt. Und ihm erzählte ich es nur, damit er wusste, wie ernst es mir mit unserer Allianz war.

Jordy ist still und reglos, wartet. Oder vielleicht versucht sie auch nur, zu verarbeiten, was ich ihr erzählt habe.

Ich trage sie zu dem Bett und setze mich, wobei ich sie auf meinem Schoß festhalte.

„Es passierte, als ich ein Teenager war. Kurz nachdem ich mich zum ersten Mal verwandelt hatte. Ein Vampir war... auf der Jagd. Er war auf den Geschmack von Gestaltwandlern gekommen oder vielleicht überraschte meine Mom ihn auch nur."

„Und du warst dort?"

„Nicht bis es zu spät war. Er tötete sie." Einen Augenblick bricht die Realität weg. Ich sehe eine Kantinenküche, einen Holztisch, Blut, das von der Wand läuft und zu dem Körper tropft, der verrenkt hinter dem Stuhl liegt. „Ich spürte ihn auf und entkam geradeso mit meinem Leben. Das war, bevor ich lernte, wie man gegen Vampire kämpft." Ich hatte den Vampirmörder nicht getötet, aber ich hatte sein Blut vergossen. Später als ich meine Wunden leckte, spürte ich das Summen, den Energieschub und mir wurde bewusst, wie ich meine Rache verüben konnte.

„Es tut mir leid", sagt Jordy leise. Ihr Gesicht schwimmt in mein Sichtfeld.

„Das war vor langer Zeit. Seitdem habe ich den Scheißkerl nicht gesehen."

„Aber du suchst noch immer nach ihm."

„Yeah. Sowie ich mit diesem Auftrag fertig bin, mache ich mich wieder auf die Jagd nach ihm."

„Weiß..." Sie zögert.

„Frag."

„Weiß Frangelico, dass du einen Vampir jagst?"

„Das tut er. Deswegen habe ich mich auch mit ihm zusammengetan. Er kennt meine Vergangenheit. Er unterstützt meine Mission. Deswegen kann ich dich nicht besitzen, Fähchen. Ich muss dich gehen lassen. Ich bin nicht... ich kann nicht in einer Beziehung sein."

„Also wirst du mich freilassen."

„Noch nicht", knurre ich lauter, als ich es beabsichtigt habe. „Nicht, bis ich mich um Augustine gekümmert habe. Bis ich ihn für das bestraft habe, was er dir angetan hat."

„Grizz." Ihre kleinen Hände umfangen mein Gesicht. „Du kannst mich hier nicht festhalten."

„Ich werde dich beschützen."

„Er wird hinter dir her sein. Ich will nicht, dass du wegen mir verletzt wirst. Das bin ich nicht wert", sagt sie und Traurigkeit durchdringt ihren Geruch.

„Für mich bist du das. Sag das niemals wieder. Du bist alles wert. Ich will dir die ganze Welt zu Füßen legen."

„Grizz." Sie schließt die Augen.

„Ich gebe dich diesem Blutsauger nicht zurück", schwöre ich wild. „Er benutzte und misshandelte dich. Er kriegt dich nicht zurück. Jemals."

„Du kannst mich nicht daran hindern, zu ihm zurückzugehen."

„Natürlich kann ich das." Mein Bär schreit nach Vampirblut, ich erhebe mich und werfe sie mir über die Schulter.

Jordy

ICH STEMME MICH NACH OBEN, damit ich sehen kann, wohin mich Grizz bringt. Er geht zu seinen Schubladen und wühlt in diesen herum. Seine große Hand landet auf meinem Hintern, als ich mich wehre.

„Halt still."

„Grizz, komm schon. Sei vernünftig." Ich würde mich ihm unterwerfen, wenn ich nicht solch große Angst um ihn hätte. Augustine könnte jeden Moment vorfahren und angreifen.

„Er kann hier nicht rein, Fähchen. Ich habe eine Türschwelle. Dieses Haus ist mein Zuhause."

„Er kann Leute reinschicken."

„Menschen", schnaubt er, als würde das alles sagen.

„Sie könnten Pistolen haben."

„Ich kann heilen, bevor mich eine Kugel tötet."

„Nicht eine Kugel in den Kopf", widerspreche ich. Sturer Bär. Er trampelt wieder zum Bett und wirft mich auf dieses. Was kann ich sagen, damit er sich um seine eigene Sicherheit Gedanken macht? „Und was ist mit mir? Vielleicht gerate ich ins Kreuzfeuer."

„Jepp. Daran habe ich bereits gedacht." Er hat ein Seil in seiner Hand.

„Was machst du?"

„Dich ans Bett fesseln." Er packt meine Handgelenke und macht sich daran, einen Arm an dem Kopfbrett zu befestigen.

Normalerweise würde mich der Gedanke daran, dass der große, hübsche Grizz mich fesselt, in Ekstase versetzen. Heute Nacht will ich nur heulen. „Das wird nicht funktionieren", fauche ich. Ich war noch nie in meinem Leben so frech. Grizz färbt auf mich ab. Er kommt ganz nahe an mein Gesicht heran und ich blecke die Zähne. Ich werde mich aus allem, in das er mich wickelt, beißen.

„Na schön", blafft er. Das Gesicht starr wie ein Stein richtet er sich auf und wickelt das Seil um sein Handgelenk.

„Was machst du?" Er drückt mich nicht nach unten, aber ich bin zu neugierig, um zu fliehen.

„Dich an mich fesseln." Er greift nach mir und ich flitze davon. Ich gelange bis zur Tür, bevor er mich einfängt. Er ist so schnell wie ein Vampir. Natürlich kann er mich einfangen. Mit einem Arm um meine Mitte trägt er mich zurück und platziert mich mit dem Gesicht nach unten auf seinem Schoß.

„Was machst du denn?", kreische ich.

„Bestrafung, Fähchen."

„Nein", heule ich, aber er versohlt mir bereits den Hintern. Nicht zu fest – nicht einmal annähernd. Wenn wir spielen würden, würde ich ihm sagen, dass er sehr viel fester zuschlagen kann. Das Einzige, das seine Hand tut, ist mich antörnen.

Böser Bär!

Er schlägt mir auf den Po und ich trete mit den Beinen, wobei ich schreie.

„Ich dachte, du wärst devot", gluckst er. Seine Finger streifen meine Pussy und ich kreische lauter. „Vergiss das. Du bist tropfnass."

Er neigt mich wieder nach oben. Bevor ich protestieren kann, bindet er unsere Handgelenke aneinander. Ich weiß nicht, wie er mit einer Hand einen Knoten macht, aber als er fertig ist, zerre und zerre ich und nichts geschieht. Er zieht seinen Arm zurück und grinst mir ins Gesicht.

„Jetzt hast du mich am Hals."

„Wie wirst du gegen einen Vampir kämpfen, während du an mich gefesselt bist?"

„Ich muss gegen keinen Vampir kämpfen. Augustine wird uns heute Nacht nicht finden. So wie ich das sehe, muss ich dich nur an mich fesseln, damit ich etwas Ruhe kriege. Wenn du dich weiterhin so wehrst, Fähchen, kann ich dich auch gefügig vögeln."

Ich atme scharf ein. *Als würde mich das abhalten*, will ich sagen. Aber ich muss stark sein. „Du denkst, das wird funktionieren?"

„Yeah." Er umfängt meine Pussy mit seiner anderen Hand. „Das tue ich."

Es ist so nervig, aber er liegt nicht falsch. Seine Finger streicheln mich und ich erstarre, weil ich nicht will, dass er aufhört.

Er tut es, ich seufze und versuche, mich zu erinnern, worüber wir gestritten haben.

Er hält unsere gefesselten Handgelenke hoch.

„Du kannst dich durch diese Seile beißen. Aber dabei könntest du mich verletzen. Und wenn du heute Nacht gehst, Jordy, und von mir wegrennst, wirst du mir wehtun."

Mein Atem stockt, als mir Schmerz ins Herz sticht. Jetzt kann ich auf keinen Fall von ihm weglaufen.

Ich bleibe lange Zeit, nachdem er das Licht ausgeschaltet hat, wach liegen, da sich meine Gedanken im Kreis drehen, während er mich festhält, sicher und warm. Ich frage mich, ob er die Wahrheit kennt, die mir bewusst geworden ist: das Seil um mein Handgelenk ist die schwächste der Fesseln, die mich an ihn binden.

 *rizz*

DER GERUCH brutzelnden Specks dringt in meine Nase und ich werde mit einem Schlag wach. Sofort greife ich nach etwas und taste im Bett neben mir danach. Jordy. Die Stelle neben mir ist noch warm, aber meine Hand findet nichts. Irgendetwas trifft mein Gesicht und ich schlage um mich, bis ich realisiere, was es ist. Seil. Das, welches ich um unsere Handgelenke band. Fuck.

Ich bin auf den Beinen und auf halbem Weg durch den Flur, bevor ich den Geruch von Speck mit Jordys Abwesenheit in Verbindung bringe. Ich gehe in die Küche und bleibe stehen. Sie steht vor dem Herd, in nichts außer eines meiner T-Shirts gekleidet, und brät Speck. Sie hat sich befreit, aber ist bei mir geblieben.

„Hey." Ihre Wange neigt sich in meine Richtung und jedes bisschen Blut strömt zu meinem Schwanz. Ich lehne mich an einen Schrank und knirsche mit den Zähnen wegen der Forderungen meiner Morgenlatte.

„Hast du gut geschlafen?" Sie legt den Deckel auf die Pfanne und dreht sich vollständig zu mir. Ihre Augen bleiben auf meiner Erektion haften. „Ist das für mich?" Sie läuft niedlich rot an, tapst zu mir und fällt vor mir auf die Knie. Ihr Kopf neigt sich nach hinten und ihr Lächeln zwingt mich fast in die Knie. „Erlaube mir, mich um dich zu kümmern."

Oh zur Hölle, ja.

Sie packt meine Schwanzwurzel, sodass mein Schwanz noch weiter hervorsteht, und wirbelt mit ihrer Zunge um die Spitze.

Ein lustvoller Schauder durchläuft mich und schlägt in den Ansatz meiner Wirbelsäule ein. „Fuck, Fähchen." Ich vergrabe meine Finger in ihren Haaren und balle sie zu einer Faust. Sie hebt ihre Augen zu meinen, während sie mich tief in den Mund nimmt, dann nach hinten in ihre Kehle. Ich muss mich zwingen, nicht an das Arschloch zu denken, das sie trainiert hat, das zu tun. Ich sollte dankbar sein, denn es ist der verdammt beste Blowjob meines Lebens. Nichts lässt sich mit dem Gefühl vergleichen, wie sie mich schluckt.

Ich nutze meine Faust in ihren Haaren, um ihre Bewegungen zu leiten, ziehe sie auf meinen Schwanz und wieder weg. Meine Schenkel beginnen zu zittern, meine Hoden ziehen sich zusammen. Dank ihrer Hände, Lippen und geschickt nach vorne schnellender Zunge spritze ich in ihren Mund, bevor der Speck anbrennt.

Das Frühstück ist auch gut.

„Verdammt, Fähchen, du kannst kochen."

Sie lächelt auf ihren Teller. „Ich bin froh, dass du es magst."

„Fuck, ja", fluche ich heftig und sie lacht. „Niemand hat für mich gekocht, seit…" Ich zögere und ihre Augen fliegen zu meinen. „Seit meiner Mom", erzähle ich ihr ehrlich. „Ich habe seitdem nicht einmal eine Mahlzeit mit jemandem geteilt."

„Das tut mir leid." Sie streckt die Hand nach mir aus und drückt meine. Ich fange ihre ein und drehe sie um, halte sie in meinen rauen, vom Kämpfen beanspruchten Pranken. Es ist, als würde ich einen kleinen Vogel fangen. Klein, weich, zerbrechlich. Unbeschädigt.

„Mir auch."

Nach einem Augenblick rutscht sie auf meinen Schoß. Mein Schwanz reagiert bereits, aber ich warte, um zu sehen, was sie tun wird. Indem sie mein Gesicht mit ihren Händen umfängt, lehnt sie ihre Stirn an meine. Sie reibt ihr Gesicht an meinem und fuck, wenn sich das nicht wie Vergebung anfühlt. Die Enge in meiner Brust lockert sich ein wenig.

Beim Schicksal, sie macht mich so weich.

„Hast du genug gegessen?", frage ich brüsk und als sie nickt, befehle ich sie von meinem Schoß. „Zieh dich um. Wir gehen aus."

Sie stellt keine Fragen, gehorcht einfach nur und ich scheuche sie aus meiner Höhle und auf mein Motorrad.

Sie stellt noch immer keine Fragen, nicht einmal als ich vor die ramponierte schwarze Ladenfront mit einem Schild fahre, auf dem in roter Schrift „Tattoos nach Wunsch" verkündet wird. Sie springt von dem Motorrad und lässt sich von mir mit einer Hand in ihrem Rücken nach vorne führen.

„Der Typ hier arbeitet an Gestaltwandlern. Er hat das hier gemacht." Ich halte meinen vernarbten Arm hoch, der, der komplett tätowiert ist. „Er macht die Tattoos für das ganze Wolfrudel." Ich ziehe ihren Skizzenblock aus meiner Jacke. „Wir haben ein paar Stunden. Dachte, du könntest etwas zeichnen und es dir stechen lassen, wenn du möchtest."

Im Inneren stelle ich sie Dick, dem Künstler, vor. Als sie

sich dort wohlfühlt, entschuldige ich mich. Ich habe deutlich gemacht, dass sie sich nichts stechen lassen muss, wenn sie es nicht will, aber dass ich, wenn sie ein Tattoo möchte, dafür bezahlen werde. Ich laufe nach draußen, um ihr Raum zu geben. Ein Tattoo ist eine persönliche Sache und ich bin nur ein Kerl, den sie seit wenigen Tagen kennt. Dieses Tattoo wird sie für immer haben.

Während ich auf dem Gehweg stehe, mache ich einige Anrufe. Einen an die Firma, die das Theater vermietet, um herauszufinden, ob ich dort irgendwelche Spuren finden kann. Es klingelt und klingelt. Nichts. Ich werde sehen, ob Frangelico Erkundigungen einholen kann.

Mein Handy vibriert wegen eines Anrufs. Declan sagt nicht einmal Hallo, sondern kommt gleich zur Sache. „Heute Nacht ist ein Kampf. Vergiss das nicht."

„Ich habe es nicht vergessen. Wirst du da sein?"

„Ich werd' ihn auf keinen Fall verpassen."

„Klasse. Du musst für mich wieder auf Fähchen aufpassen."

„Kein Problem. Sie macht keinen Ärger."

Ich knirsche mit den Zähnen. „Tatsächlich könnte es Ärger geben. Augustine weiß, dass ich sie geholt habe."

Ein Strom Schimpfwörter folgt auf diese Nachricht. „Von Vampiren stehlen. Dafür wirst du noch umgebracht werden."

„Ich weiß. Ich arbeite daran."

„Du arbeitest daran, umgebracht zu werden?"

„Nein", blaffe ich. „Ich arbeite daran, sie zu befreien. Ich will wissen, wer ausgeplaudert hat, dass sie bei mir ist."

„Verdammt, wenn ich das wüsste. Vermutlich einer der Gestaltwandler, mit denen du gekämpft hast. Wollen sich an dir rächen. Du hast Feinde, Grizz. Und Vampire wissen, wie sie an Infos kommen. Ihre Spione sind überall."

Argh. Sackgasse. Declan weiß nichts. „Na schön. Aber du

wirst mir helfen, auf Fähchen aufzupassen. Sie wird nicht zurück zu Augustine gehen und dabei bleibt es."

Declan seufzt. „Noch was?"

Ich erzähle ihm, was ich bei der Fernfahrerkneipe und dem Theater gefunden habe. „Ich muss beide überwachen lassen. Ich werde bezahlen. Denkst du, du kannst das ermöglichen?"

„Yeah. Aber das wird dich was kosten."

„Das ist okay. In dieser Hinsicht bin ich abgedeckt." Ich werde die Rechnung einfach an Frangelico weitergeben.

Als könne er meine Gedanken hören, sagt Declan: „Es ist gefährlich, für einen Vampirkönig zu arbeiten."

„Ich weiß. Ich würde es auch nicht tun, wenn ich nicht müsste." Ich muss verrückt sein, dass ich ihm dieses Informationsbröckchen zuwerfe. Mich in Jordys Gegenwart aufzuhalten, hat mich weich werden lassen. Hat meinen Willen vergrößert, auf andere zuzugehen und eine Verbindung herzustellen. Wenn ich mich nicht bald in den Griff kriege, werde ich noch Freundschaftsbänder verteilen und die Stooges dazu bringen, mir die Haare zu flechten.

„Ich weiß nicht, was einen Gestaltwandler dazu treibt, sich mit einem Vampir zusammenzutun", sagt Declan vorsichtig, „aber ich weiß eines. Vampire sind gefährlich und der König – er ist der gefährlichste von allen. Du schwimmst in haiverseuchten Gewässern, Grizz."

Ich seufze. „Als ob ich das nicht weiß."

„Sieh zu, dass du nicht blutest."

Ich schlage noch einige weitere Minuten mit Telefonanrufen tot. Ich will gerade wieder in den Laden laufen und mich erkundigen, was Jordy zum Mittagessen will, als sich die Tür öffnet und sie herauskommt.

„Bereit zum Gehen?"

„Yeah."

„Wolltest du dir nichts stechen lassen?"

Mit den Händen zerrt sie zögerlich ihr Shirt nach unten und zeigt mir den Verband aus weißem Verbandsmull und Klebeband über ihrem linken Busen. Sie hat sich etwas stechen lassen, um die Narben über ihrem Herzen zu verdecken.

„Sehr schön, Fähchen." Ich verberge meine Enttäuschung, dass ich es nicht gesehen habe. Wenn sie es mir zeigen möchte, wird sie es mir zeigen. Es steht mir nicht zu, es zu wissen oder danach zu fragen. „Vamos."

Jordy

GRIZZ und ich verbringen den Tag zusammen und tun, was auch immer wir wollen. Nach einem kurzen Stopp, bei dem wir Tacos kaufen, erzähle ich Grizz, dass ich sein Motorrad liebe, und er nimmt mich mit auf eine lange, ausschweifende Fahrt durch die Stadt. Seine Harley brummt träge den ‚A'-Mountain hoch – den Berg mit dem riesigen weißen A der University of Arizona – und wir essen an der Aussichtsplattform. Danach bringt er mich zu einem kleinen Park und wir laufen auf einem Pfad zwischen den Kakteen hindurch, wobei wir wie ein Paar Händchen halten. Abendessen gönnen wir uns in einem Diner, wo Grizz die Kellnerin mit der Menge an Essen schockiert, die er verschlingt.

„Muss heute Abend kämpfen", informiert er mich. „Muss mich stärken."

„Hast du es heute deswegen so ruhig angehen lassen? Um dich auf den Kampf vorzubereiten?"

„Nein." Er legt seine Gabel ab und umfängt meine Wange. „Ich wollte Zeit mit dir verbringen."

Ich kann nicht aufhören, ihn anzustrahlen. Es ist dumm und unelegant. Ich sollte mich mehr zieren. Aber wann immer ich mit ihm zusammen bin, ist es, als würde ein Licht angeschaltet werden. Ich grinse und strahle und fühle mich ganz warm und wohl, als hätte ich die Sonne verschluckt.

„Ich sehe dich gerne glücklich, Fähchen", erzählt er mir.

Ich bin glücklich, will ich sagen. *Aber nur, wenn du da bist.*

Je näher die Abenddämmerung rückt, desto ernster wird er. Sein Lächeln gleitet davon und verblasst mit dem Licht. Die letzten Strahlen sterben hinter den Bergen und er steht auf, wirft einen hundert-Dollar-Schein auf den Tisch zwischen die leeren Teller.

„Zeit, zu gehen."

Ich halte mich an ihm fest, während wir zu dem Industriegebiet der Stadt fahren. Hinter uns fahren zwei weitere Motorräder auf die Straße und flankieren uns. Sie holen uns ein, als wir an einer roten Ampel halten. Grizz versteift sich in meinen Armen, aber er blickt stur geradeaus. Die Ampel wird grün und er röhrt davon, doch die zwei Motorräder folgen, wütend brummend. Als wir schließlich die Abzweigung zum Kampfklub erreichen, haben sich uns noch mehr Motorräder angeschlossen.

„Wer sind sie?", frage ich, als wir erneut an einer Ampel stoppen.

„Wölfe. Tucson Rudel."

Ich schaue zurück und einer der Biker grüßt mich. Ein großer Kerl, so groß wie Grizz. Er hat die Mondphasen als Tattoos auf seinen Fingerknöcheln. Das haben sie alle.

Mein eigenes Tattoo juckt unter seinem Verband. Es tat gar

nicht so sehr weh. Ich machte mir einfach mein Sub-Training zu Nutze, indem ich tief atmete und mich der Nadel unterwarf. Der schlimmste Teil war das Brennen des Vampirbluts, damit die Farbe in die Haut sickern kann. Ich frage mich, ob die Wölfe von dem Vampirblut wissen und dass es die schnellste Methode ist, um einem Gestaltwandler Narben zuzufügen. Dass es die Gestaltwandlerheilkräfte sofort außer Kraft setzt.

Wir parken und Grizz wartet, bis ich abgesprungen bin, bevor er absteigt. Seine Hand legt sich auf meinen Rücken, während wir zur Tür des Kampfklubs laufen. Dort stehen bereits Gruppen wartender Gestaltwandler herum, eine Menge Biker und Gangmitglieder. Ich stolpere fast, als ich einige der Katzen erkenne, die Grizz angriffen.

„Es ist alles okay", flüstert er und legt seinen Arm um meine Schultern. „Heute Nacht sind wir sicher. Die Wölfe werden nicht zulassen, dass mich irgendjemand anrührt. Nicht, bis ich im Ring bin."

Und tatsächlich folgen uns die Biker-Wölfe. Als wir die Tür erreichen, haben sie uns komplett umzingelt. Ich atme tief durch und zwinge meine Füchsin, nicht in Panik zu geraten. Sie mag es nicht, von all diesen Raubtieren umgeben zu sein. Ich hätte viel größere Angst, wenn ich nicht bei Grizz wäre.

Im Inneren fallen die Wölfe weg und Grizz führt mich schnurstracks zur Bar. Der Klub ist viel netter, als ich gedacht hätte. Die rustikalen, wiederaufbereiteten Holztische und Bar, die nackten Glühbirnen, der Betonboden, sogar die ungehobelten Gestaltwandlergrüppchen passen mit einer Art wildem Charme zusammen.

Grizz bestellt und der Barkeeper stellt zwei Gläser vor uns. Nachdem er mit mir angestoßen hat, ext Grizz den Shot. Ich nippe an meinem und spucke aus.

„Sorry, Fähchen. Ich hätte dich warnen sollen." Grizz

streichelt mir den Rücken, auch wenn Belustigung in seinen Augen tanzt.

„Ist schon okay", huste ich. „Ich trinke nicht viel. Nimm du es."

Er trinkt meinen Shot fast schon geistesabwesend, während seine Augen durch den Club wandern. „Der Kampf fängt gleich an. Du wirst hier sitzen bleiben", er führt mich zu einer Ecke, „und still sein. Halt dich von Schwierigkeiten fern."

„Was ist mit dir?"

„Ich werde im Ring sein." Er ist definitiv belustigt.

Ich recke den Hals, um an den Gruppen der Gestalt-wandler zu dem Käfig in der Mitte des Lagerhauses zu schauen, der von Scheinwerfern angestrahlt wird. „Kann ich nicht näher bei dem Käfig sein?" Ich kann meine Enttäu-schung nicht verbergen, dass ich so weit weg bin.

„Nein", sagt Grizz sanft und streichelt meinen Rücken. „Ich muss mich konzentrieren. Das kann ich nicht, wenn ich nicht weiß, dass du in Sicherheit bist."

„Ich werde dich anfeuern", teile ich ihm mit und er senkt sein Gesicht dicht zu meinem.

„Bist du dir sicher, Fähchen? Du wirst die Einzige sein."

„Ja", sage ich entschlossen und ziehe ihn für einen Kuss näher zu mir. Er bricht ihn als Erster und lässt seinen Blick durch das Lagerhaus schweifen. Da so viele potenzielle Bedrohungen anwesend sind, ist er nicht in der Lage, sich zu entspannen. Der Klub ist voll von Raubtieren. Ich sollte ganz aufgeregt sein, aber das bin ich nicht. Ich sonne mich in seinem Schutz, bis drei vertraute Gesichter hinter Grizz auftauchen.

„Heya, Fähchen. Haste uns vermisst?"

„Ein bisschen." Ich beuge mich nach vorne und umarme Declan, dann Laurie. Ein polterndes Grollen veranlasst uns dazu, auseinander zu springen. Grizz ragt über uns auf, seine Augen hell von seinem Bären. Eifersüchtiger Grizzly. Ich kichere fast.

„Es ist okay", sage ich. „Wir sind nur Freunde." Aber Parker und ich schlagen unsere Fäuste aneinander, anstatt uns zu umarmen.

„Biste bereit für das hier?", fragt Declan.

Grizz zuckt mit den Schultern. „So bereit, wie ich es je sein werde. Hast du die Details zu diesem Kampf?"

„Parker hat sie." Declan ruckt mit dem Kopf zu dem grauhaarigen Gestaltwandler, der nickt und anfängt, weiter in das Lagerhaus zu laufen in Richtung des Käfigs.

„Ich hab schlechte Nachrichten für dich", sagt Grizz zu mir, in dessen Tonfall Humor mitschwingt. „Du musst dich heute Nacht an diese Jungs hier halten."

„Du Unglücksbärchi." Ich setze ein gespielt finsteres Gesicht auf.

„Yeah." Er macht Anstalten, sich für einen weiteren Kuss zu mir zu beugen, als ein Schatten auf uns fällt. Grizz richtet sich auf und sein Gesicht wird ausdruckslos.

Einer der großen Wölfe, die uns gefolgt sind, steht in der Nähe, zwei seiner Rudelgefährten als Rückendeckung hinter sich. „Grizz."

Grizz ruckt mit dem Kopf, aber schaut nicht zu ihnen.

„Fünfzehn Minuten."

„Seid ihr hier, um mich zum Käfig zu eskortieren?" Grizz grinst, aber es ist ein kaltes, hartes Grinsen, ohne die Wärme, die er mir schenkt.

Der Wolf zuckt mit den Schultern. „Wir wollen schließlich nicht, dass du auf dem Weg dorthin stolperst und fällst."

Mir sträuben sich die Nackenhaare, als die Geparde hereinschlendern und sich der rauflustigen Menge anschließen. Sie richten ihre hellen, gelben Augen auf Grizz.

„Ich bin gerührt von eurer Sorge." Grizz richtet sich auf. „Sei brav", sagt er zu mir und tätschelt mich unter dem Kinn.

Einige der Wölfe betrachten mich neugierig.

„Niemand fasst meine Crew an", sagt Grizz zu dem großen Wolf, der nickt. Zwei der Wölfe bleiben zurück und stellen sich leicht entfernt von uns wie Wachen auf. Ich wäre dankbar, würden sie mir nicht die Sicht blockieren.

Freudenschreie und Gebrüll hallen durch den großen Raum. Weitere Gestaltwandler strömen durch die Tür, drängen sich um die Bar und umringen den Käfig.

„Nur noch ein paar Minuten", murmelt Laurie.

Ich wische mir die Handflächen an meiner Jeans ab.

„Er wird schon klarkommen", sagt Declan. „Grizz ist der Beste. Tatsächlich –" Ein Brüllen erklingt beim Käfig und wir strecken uns alle, um diesen zu sehen.

„Haste das gesehen?", fragt Declan Laurie, doch der Vogelgestaltwandler schüttelt den Kopf.

Declan hüpft auf seinen Hocker und flucht. „Ach, Scheiße."

„Was ist?" Ich drücke mich so weit nach oben, wie ich kann, aber der Raum ist einfach überfüllt mit großen Gestaltwandlern. Ihre Köpfe blockieren mir die Sicht auf den Käfig.

„Ein Vorkampf", schimpft er. „Sie wollen, dass er zuerst gegen jemand anderen kämpft."

„Wen?" Ich recke den Hals, dann gebe ich auf und stelle mich ebenfalls auf meinen Hocker. Kälte rast meinen Körper hoch und runter, als der neue Kämpfer den Käfig betritt. Es ist der Gorilla.

„Schätze, er kämpft heute Nacht gegen zwei."

„Ist das erlaubt?"

„Erste Regel des Gestaltwandler-Kampfklubs." Declan schneidet eine Grimasse und schüttelt den Kopf.

„Welche ist das?" Ich beuge mich nach unten und flüstere Laurie zu: „Wie lautet die Regel?"

„Es gibt k-k-keine Regeln."

GRIZZ

ICH STELLE MICH DEM SILBERRÜCKEN, der den Kampf vom Zaun brach, der zu meinem Black-out führte.

„Heute Nacht wirst du selbst kämpfen? Nicht einen Haufen Pussys die Drecksarbeit für dich erledigen lassen?"

Die Lippen des Gorillas ziehen sich zurück und entblößen flache, gelbe Zähne. „Du wirst bluten, Grizzly."

„In Ordnung. Kein Affenzirkus."

Der Gorilla brüllt mich an, aber die Menge lacht. Sie mögen mich nicht, aber sie mögen meine Einstellung.

„Los geht's Grizz." Mitten unter den höhnischen Rufen feuert mich eine einzelne Stimme an. „Du schaffst das."

Jordy. Ich würde sie in jeder Menge finden. Es könnte genauso gut niemand außer uns beiden hier sein.

Ich ziehe meine Lederjacke aus und rolle sie zusammen, um den Flachmann zu verbergen. Ich reiche das Bündel vorsichtig an Parker weiter. „Pass darauf auf."

Er nickt. Er weiß, dass ich einen Flachmann bei mir trage, aber er hat keine Ahnung, was er enthält. Niemand weiß das.

Ich wende mich dem Gorilla zu und lockere meine Schultern. Ich brauche den Saft nicht, um gegen dieses Bananenhirn zu kämpfen. Ich kann es mit ihm aufnehmen.

„Bereit?", ruft ein Wolf von der Seitenlinie. Ich nicke ihm zu und er bläst in eine Pfeife.

Ein Fuß taucht aus dem Nichts auf. Ich habe kaum Zeit,

mich zu ducken. Der Gorilla landet und wirbelt herum. Ich blocke noch einen Tritt mit erhobenen Unterarmen ab und taumle unter dem schweren Gewicht zurück. Die Menge jubelt, denn sie liebt es, dass ich überrascht wurde.

Ich senke meine Arme und begegne den irren Augen des Gorillas. Der Dreckskerl ist barfuß und trägt eine lockere schwarze Gi-Hose. Die hätte ich sofort bemerken sollen.

Ich zucke mit den Achseln und rolle mit den Schultern, um die Verspannungen zu lösen. MMA? Warum zum Geier nicht? Ich bin für etwas Karate zu haben.

Eine Hand zur Faust ballend, presse ich sie in meine andere Hand und verbeuge mich, ohne meinen Kopf oder meinen Blick zu senken. Der Gorilla zieht erneut seine Lippen zu einem zähnefletschenden Lächeln zurück. Er stürzt sich in einen weiteren Sprung und schießt mir mit den Füßen voraus entgegen. Ich weiche aus, packe seinen Knöchel und schwinge ihn gegen die Käfigwand.

Die Jubelschreie der Menge ersterben, als hätte jemand einen Schalter umgelegt.

Der Affe rappelt sich wieder auf, schüttelt seine Glieder aus und stürzt sich erneut auf mich. Auf allen vieren wie ein Tier. Er trifft meine Mitte und wir fallen gemeinsam auf den Boden. Ich schlage ihm wiederholt gegen den Kopf, bis er von mir rollt. Ich setze mich auf, ohne meine Arme zu benutzen, und erhebe mich. Als er ein weiteres Mal auf mich zukommt, ducke ich mich und packe seinen Arm zur gleichen Zeit, sodass ich ihn über meinen Rücken gegen die Käfigwand abrollen kann. Er prallt ab und springt zurück – gerade, als ich austrete. Fuß trifft auf Gesicht.

Die Menge ist auf den Beinen, johlt und schreit. Sie klingen mehr wie Tiere als Menschen. Ist für mich in Ordnung. Ich bin das größte Raubtier hier. Mein Bär stürmt nach vorne. Ich sinke auf alle viere und kämpfe gegen den

Drang an, mich zu verwandeln. Mein Mund öffnet sich und ich brülle. Einige Gestaltwandler halten sich die Ohren zu. Andere senken den Blick. *Das ist richtig, Dreckskerle. Grizz ist im Haus.*

Der Affe setzt sich benommen auf. Hinter ihm, außerhalb des Käfigs, schreit Parker irgendetwas. Was ist es?

„Hinter dir –"

Der Gorilla lächelt. Ich wirble herum, als ein großer, böser Bär den Käfig betritt, aus seiner Lederjacke schlüpft und mich mit den größten Fangzähnen, die ich jemals gesehen habe, angrinst.

Überall um den Käfig herum, beginnen die Wölfe zu jaulen.

KAPITEL 13

 *ordy*

„WAS IST LOS? Was passiert?" Ich zupfe an Declans Bein. Als der Kampf begann, war alles so schnell, so prächtig und brutal, dass ich nicht zuschauen konnte, ohne dass meine Augen feucht wurden. Ich stieg von meinem Hocker, damit Laurie hochklettern konnte. Doch jetzt, als ich die Menge nach Blut schreien höre und die grimmigen Gesichter der zwei Stooges sehe, weiß ich, dass irgendetwas nicht stimmt.

„Grizz." Ich drehe mich wieder zum Käfig. Mein Bär ist dort, läuft an der Käfigwand entlang und dreht seinen Kopf von einem Gegner zum anderen.

Zwei zu eins?

„Fuck", flucht Declan.

„Grizz", hauche ich entsetzt. Ich habe ihn zuvor schon gegen mehr als einen Gegner kämpfen sehen, aber alles an diesem Kampf ist schlimmer. Der Einsatz ist höher. Die Gestaltwandler ringsum den Käfig lachen und schreien.

Ich muss näher an den Käfig heran.

Indem ich meine Hände um meinen Mund lege, brülle ich das Declan zu und seine Augen weiten sich. „Fähchen, nein –"

Ich renne bereits zu dem Käfig und schlängle mich zwischen den Gruppen hindurch, die an der Bar warten. Die Gestaltwandler teilen sich nicht für mich und ausnahmsweise bin ich froh, dass ich klein bin. Ich kämpfe mich durch die Menge, drücke mich zwischen Körpern hindurch und husche davon, bevor mich irgendjemand packen kann.

Ich lande in der Nähe einer der Tribünen. Wenn ich Glück habe, wird mich niemand bemerken.

Grizz gestikuliert zu dem zweiten Kämpfer und verlangt eine Auszeit.

Ruhig läuft mein großer Bär zur Seite des Käfigs und hakt seine Finger in die Löcher des Maschendrahtzaunes.

„Parker", knurrt er. „Saft."

Parker fummelt an der Lederjacke herum und hält einen Flachmann hoch. Er hebt ihn zum Käfig und schiebt den Hals durch eins der Käfiglöcher. Grizz nimmt einen Schluck, indem er sein Gesicht an die Käfigwand presst. Seine Kehle arbeitet eine lange Sekunde, bevor er zurückweicht und nickt, damit Parker den Flachmann wegnimmt. Ein roter Tropfen klebt an Grizz' Lippen, bevor er eine Hand vor seinen Mund schlägt und sich umdreht, um sich seinen zwei Gegnern zu stellen.

„Dann packen wir es an", sagt er zu allen und niemandem.

„Runde zwei", brüllt der große Wolf und bläst in eine Pfeife. „Kämpft!"

Grizz

Ich laufe die Grenze des Käfigs ab, wobei ich meine Gegner beide im Blick behalte. Ich muss dafür sorgen, dass ich keinem von ihnen meinen Rücken zukehre.

Zwei gegen einen? Keine tollen Chancen, aber ich hatte schon schlimmeres.

Das Vampirblut zischt in meinen Adern. Frangelico hat sich bei dieser Dosis nicht lumpen lassen. Das hier ist Herzblut – das wirksamste. Der Kater im Anschluss wird fürchterlich sein, aber es wird mir genug Energie liefern, um einige Stunden durchzuhalten.

Zeit, diesen Kampf zu beginnen.

Ich bewege mich als Erster und greife den Gorilla an. Er springt gegen die Käfigwand und schwebt praktisch durch die Luft. Ich reiße ihn nach unten und gebe ihm eine Kostprobe meiner Faust.

Hinter mir tigert der verrückte Bär hin und her. Gut, er ist nicht so wild, dass er sich damit wohlfühlt, an einem unausgeglichenen Kampf teilzunehmen. Er wird abwarten, bis er an der Reihe ist, was mir Zeit gibt, diesem Affen eine Lektion zu erteilen.

Der Gorilla kämpft mit Tritten und Schlägen, die ich mühelos blocke. Ich erwische seinen Schenkel mit einem Tritt. Nah an seinem Schritt. Yeah, das ist unfair, aber ich kämpfe nicht fair.

„Wie ich sehe, versteckst du dich noch immer hinter besseren Gestaltwandlern", verspotte ich ihn. Ein Wutschrei und der Gorilla katapultiert sich durch die Luft zu mir. Ich weiche ihm aus und lasse ihn zu Boden krachen, ehe ich einen Tritt gegen den Kopf folgen lasse.

„K.O.", ruft Parker. Die Menge vergisst ihre Feindseligkeit mir gegenüber und skandiert meinen Namen, während ich mich zufrieden aufrichte.

Einer erledigt. Bleibt noch einer.

„Du kannst gerne aufgeben", informiere ich den Bären.

„Du machst mir keine Angst", knurrt Caleb. Er leckt das Blut des Gorillas von seinem Arm und seine Zunge fährt über seine Lippen, als möge er den Geschmack. Fuck, er riecht wirklich gebrochen.

Wir warten, während die Wölfe den Käfig betreten und den Gorilla an seinen Füßen rausziehen. Der erste Kämpfer hinterlässt einen langen Blutstreifen auf dem Boden.

Jordy

DIE ZWEI ÜBRIG GEBLIEBENEN Kämpfer umkreisen sich und starren einander an. Grizz steht aufrecht da, während sein Gegner gebeugt läuft und fast schon auf allen vieren durch den Käfig marschiert. Der schwerfällige Kämpfer sieht mehr wie ein Tier als ein Mensch aus. Grizz joggt auf der Stelle, kreist mit den Schultern und dehnt seinen Hals. Schließlich hört er auf, so zu tun, als würde er sich aufwärmen. Er schlägt sich auf die Brust und streckt seine Hände aus. „Machen wir das jetzt? Oder tanzen wir nur die ganze Nacht lang?"

Sein Gegner weicht in den Käfig zurück und lehnt sich gegen den Maschendrahtzaun. Er schiebt sich immer weiter nach hinten, bis sich der Zaun ausbeult. Das Metall knarzt, als sich die Pfosten zu biegen beginnen. Die Menge verstummt.

„Wenn du den Käfig kaputt machst, kaufst du einen neuen", warnt Grizz. Einige Zwischenrufe setzen ein. Der Kämpfer hebt seinen Kopf und brüllt. Schauder jagen mein Rückgrat hoch und runter und jeder Gestaltwandler im Raum erstarrt.

Ein Lachen erklingt. Grizz streckt seine Arme weit aus und bleckt seine Zähne zu einem wilden Grinsen. „Zeig, was du draufhast."

Der Bär schnellt nach vorne und trampelt mehr oder weniger auf allen vieren zu Grizz. In der letzten Sekunde weicht Grizz aus, wirbelt herum und springt dem Wesen auf den Rücken. Seine tätowierten Arme legen sich um den Hals des Bären.

„Yeah, yeah, yeah", schreit jemand. Declan. Er ist näher bei meinem Versteck, weil er wahrscheinlich nach mir sucht. Gerade jetzt macht er eine Pause, fasziniert von dem Kampf.

Der Kämpfer taumelt unter Grizz Gewicht. Sein Kopf schwankt vor und zurück und einen Moment sieht es so aus, als wäre der Kampf vorbei.

Dann jagen kleine Wellen über die Haut des Kämpfers.

„So ist's recht", gluckst jemand. Einer aus dem Wolfrudel, der mit einem bösartigen Ausdruck auf dem Gesicht zuschaut. „Kämpf dagegen, Verräter."

„Was passiert?", flüstere ich.

„Nein", brüllt Declan entsetzt.

„Doch", korrigiert der Wolf. „Er verwandelt sich."

„Das ist gegen die Regeln!" Parker hämmert gegen den Käfig.

„Das hier ist nicht San Diego. Hier gibt's keine Regeln."

Ich erinnere mich daran, dass Grizz mir erzählte, dass Gestaltwandler in manchen Kämpfen ihre Menschengestalt behalten müssen oder sie werden disqualifiziert. Sieht so aus, als wäre das hier nicht der Fall.

„Regel Nummer eins des Gestaltwandler-Kampfklubs?",
ruft ein Wolf und das Rudel antwortet brüllend, „Es gibt
keine Regeln!"

„Oh nein", hauche ich. Im Käfig ringt Grizz darum, sich
weiterhin an dem Hals des Bären festzuhalten.

„Du schaffst das", schreie ich, wobei meine Stimme dünn
in der schweren Stille klingt. Ich lege meine Hände um den
Mund. „Grizz, du kannst das!"

In der einen Sekunde schiebe ich mich näher zum Käfig.
In der nächsten wird mir der Arm fast ausgekugelt. Ich wirble
herum und starre in die Augen eines Vampirs.

„Hab ich dich", zischt er durch seine Eckzähne.
Benedict.

„Nein", keuche ich. Der Lärm der Menge verschluckt den
leisen Laut.

„Augustine kann es nicht erwarten, dich in die Finger zu
kriegen", höhnt Benedict.

Mir fällt zu spät ein, dass ich ihm nicht in die Augen
schauen sollte, und schon wird alles schwarz.

G*RIZZ*

V*ERDAMMTER* *WAHNSINNIGER* S*CHWARZBÄR*-D*RECKSKERL*. Ich
lockere meinen Griff, als Fell unter meinen Armen sprießt.
Der Bär ist jetzt auf seinen Hinterbeinen und schwankt,
während seine Knochen knacken und ihre Größe verändern.
Meine Zähne in dem verfilzten Fell versenkend, festige ich
meinen Griff. Er mag seine Größe verdreifachen, aber ich
werde es ihm nicht leicht machen. Nach einer Sekunde höre
ich auf, ihn zu beißen, und spucke schwarzes Fell aus. Beim

Schicksal, wann war das letzte Mal, dass sich dieser Idiot gewaschen hat?

Da die Verwandlung vollständig ist, landet der riesige Schwarzbär nun auf allen vieren, woraufhin der Boden erbebt. Ich muss wie eine Ameise aussehen, während ich mich an seinen Rücken klammere. Ich warte auf einen geeigneten Moment, stoße mich von ihm ab und springe zurück zu einer weit entlegenen Ecke. Ich muss hier raus. Zu Jordy gelangen. Das ist der Moment, in dem der Saft seine Wirkung entfaltet und ich verschwimme. Ich weiß, ich habe mich schneller bewegt, als irgendjemand für möglich hält, als die Menge keucht. Die Wölfe heulen und das Geräusch verstummt, als ich durch den Käfig sause.

„Verräter! Vampirhaustier!", beginnen die Wölfe zu buhen und der Rest der Menge nimmt den Ruf auf.

Ich eile zu meinem Gegner, tanze aus dem Weg riesiger Reißzähne und lande zwei schwere Treffer, die den Bär nach hinten werfen. Sowie ich diesen Kampf hinter mich gebracht habe, werde ich ein paar Wölfe herausfordern. Ich werde sie lehren, mich als das Haustier eines Vampirs zu bezeichnen.

Irgendetwas macht mir in meinem Hinterkopf zu schaffen. Ich nehme mir einen Moment, um meinen Blick über die Menge schweifen zu lassen. Wo zum Geier ist Jordy? Dort, bei der Tribüne. Oder zumindest war sie dort.

Ein Aufblitzen von Rot und mein Blut wird zu Blei. Sie ist dort, zusammengesackt auf jemandes Schulter. Ich erhasche einen Blick auf das bleiche Gesicht des Vampirs, bevor er aus der Tür hinausrauscht.

Fuck, Jordy, nein!

Mein Bär ist da, bereit, hervorzubrechen. Ich kämpfe ihn zurück. Wenn ich mich jetzt verwandle, werde ich nicht über den nötigen Scharfsinn zum Jagen verfügen.

Ich renne zur Käfigtür, aber sie ist abgeschlossen. Ich

packe die Stangen und reiße. Zähne sinken in meinen Nacken und ich fauche, aber drehe mich nicht um. Ich reiße mich los, lasse das Blut spritzen und rase wie der Blitz zur anderen Seite des Käfigs, wo ich über den Zaun klettere und mich auf die andere Seite fallen lasse.

Muss Jordy holen. Beweg dich!

Gestaltwandler hasten mir aus dem Weg. Diejenigen, die es nicht tun, werden zur Seite geworfen.

„Grizz", ruft jemand verzweifelt. Declan.

„Folge mir", befehle ich ihm und er, Laurie und Parker rennen hinter mir her. Ich bin fast draußen. Fast frei.

Ein Wolf tritt vor mich, bevor ich die Tür erreichen kann.

„Wenn du gehst, hast du verloren", brüllt Trey. Ich rase auf ihn zu und er tritt mir aus dem Weg. Mit einem Brüllen, das das gesamte Lagerhaus erschüttert, donnere ich gegen die Tür und schleudere sie durch die Luft. Der Türrahmen ächzt, als ich ihn ramme und die Menge hinter mir zurücklasse, die nun auf ein Grizz förmiges Loch starrt.

Scheiß auf alles. Ich muss zu Jordy.

Schotter spritzt unter meinen Füßen auf, während ich in die Richtung renne, in die der Vampir sie getragen hat.

Der Dreckskerl ist nicht weitgekommen, trotz seiner Vampirgeschwindigkeit. Ich kann ihn aufspüren. Ich beschleunige mein Tempo und hole auf, gerade als Benny den Arroyo erreicht.

Der dünne Vampir dreht sich um und seine Augen weiten sich. Er verliert diese schmierige Glattheit und stolpert, als er beobachtet, wie ich so schnell wie ein Vampir auf ihn zu renne.

Ich sehe alles wie in Zeitlupe: das bleiche Gesicht, Jordys schlaffe Gestalt, Bennys Lippen, die sich bewegen. „Unmöglich –", sagt er. Ich bin fast bei ihm, als er Jordy fallen lässt.

Ich brülle und er verschwindet. Fuck, ich muss ihn einfangen.

Hektische Schritte lassen mich herumwirbeln. Parker und Declan rennen in meine Richtung. Sie werden langsamer, während sie um Luft ringen und sich an die Brust fassen.

„Saft", befehle ich, bevor sie sprechen können.

Parker wühlt in seiner Jacke und reicht mir meinen Flachmann. Ich leere ihn. Ich werde es später spüren, aber jetzt brauche ich alles, das ich verkraften kann, um Benny zu erreichen. Er hat mein Mädchen mitgenommen. Er arbeitet für Augustine. Mir ist scheißegal, wer hinter den Sklavenversteigerungen von Gestaltwandlern steckt. Sie versuchten, Jordy zu entführen, also werden sie alle untergehen. Das Ganze endet jetzt.

Jordy liegt als kleines Häufchen zu meinen Füßen. Ich neige sie nach hinten und überprüfe ihren Puls. Er ist kräftig und gleichmäßig, aber ihre Augen flattern und sie wacht nicht auf. Sie ist vollkommen hinüber. Verdammte Vampire. Ich packe sie und drücke sie Declan und Parker in die Arme. „Bringt sie hier weg."

„Wohin?", fragt Declan, während Parker und Laurie bereits anfangen, sie zurück zum Club zu tragen.

„An einen sicheren Ort." Ich gebe ihnen meine Adresse.

„Warte", ruft Parker, als ich mich aufrichte. „Wohin gehst du?"

Ich knurre meine Antwort dem Mond entgegen, bevor ich Benny hinterhergehe. „Auf Vampirjagd."

ICH HOLE Benny in Marana ein, einem ausgestorben daliegenden Drecksloch in der Nähe des Tattoostudios, zu dem ich Jordy brachte. Der Scheißkerl ist vermutlich auf dem Weg zurück zu dem Theater. Ich halte gerade so lange an, dass ich einen Palo Verde Baum ausreißen, ein Stück des Stamms abbrechen und zu einem netten Pfahl schälen kann.

Ich habe genug Saft in mir, um ein ganzes Nest Vampire zu überfallen, aber nicht, um gegen sie alle zu kämpfen. Dunkelheit lauert am Rande meines Sichtfeldes und droht, mich in die Knie zu zwingen. Kann mich dem noch nicht ergeben. Muss zu Benny gelangen und sicherstellen, dass Jordy in Sicherheit ist. Dann kann ich zu ihr zurück.

Benny stoppt in einer Gasse. Wir sind irgendwo in der Nähe des Theaters, aber ich weiß nicht, wie nahe. Er lehnt an der Wand. Zu seinen Füßen befindet sich eine Treppe, die irgendwohin führt, vermutlich zu einer Kellertür. Ergibt Sinn, dass dies der Ort ist, an dem sich Vampire treffen. Benny hat mich gerade direkt zu ihrem Geheimversteck geführt.

Er hat dort gestoppt und wartet einfach nur. Ich schleiche mich in den Schatten an, während er eine Zigarette entzündet. Er raucht nicht, sondern hält sie nur zwischen zittrigen Fingern. Vampire lieben Feuer. Es hat irgendetwas damit zu tun, mit etwas zu spielen, das ihr Untergang sein könnte.

Benny wird nicht so einen schnellen Tod kriegen. Nicht, wenn ich ihn halb pfähle, fessle und zu Frangelico schleife. Wir werden ihn befragen und der König wird die Antworten aus ihm rausquetschen. Wir können auf den Grund des Ganzen vordringen. Jordy wird in Sicherheit sein und ich kann mich wieder meiner eigentlichen Mission widmen.

Der Gedanke daran, zu meinem Rachefeldzug zurückzukehren, fühlt sich jedoch nicht so gut an, wie er das sollte. Ich wünschte es gäbe eine Möglichkeit, Jordy zu behalten, während ich die Jagd fortsetze. Zuerst war sie nur eine Ablenkung, aber sie an meiner Seite zu haben, übertrumpft alles andere. Ich brauche sie in meinem Leben. Sie ist so eine

kleine Person, aber sie bringt mein Leben wieder ins Gleichgewicht.

Schatten flackern um Bennys Hände. Er hält die Zigarette
jetzt ruhig. Jeden Moment wird er beschließen, dass er ruhig
genug ist, um weiterzugehen. Zeit, zuzuschlagen.

Wieder bewege ich mich so schnell, dass Benny keine
Zeit zum Reagieren bleibt. Ich ramme ihn gegen das
Gebäude. Das ist so befriedigend, dass ich es noch
einmal tue.

„Hab ich dich", sage ich.

Die Zigarette fällt zu Boden. „Das ist –"

„Unmöglich? Nein." Ich setze das spitze Ende meines
improvisierten Pfahls an sein Herz. „Sag gute Nacht, Benny."

Bewusstlos wiegen Vampire mehr, als man meinen
würde. Selbst dürre Typen wie Benny gleichen beschissenen
Betonklumpen. Als ich schließlich zum Kampfklub zurück-
komme, steht die Morgendämmerung kurz davor, hereinzu-
brechen. Falls Augustine dachte, dass er seine Eckzähne
heute Nacht in Jordy schlagen würde, dann hat er Pech
gehabt. Ich muss nur diesen Körper verstauen, bevor das
Licht über die Berge kommt.

Ein Haufen Wölfe lümmelt um den Müllcontainer hinter
dem Klub herum. Einige knurren, als sie mich sehen, aber
dann weichen sie zurück, als ich Benny direkt an die Seite
des Gebäudes schleife.

Trey tritt aus der Tür, seine Augen blitzen wütend. „Was
zum –"

„Brauche einen Gefallen", sage ich. „Muss den hier an
einem sicheren Ort verstauen, bis er befragt werden kann."
Ich verpasse Benny einen Tritt. Er könnte genauso gut ein
Blutbeutel sein, so wenig hat er sich gewehrt.

Die Wölfe weichen zurück und beäugen mich nervös. Ich

grinse sie an. *Noch nie zuvor einen Gestaltwandler gesehen, der einen Vampir erledigt hat?*

Trey zuckt nicht einmal mit der Wimper. Wir mögen unsere Differenzen haben, aber er ist ein anständiger Kerl.

„Hier", sagt Trey und klappt den Deckel des Müllcontainers hoch. Wenn er richtig verschlossen ist, wird kein Licht hineindringen und den Dreckskerl rösten, bevor ich ihn befragen kann.

„Perfekt."

Nachdem er seinem Rudel befohlen hat, den Klub zu räumen, hilft mir Trey, den Vampir in seinen stinkenden Sarg zu verladen.

„Danke." Ich klopfe mir die Hände ab. „Ich schulde dir was", sage ich zu ihm.

Er zuckt mit den Achseln. „Wir haben einen Haufen Kohle gewonnen, weil wir bei dem Kampf gegen dich gesetzt haben. Bringst du diesen Vampir zu Frangelico?"

„Jepp. Hab ihn erwischt, wie er an einem Ort herumgelungert ist, an dem Gestaltwandler-Sklaven verkauft werden. Muss diesen Ring sprengen."

„Gut." Treys Augen lodern. „Dann sind wir quitt."

Ich drehe mich um, mache zwei Schritte und taumle. Meine Hände schlagen auf dem Schotter auf.

„Whoa, langsam." Trey ist an meiner Seite. Er hilft mir auf. „Was zum Henker, Mann? Bist du betrunken?"

„Nein", lalle ich.

Treys Augen werden schmal. „Du hast etwas genommen."

Meine Zunge füllt meinen Mund. „Muss gehen", murmle ich.

„Sorry, Kumpel. In diesem Zustand gehst du nirgendwohin." Er legt meinen Arm um seine Schulter und tritt die Tür zum Kampfklub auf. Der hintere Bereich des Ladens ist leer, weshalb niemand meine Schande sieht. Mein Bär verzieht das Gesicht, weil ich solche Schwäche zeige. Ehe ich mich versehe, befinde ich mich in einem kühlen, dunklen Würfel von einem Raum – das hintere Büro – und Trey beugt sich über mich. „Hier." Er bietet mir ein Glas Wasser an. „Mach einfach langsam."

„Muss gehen. Muss zu Jordy –" Zumindest versuche ich, das zu sagen. Meine Stimme ist zu verzerrt, als das richtige Worte rauskommen würden. Ich kralle mich an seine Schulter und er legt seine tätowierte Hand über meine vernarbte.

„Niemand kommt hier rein", versichert er mir, da er mich falsch versteht. „Niemand muss es wissen. Ich trete einen Bären nicht, wenn er schon auf dem Boden liegt."

„Jordy –", versuche ich es erneut, doch Trey versteht es noch immer nicht. Mein Griff um seine Schulter lockert sich, während ich nach hinten falle und in die Dunkelheit gleite.

GRIZZ

JORDY! Ich muss zu Jordy. Mein Mädel wird schreckliche Angst haben. Ich atme scharf ein und versuche, mich zu orientieren. Die Erinnerung an Trey, der mich zurück in den Kampfklub brachte, kommt mir allmählich wieder, während ich aufstehe.

Trey hat sein Wort gehalten und den Laden abgeschlossen. Ich schleiche mich nach draußen und halte nur auf der Türschwelle, als mir Licht ins Gesicht scheint.

Was zum –

Es ist Tag. Nach dem Stand der Sonne zu urteilen, weit nach Mittag. *Fuck.* Das bedeutet, dass ich über zwölf Stunden bewusstlos war. Und ich habe noch immer das Gefühl, als wäre ich von einem LKW überfahren worden.

Ich muss zu Jordy gelangen und mich vergewissern, dass es ihr gut geht. Ich bete, dass die drei Stooges sie sicher zu meinem Haus gebracht haben.

Fuck, ich bete, dass sie aus dem Vampirschlaf aufwachen konnte, in den Benny sie versetzt hatte.

Ich bringe meine schwerfälligen Glieder unter Kontrolle und trotte zu meinem Motorrad. Es braucht einige Versuche, aber als ich erst einmal darauf sitze und mein Gleichgewicht gefunden habe, erinnert sich mein Körper und ich überschreite jedes Tempolimit, während ich nach Hause düse.

rizz

IN DEM MOMENT, in dem ich in mein Haus laufe, beruhigt sich mein Bär.

Jordy wartet am Tisch, für den Tag in einen Rock und eine Bluse gekleidet, die sich an die Kurve ihrer Brüste schmiegt. Sie erhebt sich, das Gesicht gefasst.

„Fähchen."

„Grizz." Sie steht noch immer neben dem Stuhl und betrachtet mich von oben bis unten. „Geht's dir gut?"

„Jetzt schon." Ich öffne meine Arme. Emotionen huschen über ihr Gesicht – Sorge, Erleichterung, Freude – und dann stellt sie das Denken ein und eilt zu mir. Und sowie ihr Gewicht gegen meinen Körper prallt und ihr Geruch über mich schwappt, bin ich zu Hause.

Ich hebe sie in meine Arme und drücke sie fest.

Ich habe mich nicht beeilt, nach Hause zu kommen, weil

Jordy aufgebracht sein könnte. Ich habe mich beeilt, weil ich sie sehen musste. Ich wissen musste, dass es ihr gut geht.

Ich brauche sie.

Die Erkenntnis erschüttert nicht meine Welt. Sie dreht sie in die richtige Richtung und setzt sie fest auf ihre Achse, wo sie hingehört.

„Ich hab mir solche Sorgen gemacht", flüstert sie.

„Es ist okay, Baby. Ich bin hier. Ich bin jetzt hier."

Wir umarmen uns lange Zeit und obwohl ich steinhart bin und mich nach ihr sehne, kann ich sie nicht abstellen, um sie zu küssen. Sie muss wissen, wie sehr ich sie brauche, und bis sie das nicht weißt, kann ich sie nicht loslassen.

Schließlich hebt sie ihren Kopf. Ihr süßes Lächeln ist wirkungsvoller als ein Schlag. „Ich habe für dich gekocht."

Ich erlaube ihr, sich aus meinen Armen zu winden und knirsche mit den Zähnen gegen den neuen Schwall Erregung an. Sie nimmt meine Hand und zerrt mich zu dem Stuhl. Die Küche riecht zitronig frisch und die Oberflächen funkeln beinahe. Sie hat auf mich gewartet. Sie hat gekocht. Sie hat geputzt.

„Jordy." Ich ziehe sie zurück und erobere ihren Mund. Ich labe mich an ihr. All ihre Süße löst sich wie Zucker auf meiner Zunge auf, doch als ich ihre Hüften packe und sie an meine Erektion presse, lacht sie und schnalzt mit der Zunge. „Nicht jetzt."

„Doch, jetzt", knurre ich.

„Nein." Sie huscht davon. Verdammte flinke Füchsin. Ich gehe ihr nach und sie rennt um den Tisch. Stünde auf diesem nicht so viel Essen, das sie zubereitet hat, würde ich das Möbelstück einfach aus dem Weg werfen, sie zu Boden ziehen und für mich beanspruchen. Sie ist mein. Es besteht kein Grund dazu, noch länger zu warten.

„Du musst etwas essen."

„Ich werde essen. Dich."

Lächelnd und errötend wackelt sie mit dem Zeigefinger hin und her. „Nein. Du brauchst richtiges Essen. Du warst lange Zeit fort. Ich weiß, wie viel dir das abverlangt hat."

Ich beginne, zu knurren, und sie stemmt die Hände in die Hüften. „Ein Teller. Mindestens."

„Ich will dich jetzt."

„Du wirst mich kriegen", beschwichtigt sie mich. „Aber zuerst muss ich wissen, dass es dir gut geht." Sie zieht meinen Stuhl raus. „Setz dich."

Ich verberge ein Grinsen. „Jetzt gibst du mir Befehle?"

„Ja." Sie läuft rot an, während sie das sagt, und zieht den Kopf ein. Nun, zum Geier, jetzt kann ich es ihr nicht mehr abschlagen.

„In Ordnung, Fähchen. Ein Teller."

„Und dann reden wir", verkündet sie und beginnt, die Töpfe abzudecken.

„Das klingt unheilvoll", brumme ich, aber dränge nicht weiter auf sie ein. Jetzt, da sie den Deckel von dem Schongarer genommen hat, will ich Essen.

„Sieht gut aus, Baby."

„Das ist *cochinita pibil*", erklärt sie. „Langsam gegartes Schwein. Mein Rezept."

Ich packe ihren Hintern, während sie mir einen Teller auflädt. Sie lacht und tänzelt außer Reichweite, als sich meine Hand zwischen ihre Beine verirrt. Sie hat nichts darüber gesagt, dass ich sie nicht befummeln darf. Ich warte, bis sie außer Reichweite ist und mir am Tisch gegenüber sitzt, ehe ich meine Gabel in die Hand nehme. Ein Biss und ich verschlinge die Mahlzeit förmlich.

„Verdammt, Fähchen, das ist gut."

Sie sagt nichts, aber strahlt.

„Isst du nichts?"

„Ich hab schon gegessen." Sie stützt ihre Ellbogen auf den Tisch und legt ihr Gesicht auf ihre verschränkten Hände. Fast, als würde sie beten, aber ihre Augen liegen auf mir. Sie spricht nicht. Ihre Hände verbergen ihr Mienenspiel.

Sowie mein Teller leer ist, greife ich nach ihr. Ich könnte mehr essen, aber zuerst brauche ich einen Bissen von ihr. „Komm her."

Sie gehorcht und protestiert nicht, als ich sie dazu anleite, auf meinem Schoß zu sitzen.

„Grizz –", setzt sie an und ich küsse sie, trinke noch mehr von ihrer Süße. Meine Finger ballen sich in ihren Haaren und neigen ihr Gesicht in die Richtung, die ich möchte. Lange Zeit erlaubt sie das, doch dann ruckt sie zurück.

„Grizz, wir müssen reden."

Ich knabbere noch ein bisschen länger an ihren Lippen. „Später", murmle ich.

Noch ein paar Küsse, dann schüttelt sie den Kopf und reibt ihr Gesicht an meinen Stoppeln. „Jetzt."

Ich lehne mich mit einem Seufzen zurück. Ihr Gesicht ist so ernst, dass es das Essen in meinem Magen in Beton verwandelt.

Sie streichelt meine Haare, als wolle sie mich trösten. Niedliche kleine Füchsin. „Du warst lange Zeit weg."

Ich verschließe fast die Augen vor der Sorge in ihrer Stimme. „Hast du deswegen für mich gekocht, Fähchen? Wolltest du mich weich machen, damit du mich ins Kreuz-verhör nehmen kannst?"

Sie schaut mich nur an.

Ich seufze. „Schau mal, ich –"

„Du bist nicht zurückgekommen, weil du nicht konntest. Du bist wieder ohnmächtig geworden, wie nach dem letzten Kampf. Stimmt's?"

Fuck. Ich will sie nicht anlügen. Ich nicke.

Sie blinzelt und sagt zu sich: „Es muss etwas damit zu tun haben, dass du dich so schnell wie ein Vampir bewegen kannst."

Alarmglocken schrillen in meinem Kopf. „Fähchen, ich kann es dir nicht sagen. Es ist nicht sicher."

„Es ist der Flachmann, oder? Er enthält etwas, das dir dabei hilft, schneller zu kämpfen."

Ich wäge die Wahrheit gegen die Kosten ab. „Yeah."

„Was ist es?"

„Das kann ich dir nicht verraten." Frangelico wird nicht wollen, dass sich diese Nachricht herumspricht. Wenn ich ihr das letzte Geheimnis anvertraue, wird ihr Leben in Gefahr sein.

Stille erstreckt sich wie eine breite Schlucht zwischen uns.

Ihr Kopf senkt sich und sie murmelt etwas.

„Was hast du gesagt?" Ich hebe ihr Kinn an.

Sie begegnet meinem Blick, ohne zu zwinkern. „Ich sagte ‚es bringt dich um'."

Ich öffne den Mund, aber mein Protest erstirbt unter ihrem direkten Blick. Ich kann sie nicht anschauen, die Frau, die ich liebe, und lügen.

Und ich liebe Jordy. Ich weiß nicht, wann es anfing, aber ich weiß, dass es nie aufhören wird.

Als sie also meine Hand nimmt und mich ins Badezimmer führt, folge ich ihr. Der große, böse Bär ist in ihrer Gegenwart lammfromm und sanftmütig. Sie zieht mir mein Shirt aus und ich unterdrücke ein Fauchen. Beim Schicksal, das tut weh.

„Du heilst nicht", stellt sie fest, zieht den Spiegel nach unten und neigt ihn so, dass sie mir den fiesen Biss an meiner Schulter zeigen kann, wo mich der Bärenkämpfer gebissen hat. „Es bremst dich. Und diese Ohnmachtsanfälle? Sie werden schlimmer. Ich habe die Zeit gestoppt. Der

Letzte dauerte – Stunden. Dieser war fast fünfzehn Stunden lang."

„Schau mal, es tut mir leid, dass ich dich allein gelassen habe –"

Sie schlägt auf den Waschtisch. „Ich will deine Entschuldigungen nicht. Du bist mir nichts schuldig. Aber was auch immer du tust, du verletzt dich damit selbst. Du musst aufhören."

„Ich kann nicht."

„Warum nicht?", flüstert sie.

Ich schiebe meine Finger in ihre Haare. Wie bin ich nur zu diesem Moment gekommen? In dem mir eine reizende junge Frau in die Augen schaut, als könnte ich den Mond und die Sterne vom Himmel holen?

„Ich kann nicht, Jordy. Ich mache es nicht, weil ich es will. Ich mache es aus Rache."

„Rache für deine Mutter?"

Ich nicke, da ich nicht sprechen kann.

„Rache ist eine Todesfalle. Sie verletzt dich. Sie könnte dich umbringen."

Ich lecke mir über die Lippen und sage ihr die Wahrheit. „Solange ich den Mörder meiner Mutter auch ausschalte, ist es mir egal."

„Grizz." Sie sieht so traurig aus. „Mir ist es nicht egal."

Ich zucke zusammen, als wäre mir ein Stromstoß verpasst worden. Aber sie ist noch nicht fertig.

„Ich will nicht, dass du stirbst", wispert sie und ich zucke erneut zusammen, als hätte sie geschrien. Wie lange ist es her, seit es jemanden interessiert hat, ob ich am Leben bleibe?

„Fähchen", ist das Einzige, das ich sagen kann. Ich reibe die roten Strähnen ihrer Haare zwischen meinem Finger und Daumen. Die feinen Strähnen bleiben an meinen Schwielen hängen.

Sie zieht mich näher und legt ihre Stirn an meine. „Ich wünschte, ich könnte dir geben, was du willst. Ich wünschte, ich könnte dir deine Rache geben." Sie schiebt ihr Gesicht an meines, bis wir uns Wange an Wange berühren. „Wie lange, bis du sie kriegst?"

„Ich weiß es nicht."

„Bald?"

„Ich weiß es nicht", wiederhole ich. „Es hat noch nie zuvor eine Rolle gespielt. Ich werde sie kriegen, selbst wenn es den Rest meines Lebens dauert."

„Was passiert danach?", fragt sie leise. „Nachdem du deine Rache gekriegt hast?"

Ich versuche, zu antworten, versuche, zu denken, und da ist nichts. „Ich schätze, ich habe nie weiter als das gedacht. Ich schätze, ich ging einfach davon aus, dass ich…" Ich unterbreche mich, bevor ich „sterbe" sage, denn ich weiß, das Wort wird sie verletzen.

Sie hebt ihren Kopf und mustert mich. „Gibt es nichts anderes, das du willst? Etwas, das dir einen Grund zum Leben geben wird?"

„Es gab keinen." Meine Brust ist eng und ich kriege die Worte kaum raus. „Bis vor einigen Tagen gab es keinen." Ich umfange ihre Wange und mein Daumen tanzt über ihre weiche, sommersprossige Haut. „Und dann lernte ich dich kennen."

Sie blickt suchend in mein Gesicht und nickt für sich. Dann löst sie sich von mir, nimmt meine Hand und zieht mich aus dem Badezimmer. „Ich möchte dir etwas zeigen."

∿

Jordy

.   .   .

DIE KÜHLEN TIEFEN des Schlafzimmers verschlucken uns und ich zwinge mich, ruhig zu atmen. Die ganze Nacht und Morgen wartete ich auf Grizz und tat so, als gehörte ich in sein Zuhause.

Ich beschloss: ich gehöre nicht mehr zu Augustine. Ich gehöre zu Grizz. Ich kann nur hoffen, dass er mich will.

Es ist Zeit, ihm meine wahren Gefühle zu offenbaren. Jetzt oder nie.

Ich führe ihn zu dem Bett. Zu einem anderen Zeitpunkt wäre es amüsant, dass unsere Rollen vertauscht sind. Ich führe, er folgt. Nach heute werde ich vielleicht nie wieder so forsch sein. Ich zittere jetzt, drehe mich zu Grizz und streiche die Bluse glatt, die ich trage. Nach dem hier wird er vielleicht beschließen, dass er mich nicht will. Er wird eventuell meine Stirn küssen, Delcan und Parker anrufen und mich für immer wegschicken. Ich weiß nicht, was er will. So oder so wird er meine Entscheidung kennen.

„Ich möchte dir etwas zeigen", wiederhole ich.

Er greift nach mir und ich trete zurück.

„Fähchen, du machst mir Angst."

„Hab keine Angst", sage ich genauso sehr zu mir wie zu ihm. Meine Finger machen sich an den Knöpfen meiner Bluse zu schaffen. „Ich weiß nicht, ob es zu früh ist, aber ich will, dass du es siehst."

„Jordy, was –" Ich öffne meine Bluse und seine Augen sinken auf meine entblößte Haut. Das Gesicht wegen des Ziepens des Klebebandes verziehend, schäle ich den Verband von meinem Tattoo.

Grizz Augen weiten sich und ich lasse meine Hände sinken. Ich richte mich auf und lasse ihn sehen, was ich für den Künstler zeichnete, was ich mich entschied, auf meinem Körper verewigen zu lassen. Über meinem Herzen, wo es das hässliche Narbengewebe verdeckt.

„Fähchen." Grizz schluckt und wendet den Blick nicht von meinem Tattoo ab. Die Haut um die Tinte herum ist rot. Sie heilt noch, aber das Design ist nicht zu übersehen. Eine Bärentatze.

„Ist das – ?"

Ich nicke langsam.

„Fähchen." Seine Stimme verfügt über so warme Tiefen, das ich glücklich in ihnen versinken kann. Ich kann in ihnen ertrinken. Er berührt die Tintenspuren sachte. Ich zucke zusammen, als hätte ich einen Stromstoß erhalten. „Hast du das für mich machen lassen?"

„Ja. Ich will dein Mal."

Er stößt einen zittrigen Atem aus.

„Ich will zu dir gehören. Das heißt, wenn du mich willst." Ich neige den Kopf, teilweise zum Zeichen der Unterwerfung, teilweise weil ich es nicht ertragen kann, ihm in die Augen zu schauen.

Langsam, als würden mir plötzliche Bewegungen Angst einjagen, streckt er seine Hand aus. Ich halte den Atem an, während er seine Hand über dem Mal spreizt. Seine Berührung ist leicht, aber brennt, und Hitze breitet sich in meinem Körper aus.

„Schau mich an", befiehlt er. Meine Augen schnellen zu seinen. Ich zwinge mich, weiter zu atmen, während mich sein heller Blick verschlingt. „Du trägst mein Mal."

„Ja."

„Du gehörst zu mir."

Ich nicke. Alles, das ich sagen möchte, schnürt mir die Kehle zu, sodass ich keinen Piep herausbringe.

„Ja." Er betrachtet mich eingehend. Ballt seine Faust in meinen Haaren, zieht meinen Kopf nach hinten und seine Lippen saugen an meinem Pulspunkt, bis sie mich mit einem Plopp freigeben. „Ja."

Mein Körper wird sofort weich, mein natürlicher Instinkt, mich zu unterwerfen, erwacht bei seiner befehlenden Berührung zum Leben. Ich fühle meinen Puls überall schlagen – an meinem Hals, hinter meinen Knien. Zwischen meinen Beinen.

„Grizz."

Er umfängt mein Hinterteil und drückt es grob. Im Nu bin ich oben in der Luft und meine Beine legen sich um seine Taille, während er durch meine Bluse an meinem Busen knabbert. Ich wölbe mich ihm entgegen und biete mich seiner Plünderung an.

„Kleine Füchsin", murmelt er und schiebt meinen BH nach unten, um an meine Brustwarze zu gelangen. „Mein Fähchen." Er setzt seine Zähne an meiner Brustwarze ein, während er mich mit dem Rücken aufs Bett legt. Ich greife nach oben, um meine Hände in seinen Haaren zu vergraben, aber er packt sie und fixiert sie mit einer Hand über meinem Kopf. Ich lächle und winde mich, denn ich liebe seine Dominanz.

Sein Grinsen ist wild. „Gefällt dir das, kleine Füchsin? Brauchst du es, dass ich dich festhalte, während ich dich zum Schreien bringe?" Er widmet sich wieder meiner Brustwarze, stimuliert sie mit seinen Zähnen, schnalzt mit seiner Zunge dagegen und saugt so fest, dass ich das antwortende Ziehen direkt zwischen meinen Beinen spüre.

Er öffnet die Häkchen meines BHs und zieht ihn mir samt meiner Bluse aus. Dann widmet er sich wieder meinen Brüsten. Er küsst einen Kreis um das Tattoo, wobei seine Gesichtsbeharrung über die zarte Haut streicht und mich zum Erbeben bringt.

„Tut das weh, Baby?"

„Ich mag es, wenn es wehtut", informiere ich ihn mit lusterfüllter Stimme. Überall auf meiner Haut kribbeln köstliche Empfindungen. Meine Sinne sind überlastet: das Gewicht von Grizz, der mich nach unten presst, sein betörender Geruch in meinen Nasenflügeln, seine langsamen Stöße gegen die Stelle zwischen meinen Beinen. Während alldem kreist seine Zunge um meinen vernachlässigten Nippel, schnalzt, reizt.

Er saugt auch diesen in den Mund und ich schreie erstickt auf, wölbe mich in seinen Mund.

Grizz rammt sich gegen mich, fest, fast als könnte er nicht anders.

„Fuck, Fähchen. Du weißt nicht, was du mit mir anstellst", knurrt er und bewegt sich so, dass er meinen Venushügel umfangen kann. Ich stöhne und schaukle mein Becken in seine Hand, um Druck auf meiner Klit zu haben. Er schiebt seine Hand in mein Höschen und befühlt meine feuchten Falten.

„Ist all diese Feuchtigkeit für mich?"

„Ja", hauche ich und schlinge meine Beine um seinen Rücken, um ihn zu der Position zu ermutigen, nach der ich mich verzehre.

Er führt einen Finger in mich ein, dann noch einen, während ich mich winde und keuche. Der Gehorsam entgleitet mir, während ich zunehmend verzweifelt werde. Ich drehe meinen Kopf und knabbere an seinem Arm in dem Versuch, ihn dazu zu bewegen, mir zu geben, was ich brauche.

Er gluckst. „Wirst du bissig, kleine Füchsin? Damit hätte ich eigentlich bei einem Katzengestaltwandler gerechnet. Oder bettelst du nach einem Spanking?"

Ich lächle zu ihm auf. Es fühlt sich wie ein verruchtes Lächeln an – eines, von dem ich nicht einmal wusste, dass ich dazu in der Lage bin. Er grinst ebenfalls, rollt mich auf den Bauch und schlägt mir auf den Po. Er zerrt meinen Rock und

Slip von meinen Beinen und verpasst mir fünf weitere Schläge, bevor er abermals meine feuchte Spalte streichelt.

Ich zittere vor Lust und rolle mit den Hüften.

„Magst du es von hinten, Fähchen?"

Ich dachte noch nie zuvor über meine eigenen Vorlieben nach. Ich genoss es, mich zu unterwerfen, weshalb ich mochte, was auch immer meinen Master zufriedenstellte. Das trifft noch immer zu. Alles, das Grizz von mir möchte, würde ich ihm ohne Weiteres anbieten. Es würde mir echte Freude bereiten, ihn zu befriedigen. Aber was mag ich? Will ich es von hinten?

„Ja", antworte ich ehrlich. Denn es klingt köstlich. Aber auch: „Ich mag es auf jede Weise mit dir, Grizz. Ich will es auf jede Weise." Da bin ich und stelle Forderungen. Und wieder sieht mir das so gar nicht ähnlich.

Und dennoch weiß ich, dass Grizz es hören will.

Er wird seine Kleider rasch los und klettert über mich, packt meinen Po mit beiden Händen und drückt zu. Es besteht kein Bedarf für ein Kondom. Gestaltwandler haben keine sexuellen Krankheiten und mein Bär erhebt Anspruch auf mich. Also sollte er keine Angst haben, mir ein Bärenjunges zu machen.

Oder einen Fuchswelpen.

„Spreiz deine Beine, Jordy." Grizz' Stimme ist rau vor Verlangen. Der Laut ist ein tiefes Rumpeln, das meine Pussy dazu veranlasst, sich zusammenzuziehen.

Ich öffne meine Schenkel, um Platz für seine massive Länge zu machen und er bringt sich an meinem Eingang in Position.

„Zu wem gehörst du?", verlangt er zu wissen, kurz bevor er sich in mich rammt.

Meine Muskeln verkrampfen sich um sein dickes Glied und er raubt mir den Atem – nicht, weil es wehtut. Es ist mehr die Empfindung, so vollständig gefüllt zu werden, die mich erschreckt.

Aber es fühlt sich auch so richtig an.

„Zu dir, Grizz. Ich gehöre zu dir." Tränen brennen in meinen Augen wegen der Ehre, dass ich von diesem Mann beansprucht werde. Diesem mutigen, starken, loyalen Mann.

Er stößt sich in mich rein und raus, füllt mich und zieht sich zurück und jeder Stoß bringt mir neue Glückseligkeit. Ich drehe mein Gesicht auf den Kissen hin und her und stöhne leise. Grizz wickelt sich meine Haare um die Hand und hebt meinen Kopf, ehe er sich über mich beugt, um unsere Münder zu verschmelzen. Seine Zunge tanzt mit meiner in einem hektischen, seitlichen Kuss und dann rammt er sich in mich, klatscht mit seinen Lenden gegen meinen Hintern und dringt mit jedem Stoß tiefer in mich.

Mein Stöhnen nimmt eine höhere Note an – ein Jammern – und Verlangen beginnt, sich zu ruhelosem Begehren aufzuwickeln. „Bitte, Grizz. Beanspruche mich. Oh bitte."

„Beim Schicksal, ja, ich werde dich beanspruchen", knurrt er und rammt sich sogar noch härter in mich – härter, als ich es für möglich gehalten hätte.

Ich schluchze vor Ekstase, während er mich in zwei Hälften spaltet und mich zertrümmert. Er lässt meine Haare los und legt eine große Hand um meinen Hals, um mich für seine brutalen Stöße festzuhalten.

Seine Bewegungen werden ruckartig, sein Atem abgehackt. „Fuck, Fähchen. Fuck! Du kommst besser jetzt, kleine Füchsin." Er rammt sich vier weitere Stöße lang doppelt so fest in mich und dann bleibt er tief in mir. Ich schwöre, ich fühle den heißen Strahl seines Spermas, das mich füllt, während ich zittere und kontrahiere und meinen eigenen Höhepunkt hinausschreie.

Sterne explodieren hinter meinen Augen. Wonne umhüllt

mich. Ich sinke in die vollkommene Ekstase des Höhepunktes.

Ich registriere kaum, dass sich Grizz aus mir rauszieht und in die Dusche trägt.

≈

GRIZZ

MICH UM JORDY ZU KÜMMERN, befriedigt mich so sehr, wie Anspruch auf sie zu erheben. Ich liebe es, dass sie mir komplett vertraut. Da ist kein Widerstand, keine hochgezogenen Wände. Sie steht unter dem Wasserstrahl und lässt sich von mir von Kopf bis Fuß einseifen.

Sie ist noch immer ganz benommen vor Wonne von ihrem Orgasmus. Sie sieht fast so berauscht aus wie die Subs, die das Toxic verlassen. Was eine Erleichterung ist, denn ich weiß nicht, ob ich darauf stehe, ihr viel mehr Schmerzen zuzufügen als ein paar Hiebe, um ihren Hintern zu röten.

Ich schalte das Wasser ab und steige aus der Dusche. „Warte hier, Fächen. Ich hole dir ein Handtuch."

Sie nickt, die Augen noch immer glasig, die Wangen von dem Dampf und der Hitze gerötet. Ich schnappe mir ein Handtuch und fluche innerlich, dass ich keine neueren, weicheren Handtücher habe. Meine kleine Füchsin verdient etwas Luxuriöseres an ihrer zarten Haut. Ich trockne sie ab, dann ziehe ich sie wieder ins Schlafzimmer, um sie unter die Decken zu schieben.

Yeah, ich will kuscheln.

Ich.

Es ist verdammt verrückt, aber wunderbar wahr.

„Ich möchte, dass du mir etwas zeichnest", informiere ich sie. „Irgendetwas. Ich will dein Mal auf meinem Körper."

„Ich dachte, du hättest gesagt, Bären markieren ihre Gefährtinnen nicht."

Ich lächle unter ihren Fingern. „Dieser hier schon."

Sie erwidert mein Lächeln, ein leichtes Anheben ihrer Mundwinkel. „Ich werde dir etwas zeichnen."

„Oder viele Dinge. Ich kann all meine Narben verdecken."

„Aber ich liebe deine Narben." Mit einem schelmischen Naserümpfen küsst sie sich meine Brust hinab, lässt sich zwischen meinen Beinen nieder und gleitet mit ihrem Mund über die Wunde quer über meinen Bauchmuskeln, bis sich mein Körper angespannt hat und bis zu dem Punkt, wo ihr Mund mich berührt, verkrampft hat. Dann und erst dann streifen ihre Lippen meinen Schwanz. Ihr Hinterteil schwankt hin und her, während sie sich an die Arbeit macht.

„Fähchen", krächze ich. Nein, sie ist kein Fähchen. Sie ist eine hübsche, erwachsene Fähe.

Eine richtige Fähe fatale.

 *rizz*

Eɪɴ Sᴄʜʀᴇɪ ᴡᴇᴄᴋᴛ ᴍɪᴄʜ. Jordy schlägt in meinen Armen um sich und kämpft im Schlaf gegen Dämonen.

Ich rüttle sie sachte. „Schh, Baby, wach auf."

Sie keucht und ihre Augen fliegen auf, rund und weit aufgerissen. „Grizz?"

„Es ist okay, schh." Ich wiege sie in meinen Armen und fühle mich hilflos. Ich wünschte, ich könnte gegen diejenigen kämpfen, die sie in ihren Alpträumen quälen. *Nie wieder*, schwöre ich mir. *Kein Vampir wird dich jemals wieder anfassen.*

Sie weint in meinen Armen und ich taste verzweifelt nach dem Lichtschalter. Meine Hand landet auf dem Zeichenblock.

„Hier." Ich drehe sie so, dass sie auf meinem Schoß sitzt und lege den Block zusammen mit den Stiften auf ihren. „Zeichne es."

„Was?", schnieft sie.

„Du hast immer wieder Alpträume", erkläre ich. „Du musst mir nicht erzählen, worum es dabei geht."

„Ich kann nicht." Sie wischt sich übers Gesicht. „Ich würde es tun, wenn ich könnte, aber ich erinnere mich nicht vollständig. Nur an Bruchstücke."

„Das ist okay. Zeichne es. Lass es raus."

Eine Pause, dann durchfährt sie ein schaudernder Seufzer. Ihr Stift kratzt über das Papier. Ich wende den Blick ab, um ihr Privatsphäre zu geben. Es besteht kein Grund dazu, zu sehen, was sie zeichnet, bis sie gewillt ist, es mir zu zeigen.

Ich halte sie so, bis sie murmelt, dass sie fertig ist, und den Block beiseitelegt. Dann schmiege ich mich an sie und halte sie, bis ihre Atmung gleichmäßig wird und ich weiß, dass sie schläft.

MEIN BÄR WECKT mich kurz vor der Abenddämmerung auf. Ich weiß die Uhrzeit, obwohl uns im Schlafzimmer kein Licht erreicht. Ein Leben der Vampirjagd hat mich darauf konditioniert, vor Einbruch der Dunkelheit wachsam zu werden. Zeit, aufzustehen und auf die Jagd zu gehen.

Zum ersten Mal will ich mich nicht bewegen. Ich habe eine hübsche Füchsin in meinen Armen.

Sie ist ein rastloser Schläfer, zuckt und zappelt, während Sorgenfalten wie Wolken über ihr Gesicht ziehen. Doch nachdem ich sie gevögelt hatte, schlief sie ziemlich ruhig.

Ich warte, bis sie wimmert, ehe ich sie aufwecke. „Jordy? Wach auf, Baby. Du hast einen Alptraum."

Sie wacht mit einem erstickten Keuchen auf. „Grizz?"

„Ich bin hier." Ich kuschle mich näher an sie. „Du bist bei mir in Sicherheit."

Ihr ganzer Körper entspannt sich sofort. Ich neige sie nach hinten und streiche ihr die Haare aus der Stirn. „Noch ein Alptraum, Fähchen?"

Mit einem Seufzen nickt sie.

„Willst du ihn zeichnen?"

„Mir geht's gut." Sie vergräbt sich tiefer in meinen Griff. „Bei dir fühle ich mich sicher."

„Da bin ich froh."

„Ich hätte nie gedacht, dass ich mich so fühlen würde. Nicht in einhundert Millionen Jahren", fährt sie mit leiser Stimme fort.

Meine Stirn kräuselt sich. Was zum Geier hat Augustine ihr angetan, dass sie jedes Mal Qualen durchleidet, wenn sie schläft?

„Wie spät ist es?" Sie streckt sich und gähnt.

„Beinahe Abenddämmerung. Vielleicht etwas später. Ich muss los."

„Musst du wirklich gehen?" Sie reibt sich an mir und erweckt köstliche Erinnerungen. Und ein Monster – das in meiner Hose.

„Vorsicht, Fähchen", knurre ich. Sie kichert und ich küsse sie, schlucke ihr Lachen.

„In Ordnung, es reicht." Ich rolle mich aus dem Bett. „Raus aus den Federn. Bewegung." Ich verpasse ihrem Hintern einen Klaps, als sie vom Bett in Richtung Bad tänzelt. Ich will sie wieder ins Bett ziehen.

Nein! Böser Bär. Ich muss zum Kampfklub gehen, um Benny zu holen, und ihn zur Befragung zu Frangelico bringen. Diese Jagd wird bald ein Ende nehmen. Ich kann es spüren.

Ich schüttle die Bettdecke aus und etwas fliegt auf den Boden. Ich mache Anstalten, es aufzuheben, als mir ein Bild auf der Seite ins Auge fällt. Ich schrecke zurück, als sei es eine Klapperschlange.

„Was ist?", fragt Jordy von der Tür aus. Sie trägt nichts außer ihrer Bluse und diese ist nicht zugeknöpft. Vor einer Sekunde wäre ich in Versuchung gewesen.

Ich hebe den Zeichenblock hoch und halte ihn ins Lampenlicht. Ich habe mich nicht geirrt. Das Bild ist eindeutig – der einäugige Vampir.

„Grizz? Was ist los? Was stimmt nicht?"

Ich bleibe mit dem Rücken zu ihr gewandt stehen. Es ist zu viel, zu verdauen: die Frau, die ich liebe, und das Objekt meines Hasses. Ich habe ihr nie erzählt, wie er aussah. Wusste sie es die ganze Zeit? Wusste Augustine es?

Ich kann meine Gedanken nicht daran hindern, eine düstere Richtung einzuschlagen. Es ist ein zu großer Zufall, dass das Monster, das Jordy in ihren Alpträumen heimsucht, der Mörder meiner Mutter ist.

Ist es möglich, dass Jordy nur mit mir spielt? Nein. Nicht bewusst – die Vampire ziehen hier die Fäden. Ist sie ein Spitzel?

Das ergibt Sinn. Sie ist der perfekte Köder. Augustine sah im Toxic, dass ich wegen ihr förmlich sabberte, und verschwor sich mit meinem Feind, um mich aus meiner Höhle zu locken. Jeden Moment könnte sie einen Anruf tätigen und die Vampire hierherbringen. Sie muss nur warten, bis dieses Gebäude ihr Zuhause ist, dann kann sie sie über die Türschwelle einladen.

Nein. Stopp. Wir reden hier von Jordy. Sie könnte mich nicht verraten. Oder?

Ich drehe mich um und mein Gesichtsausdruck veranlasst sie dazu, zurückzuweichen.

„Grizz?" Sie blickt von mir zu dem Zeichenblock, zögerlich und unsicher.

„Was ist das?" Ich halte die Zeichnung vor ihr Gesicht, wobei meine Stimme unbeabsichtigt kalt ist. „Warum hast du das hier gezeichnet?"

Sie schüttelt den Kopf und ihre Finger fahren die Zeichnung leicht nach. „Du hast gesagt, ich solle meine Alpträume zeichnen."

Ich lasse den Block fallen und packe ihre Schultern. „Wer ist er? Ist Augustine mit ihm verbündet?"

„Grizz, bitte –"

„Antworte mir!", brülle ich, obwohl mein Bär gegen diese grobe Behandlung ihr gegenüber protestiert.

„Ich weiß es nicht", heult sie. „Ich weiß nicht, wer er ist. Er ist in meinen Träumen. Ich erinnere mich nicht. Augustine brachte mich zu ihm und ich glaube, sie… ich erinnere mich nicht."

„Lügst du mich an?" Ich neige ihren Kopf nach hinten.

Tränen treten in ihre Augen. „Ich habe dich nie angelogen."

Sie spricht die Wahrheit. Ich schnuppere an ihr und kann keine Lüge spüren. Sie mag eine Schachfigur in dieser Sache sein, aber das ist nicht ihre Schuld.

„Es tut mir leid." Ich weiche zurück. Sie neigt ihr Gesicht flehend nach oben, aber ich kann sie nicht anfassen und trösten. Stattdessen fahre ich mit einer Hand durch meine Haare. „Ich habe mich geirrt. Ich wollte dir nicht wehtun. Ich sah nur –" Ich fuchtle zu dem Bild. Fuck, mein Herz rast.

Sie hebt den Zeichenblock auf. „Was ist los? Du machst mir Angst."

„Das ist der Vampir, der meine Mutter tötete." Ich starre auf das Gesicht, das mich stets heimsucht. Ich habe es seit über fünfzehn Jahren nicht gesehen.

Das Blut weicht Jordy aus dem Gesicht. Sie sieht so gequält aus, wie ich mich fühle. „Ich wusste es nicht." Sie sinkt auf das Bett, den Zeichenblock auf dem Schoß, das verdammte Bild zur Schau gestellt.

Natürlich wusste sie es nicht. *Ich muss klar denken. Rational. Wenn ich nicht der Jäger bin, dann bin ich die Beute.*

Ich reibe mir mit einer Hand übers Gesicht und räuspere mich. „Wann bist du ihm begegnet? Weißt du das?" *So, das ist rational. Stell Fragen, kläre die Lage auf. Ich bin Sherlock verdammt noch mal Holmes.*

Jordy zögert. Ihr Gesicht verzerrt sich wegen einer schmerzhaften Erinnerung. Als sie spricht, blickt sie zu dem Bild. „Das war vor kurzem. Die letzten Monate. Zuerst wurden mir die Augen verbunden, aber dann haben sie… losgelegt."

„Sexuell?", frage ich mit kalter, klinischer Stimme.

Sie zuckt zusammen. „Und andere Dinge. Sie tranken von mir. Zunächst nur von meinen Pulspunkten, aber dann –" Sie gestikuliert zu ihrem Herzen. „An diesen Teil erinnere ich mich nicht."

Ergibt Sinn. Herzblut ist das wirkungsvollste, aber es ist auch am gefährlichsten, an dieses ranzukommen. Es ist nur allzu leicht, das Opfer dabei zu töten.

„Erinnerst du dich noch an irgendetwas anders?" Sie zögert und ich knurre. „Jordy. Erzähl es mir jetzt."

„Ich hatte das Gefühl, als würde ich sterben", flüstert sie und mein Herz verkrampft sich. *Ich bin ein Arschloch, weil ich sie dazu zwinge, sich daran zu erinnern. Aber ich muss es wissen. Alles, wofür ich gearbeitet habe, steht auf dem Spiel.* „Die Vampire tranken und tranken und ich dachte, ich würde sterben. Ich wurde mehrere Male ohnmächtig. Als ich zu mir kam, gaben sie mir gerade Blut. Ihr Blut."

Was. Zum. Geier. Vampire, die ihr Blut teilen? Mit einem

Gestaltwandler? Klingt wie meine Vereinbarung mit Frangelico. Aber warum sollten sie das für Jordy tun?

Als ich frage, schüttelt sie den Kopf. „Ich weiß es nicht. Aber es heilte mich. Das Blut sorgte dafür, dass ich mich wieder stark fühlte. Aber später erzählte mir Augustine, dass ich versagt hätte. Dass ich zu schwach sei. Danach hasste er mich."

„Also hast du versucht, jene Nacht zu vergessen." Bis ich sie gezwungen habe, sich daran zu erinnern. Yeah, ich bin ein Arschloch, aber es ist an der Zeit, dass sie das erfährt. Ich habe schon viel zu lange einen auf glückliches Pärchen mit einer niedlichen, kleinen Füchsin gespielt. Die Zeit zum Spielen ist vorbei.

Ich ziehe den Zeichenblock aus ihren Händen und reiße das Bild von meinem Feind ab. Ein schnelles Durchblättern des Blocks enthüllt keine weiteren aussagekräftigen Bilder. Ich halte einen Moment bei einer Zeichnung meines Gesichtes inne, die liebevoll angefertigt wurde, mit weichen Narben. „Fähchen –" Das Wort bleibt mir im Mund kleben. Ich schlucke das Kosewort. Muss cool bleiben. Kein Herz. Keine Emotionen. Nichts außer der Jagd.

Ich werfe den Block neben sie auf das Bett. „Ich gehe aus. Bleib." Ich lege genug Dominanz in den Befehl, dass sie an Ort und Stelle bleibt.

„Grizz –"

„Ich meine es ernst." Wenn sie geht und Augustine sie findet, wird er sie dazu bringen, ihn direkt zu mir zu führen. Der Jäger wird zum Gejagten. Nicht, wenn ich es verhindern kann. Wenn Angelico und ich Benny erst einmal befragt haben, wird die Wahrheit ans Licht kommen. Frangelico wird mir genug Blut geben, damit ich den einäugigen Vampir und seine Kompagnons erledigen kann. Ich muss mich konzentrieren. Das bedeutet, eine verführerische Füchsin aus dem Kopf zu kriegen.

Mit diesem Gedanken laufe ich, ohne einen Blick zurück, aus dem Schlafzimmer.

„Grizz", heult sie.

Ich bleibe im Türrahmen stehen, aber drehe mich nicht um. „Was?"

„Es tut mir leid."

Ich mache eine ungeduldige Geste. Ein Schluchzer dringt an meine Ohren, als ich nach draußen laufe, aber ich stähle mein Herz. Eiskalter Jäger, der darauf erpicht ist, seine Beute zu erledigen. Ich vergaß es für einen Augenblick, aber es ist an der Zeit, dass wir beide lernen: in meinem Herzen ist für nichts anderes als Rache Platz.

 *rizz*

MEIN HANDY KLINGELT, gerade als ich mich auf mein Motorrad schwinge. Ich gehe mit einem Grunzen ran.

„Wo warst du?", blafft Parker. „Ich habe den ganzen Tag Anrufe von dem Wolfrudel entgegengenommen. Sie wollen wissen, wann du zum Kampfklub kommst, um das Päckchen abzuholen, das du dort zurückgelassen hast."

„Bin jetzt auf dem Weg. Wir treffen uns dort. Ich brauche dein Auto, um das Päckchen zu transportieren."

Trey wartet neben der Hintertür auf mich, als ich mit dem Motorrad vorfahre.

„Bist du hier, um den Blutsauger einzusammeln?"

„Jepp." Ich widerstehe dem Drang, den Deckel des Müllcontainers anzuheben und nach Benny zu schauen. Ich will nicht, dass er zu früh zu Tode verbrennt. „Warte nur auf das Transportfahrzeug."

Trey bietet mir ein Bier an, während ich warte. Auf meine verblüffte Miene hin zuckt er nur mit den Achseln. „Du hast einen Kampf hingeschmissen. Hast dem Rudel einen Haufen Kohle eingebracht. Ich glaube, so gut wie jeder hat dir verziehen. Alle außer Caleb. Er wollte dich plattmachen."

„Dieser Bär ist viel zu verrückt. Es wäre blutig geworden."

„Wer war der Rotschopf überhaupt?"

Ich schüttle den Kopf. Je weniger Leute wissen, wer Jordy ist, desto besser. Ich weiß, dass es noch eine andere Fuchsgestaltwandlerin in der Stadt gibt – oder zumindest eine Halbfüchsin. Sie ist mit einem der Wölfe verpaart, aber die Situation ist zu angespannt, um sie einander vorzustellen. Für Jordys Sicherheit zu sorgen, ist viel wichtiger, als ihr Sozialleben aufzubauen.

„Hätte nicht gedacht, dass es irgendjemanden auf der Welt gibt, der dir wichtig ist", sinniert Trey.

So viel dazu, meine Gefühle zu verstecken. Beim Schicksal, ich muss herausfinden, was ich mit Jordy tun soll.

„Falls ich für jemanden sicheres Geleit aus der Stadt raus bräuchte, könnten die Wölfe das gewährleisten?"

Seine Augen leuchten auf. „Ein Gefallen?"

Ich schlucke meinen Stolz. „Yeah."

Er starrt mich einen Moment an, dann schüttelt er den Kopf. „Kein Gefallen nötig. Nicht, wenn du jemanden aus der Güte deines Herzens hilfst."

Vor einem Tag hätte ich noch gesagt, dass Jordy zu helfen, meinem Schwanz zu Gute käme. Jetzt bin ich mir da nicht mehr so sicher.

Wir warten schweigend. Der weiße Camaro erscheint, als die letzten Finger Tageslicht ihren Griff um die Berge verlieren.

Trey und ich verladen Bennys reglosen Körper in den

Kofferraum des Camaros zum Soundtrack von Parkers Gejammer.

„Das ist ein neues Auto! Nun, fast neu. Wir haben es gerade erst reinigen lassen!"

Ich knalle den Deckel nach unten, womit ich die Beschwerden zum Verstummen bringe. „Man sieht sich", sage ich zu Trey.

„Yeah", der Werwolf reibt sich den Nacken, klopft auf den Kofferraum und verschwindet im Kampfklub. Wenn alles gut läuft, werde ich vielleicht nie wieder hierher zurückkehren.

Wenn alles schiefläuft, werde ich tot sein.

„Grizz? Biste bereit oder was?", ruft Declan.

„Yeah." Ich mache auf dem Stiefel kehrt und deute auf Laurie. „Du nimmst mein Bike. Der Rest von euch, ab ins Auto." Ich marschiere zur Fahrerseite und funkle Parker finster an, bis er vom Sitz rutscht.

Der Klub ragt im Rückspiegel auf, bis ich vom Parkplatz biege und das Gaspedal durchtrete, wobei ich die weiteren Proteste der Gestaltwandler-Stooges ignoriere.

Keine Nostalgie mehr.

Ich muss Vampire fangen und einen Mörder töten.

„WOHIN FAHREN WIR?", erkundigt sich Declan.

„Frangelico."

Ein hektischer Tumult bricht auf dem Rücksitz aus. „Dort können wir nicht hingehen! Er wird uns umbringen!"

„Fahr rechts ran", brüllt Declan und packt das Lenkrad.

Ich komme seiner Forderung nach. „Was zum Geier?"

Laurie und Parker sind bereits draußen auf dem Gehweg.

„Wir haben eine Wette abgeschlossen, dass du den Kampf gewinnen würdest."

„Ja und?"

„Und wir haben vielleicht ein winziges bisschen Geld geliehen, um das tun zu können."

Ich seufze. „Und ihr habt euch Geld von Frangelico geliehen. Ich muss dir wohl nicht sagen, dass das verdammt dumm war."

„Du solltest den Kampf ja auch gewinnen!"

Meine Hände spannen sich um das Lenkrad an. Ich muss Benny jetzt zu Frangelico bringen. Jede Sekunde, die vergeht, ist für den einäugigen Vampir eine weitere Gelegenheit zur Flucht.

„Steig in den Wagen", befehle ich. „Ich werde bei Frangelico ein gutes Wort für euch einlegen."

„Wirklich?" Parker merkt auf. „Das würdest du tun?"

„Er wird euch nicht unter meiner Aufsicht töten. Wird euch nicht einmal bluten lassen." Sie werden nur in seiner Schuld stehen, was möglicherweise schlimmer ist.

Wir fahren vor die Villa und ich parke vor dem Tor.

„Sagt Laurie, dass er mein Motorrad hier draußen parken soll", befehle ich, bevor ich aussteige und Benny aus dem Kofferraum hebe. Der Dreckskerl röchelt, als ich ihn auf meiner Schulter arrangiere. Wehe er sabbert Blut auf mich.

„Und du wirst wegen unserer Schulden mit Frangelico reden?"

„Jepp." Ich winke, ohne zurückzuschauen. Ich errege durch Winken die Aufmerksamkeit einer Sicherheitskamera und neige Benny in das Sichtfeld.

Die Tore öffnen sich knarzend und ich jogge den Hügel hoch. Benny fühlt sich leichter an. Blutverlust? Vampiranatomie ist so merkwürdig.

Dieses Mal begrüßen mich keine Wachen an der

Eingangstür. Der König vertraut mir. Oder er ist ungeduldig, Benny in die Krallen zu kriegen. Oder Fangzähne.

„Ich beneide dich nicht, Dreckskerl", brumme ich dem bewusstlosen Vampir zu, während die Eingangstür aufschwingt.

Frangelico erscheint im Foyer, gekleidet in Jeans und ein weißes Hemd. So leger habe ich ihn noch nie gesehen. „Ist das für mich?" Er rollt seine Hemdsärmel hoch. Ich will ihn gerade darauf aufmerksam machen, dass Weiß eine schlechte Farbe für das ist, was wir gleich tun werden, als Benny röchelt und zuckt. Der Pfahl fällt heraus und meine Last beginnt, um sich zu schlagen.

„Scheiße, er wacht auf."

Frangelico ist wie der Blitz an meiner Seite. Wortwörtlich. Ich habe nicht einmal gesehen, dass er sich überhaupt bewegt hat. Er ist nicht einmal verschwommen. *Scheiße, schneller Vampir!* Meine Abwehr gerät ins Stottern, während Frangelico seine Schöpfung packt.

„Schh, ich hab dich", summt der König, als halte er sein Kind in den Armen. Was er in gewisser Hinsicht auch tut. Bennys Augen flattern und landen auf dem Gesicht des Königs, woraufhin sie sich vor Entsetzen weiten. Ein Stöhnen entweicht dem kleineren Vampir, als er realisiert, wer ihn festhält.

„Guten Abend, Benedict", sagt Frangelico in seiner verdammt gruseligen Summstimme. „Warst du ein böser Junge?"

Ich wende mich ab, bevor ich mich übergebe, gerade rechtzeitig, damit ich verpasse, wie Frangelico Benny den Arm bricht. Der weniger mächtige Vampir schreit, aber der König hebt ihn bloß hoch. „Schließ die Tür, okay?", bittet mich Frangelico und ich beeile mich, dem nachzukommen. „Wir werden das hier im Kerker beenden."

∾

Es DAUERT weniger als eine Stunde, bis Benny einknickt. Normalerweise würde ich mitmischen, aber die Art und Weise, wie Frangelico seine eigene Art foltert, ist zu viel für mich. Ich habe selbst schon eine Menge Prügel ausgeteilt – und auch eingesteckt – aber Frangelico nutzt sowohl emotionale Folter als auch körperlichen Schmerz, der über die Grenzen dessen hinausgeht, was ich ertragen kann. Zudem ist sein Kerker voll von mittelalterlichen Foltergeräten – tatsächlich aus dem Mittelalter. Verdammt gruselig. Benny ist auch dieser Meinung, denn er singt wie ein Kanarienvogel über den Putsch gegen Frangelico und all die involvierten Spieler. So ziemlich alle von Frangelicos Schöpfungen hatten vor, ihn zu stürzen. Als er das herausfindet, gibt Frangelico jegliche Heuchelei auf, dass Benny ihm am Herzen läge, und wird richtig grausam.

Ich habe beinahe Mitleid mit dem Vampiropfer. Doch dann schreit Benny etwas über „Augustines Füchsin."

„Was war das?" Ich beuge mich näher zu Bennys Gesicht. Es besteht kein Grund, an seinem Körper hinabzuschauen auf das, was Frangelico macht.

„Augustine hat ein Haustier. Er sagte, du hättest sie geholt. Er sagte, er bräuchte sie zurück."

„Hat er gesagt warum?"

Benny schüttelt hektisch den Kopf.

„Was ist mit dem einäugigen Vampir?", frage ich. „Wie ist er in das Ganze verwickelt?"

„Er wollte die Füchsin auch zurückhaben. Das Experiment ist vorbei, meinten sie, aber sie wollten die Füchsin trotzdem zurück. Irgendetwas darüber, den Beweis zu verstecken."

„Experiment? Welches Experiment?"

Frangelico tut etwas und Benny schreit. „Ich weiß es nicht! Sie erzählen mir nichts."

Ich nicke Frangelico zu und er bringt Benny noch etwas mehr zum Schreien, aber wir erfahren nichts mehr über den einäugigen Vampir. Nur den Standort ihres geheimen Clubs – hinter der Kellertür, vor der ich Benny in die Ecke drängte.

Schließlich verkündet Frangelico, dass wir für heute Nacht genug erfahren haben.

„Schließt du dich mir auf einen Drink an?", lädt er mich ein. Im Gehen streichelt er Bennys schlaffe Hand. „Ich komme später zu dir zurück." Auf Bennys Wimmern hin gehen wir.

„Ich muss gehen", informiere ich Frangelico, nachdem wir uns gewaschen haben. Das Hemd des Königs ist mit Bennys Blut besudelt, aber das scheint ihn nicht zu stören. Er wäscht sich die Hände und inspiziert seine Nägel, als hätte er die letzte Stunde damit zugebracht, sich eine beschissene Maniküre machen zu lassen.

„In einer Minute", sagt Frangelico.

„Jetzt", knurre ich. Jede Sekunde hier gibt den Vampiren eine Gelegenheit, ihren Club zu räumen.

„Ich verspreche, es wird sich für dich lohnen."

Okay. Ich folge dem König in sein Wohnzimmer.

„Was wirst du mit deiner Schöpfung tun?", frage ich. Der König ignoriert mich, geht zur Bar und gießt sich zwei Gläser Whisky ein. Ich nehme meines entgegen, aber trinke nicht.

Frangelico leert seines in einem Zug und gießt sich noch eines ein. Versucht er, sich zu betrinken? Können sich Vampire überhaupt betrinken? Scheiße, ich habe keine Zeit, Trinkspiele zu spielen.

„Hast du irgendeine Vorstellung davon, wie schwer es ist, einen Vampir zu erschaffen? Was dabei involviert ist?"

Ich zucke mit den Achseln. „Blutaustausch."

„Ja. Vorsichtiges, konstantes Trinken. Die Häufigkeit des Blutaustausches schwankt. Zu viele und du schwächst das Opfer. Zu wenige und der Virus setzt sich nicht fest. Oh ja", er verwechselt meinen Schock mit Interesse, „Vampirismus ist ein Virus. Nachdem all das Blut mehrmals ausgetauscht wurde, um sicherzustellen, dass das Opfer bereit ist, das Virus zu akzeptieren, ist es Zeit für den letzten Schritt. Der Schöpfer tötet es. Das Herz muss stoppen und das Opfer muss sterben. Erst dann kann der Virus die Kontrolle übernehmen. Man braucht Herzblut dazu. Das tiefste, reichhaltigste und tödlichste Blut von allen. Das Opfer vergießt das Blut seines Herzens und der Schöpfer ersetzt es.

„Es ist grausam", wispert er, während er die Farbe seines Getränks studiert. „An der Seite deiner Schöpfung zu warten und nicht zu wissen, ob sie auferstehen wird. Ob du ihrem Leben vorzeitig ein Ende gesetzt hast.

Von all den Sünden, die ich verbrochen habe, sind die Tode meiner Kinder das, weshalb ich verdammt bin. Aber Verdammnis ist ein kleiner Preis, um die längste Buße zu vermeiden: ewiges Leben." Er stellt das Glas mit einem Klirren ab. Wieder murmelt er so leise, dass ich mich frage, ob es für meine Ohren bestimmt ist. „Ich werde für immer leben, allein."

Lucius Frangelico, allmächtiger König der Vampire, ist einsam.

Genug davon. Ich bin nicht sein Therapeut. Ich leere mein Glas und stelle es mit einem Klirren auf die Bar.

„Ich werde mir den einäugigen Vampir schnappen", sage ich. „Ich brauche Blut. Eine ganze Menge."

Ohne ein weiteres Wort geht Lucius zu seiner Bar und zieht eine kleine Kühlbox raus.

„Hier", sagt er. Ich nehme den Griff der Kühlbox, aber er

lässt nicht los. „Das ist mehr, als ich dir jemals gegeben habe. Nutze es weise. All das zu trinken, könnte –"

„Mich umbringen, ja, ja. Ich weiß."

Er zieht eine Braue hoch und ich realisiere, dass ich gerade einen Vampirkönig verspottet habe. Nach einer Sekunde lächelt er und ich entspanne mich.

„Ich wollte eigentlich sagen, ‚eine Person von den Toten zurückbringen'. Das ist ein anderer Nutzen von Vampirblut – wusstest du das? Vampirblut – die Substanz mit der größten Heilfähigkeit auf der Erde." Er nimmt sein Glas in die Hand und murmelt zu der Flüssigkeit: „Die Menschen würden uns jagen und züchten, wenn sie das wüssten."

Ich warte, bis er geschluckt hat, ehe ich sage: „Noch eine Sache…"

„Ja?"

„Die Gestaltwandler, die Geld von dir geliehen haben, um während des Kampfes auf mich zu setzen."

„Ja? Was ist mit ihnen?"

Fuck. Wie sage ich das? „Sie… sie sind meine Freunde."

Der Vampirkönig grinst breiter. Es ist kein hübscher Anblick. „Und du erzählst mir das, weil…"

„Weil ich meine Freunde mag." Es sollte den Stooges besser nicht zu Ohren kommen, dass ich das gesagt habe. „Ich wäre sehr aufgebracht", sage ich vorsichtig, „wenn einer von ihnen verletzt werden würde."

„Ah. Ich verstehe." Der Vampir lacht. „Du hältst dich schon viel zu lange unter Vampiren auf. Lernst die Kunst der subtilen Drohung." Er beugt sich zu dem Minikühlschrank und füllt seinen Drink mit Eis, während ich mit den Zähnen knirsche. Ich bin kurz davor, zu sagen, dass ein Pfahl nicht ganz so subtil ist, als er mit den Achseln zuckt.

„Ich habe kein Interesse daran, irgendeinen meiner Gläubiger zu töten. Aus einem Stein kannst du kein Blut quetschen. Oder einem toten Gestaltwandler." Er schenkt mir eines seiner gruseligen Lächeln. „Wenn sie mich nicht bezahlen können, werden sie mir einfach einen Gefallen schuldig sein."

Ich unterdrücke einen Schauder. Die Stooges wären tot vielleicht besser dran. „Hab verstanden."

„Ich wünsche dir viel Glück auf deiner Jagd."

Ich bin auf halbem Weg aus der Tür, bevor mir meine ursprüngliche Frage wieder einfällt. „Und deine Schöpfungen? Wie sehen deine Pläne aus?"

Der König ist zu einer Stelle vor seinen Glastüren getreten und schaut hinaus auf den Säulengang. Ohne sich umzudrehen, winkt er mit der Hand. „Beende deine Mission. Verüb deine Rache."

„Keine Sorge, das habe ich vor. Aber wenn ich Augustine und dem Rest deiner Schöpfungen über den Weg laufe, habe ich deine Erlaubnis, sie mir vorzuknöpfen?"

„Wenn sie sich gegen mich gewandt haben, stehen sie nicht mehr unter meinem Schutz. Du darfst sie töten. Töte sie alle."

Ich lasse ihn dort zurück, wo er hinaus in den Nachthimmel schaut. Ich habe das Gefühl, dass er sich lange Zeit nicht bewegen wird.

KAPITEL 17

 *ordy*

„KOPF HOCH, *Lass*, so schlimm ist es nicht", sagt Declan. Er und die anderen zwei haben versucht, mich aufzumuntern, seit sie mich bei Grizz' Haus abgeholt haben. „Du darfst den Tag mit uns verbringen."

Ich starre aus dem Autofenster, aber sehe nichts außer Grizz wütendem Gesicht.

„Hier sind wir", singt Declan, als Parker in eine Wohnwagensiedlung fährt. Auf jedem Stellplatz gibt es ein großes Stück mit Schotter als Vorgarten und über allem ragt eine Palme auf. „Home sweet home."

Die Männer steigen aus dem Wagen, wobei sie Tüten mit Takeout mit sich tragen. Ich folge ihnen langsamer und massiere mein schmerzendes Tattoo.

Ich dachte, Grizz und ich würden etwas teilen. Ich dachte,

dass er uns vielleicht eine Chance geben würde. Wir könnten zusammen sein, hätte er sich nur für mich entschieden.

Aber das tat er nicht und ich sollte nicht überrascht sein. Meine Familie warf mich weg. Ich gebe alles und es bedeutet rein gar nichts.

Als ich den Wohnwagen betrete, ist Parker am Telefon. Als mich der grauhaarige Gestaltwandler sieht, schlüpft er aus dem Raum.

„Fähchen, komm schon." Laurie winkt mich zu sich, damit ich mich zu ihm auf eine abgewetzte Couch setze.

Ich versuche, Parker zu folgen, und Declan taucht plötzlich vor mir auf. „Willst du etwas Bier? Oder etwas von dem hier?" Er hält einen Flachmann hoch und schraubt den Deckel ab. „Mein eigenes Gebräu." Er nimmt einen Schluck und hustet, bis sich seine Augen röten und feucht werden. „Köstlich", keucht er. Laurie springt auf und klopft ihm auf den Rücken.

Ich nehme die angebotene Flasche. Sieht wie Grizz' aus. Ich schnuppere an der Öffnung und die Dämpfe versengen mir die Nase. Parker kehrt zurück und ich reiche den Flachmann wieder Declan.

„War das Grizz?", frage ich Parker eifrig.

Der grauhaarige Gestaltwandler weicht meinem Blick aus. „Das war er. Sagt, er hat Frangelico verlassen und ist jetzt auf der Jagd."

Der Jagd. Natürlich. „Hat er sich nach mir erkundigt?"

„Er sagte, wir sollten dich aus der Stadt schaffen und zwar schnell."

Ich atme scharf ein. Ich habe damit gerechnet, aber nicht so früh. Aber warum nicht? Grizz will mich nicht. Er will nur Rache.

„Es muss nicht heute Nacht sein", fährt Parker sanft fort. „Aber bald."

„Es ist schon okay", sage ich. „Ich kann gehen."

„Nein, nein, *Lass*." Declan wirft seinen Arm um meine Schultern. „Mach es dir gemütlich. Bleib ein Weilchen."

Die nächsten Stunden sitze ich auf dem Sofa und schaue mir Wiederholungen auf dem Fernseher an dank einer digitalen Antenne, die ans Fenster geklebt ist. Immer wieder wird das Bild schwarz. Declan und Laurie wechseln sich darin ab, die Konsole zu treten, bis sie wieder zum Leben erwacht.

„Du hast deinen Burger nicht gegessen." Parker stupst mich an.

„Kann ich ihn essen?", fragt Declan und Laurie schlägt ihn.

„H-hör auf damit. S-s-sie ist traurig."

Die drei schauen mich an.

„Es ist okay." Ich zwinge mich zu einem Schmunzeln. „Hier, du kannst mein Essen haben."

Als ich das eingewickelte Sandwich weiterreiche, blitzen Scheinwerfer im Fenster auf und werden dann ausgeschaltet.

„Erwarten wir jemanden?", fragt Declan. Laurie zuckt mit den Achseln. Parker läuft zur Tür, während ich aufspringe und zum Fenster eile. Könnte das Grizz sein?

Meine Hoffnung erstirbt, als ich den glänzenden, schwarzen Sedan mit den getönten Scheiben sehe. Eisige Kälte ergießt sich in mein Blut.

Die Vampire sind hier.

~

GRIZZ

FUCK, wo sind diese Vampire? Der Keller ist leer. Genauso wie das Theater, obwohl jemand hier war, seit ich es zuletzt durchsuchte. Ein Scheinwerfer ist an und auf einen einzelnen Holzstuhl in der Mitte der Bühne gerichtet.

Auf dem Stuhl sitzt ein ramponierter Teddybär, dem eines seiner Knopfaugen fehlt. Der Oberkörper ist mit altem Blut besudelt und als ich ihn in die Hand nehme, fällt eines der Beine ab. Reizend. Eine hübsche kleine Drohung, die von dem einäugigen Vampir hinterlassen wurde, nur für mich.

Ich schnuppere daran, damit ich die Witterung des Scheißkerls aufnehmen kann, und mir gefriert das Blut in den Adern. Das Kuscheltier riecht nach Vampir... und Jordy.

Ich lasse den Bären und das Theater zurück und steige auf mein Motorrad. Ich stecke jetzt tief in der Jagd und nichts wird mich aufhalten. Wie gut, dass mir Frangelico eine Kühlbox gegeben hat, in der ich sein Blut aufbewahren kann. Wenn ich das Nest finde, werde ich bereit sein.

Jordy

„WER ZUM TEUFEL –" Parker macht Anstalten, die Tür zu öffnen und ich tackle ihn.

„Runter mit euch", zische ich die anderen an.

„Jordy? Was –"

„Schh." Ich halte Parker den Mund zu. „Sie dürfen euch nicht hören."

„Wer?"

„Vampire", forme ich mit den Lippen und seine Augen werden rund.

„Kleine Füchsin, kleine Füchsin, lass mich reinkommen." Es ist Augustine. Er ist wegen mir hier.

Ein Schlag gegen den Wohnwagen lässt uns alle zusammenfahren. Ein langes reißendes Geräusch fährt von einer Seite des Wohnwagens zur anderen. Eine Pause und dann setzt es von neuem ein.

„Was ist das?", flüstert Declan. „Was macht er?"

Ich halte die Luft an, während das Reißen und Rucken fortfahren. Es klingt, als würde er die Verkleidung des Wohnwagens abreißen. Ich fühle mich wie eine Sardine in einer Blechdose.

„Ich werde diesen Wohnwagen Stück für Stück zerlegen", erklärt Augustine ruhig. „Deinen Freunden wird mein Umbau bestimmt nicht gefallen. Eine Schande. So viel Arbeit meinerseits wird nicht gewürdigt werden. Egal. Wenn ich hungrig werde, kann ich mir immer noch einen kleinen Menschensnack holen."

Ich schließe die Augen. Er ist hier, unkontrolliert in der Wohnwagensiedlung. Er wird nicht zögern, einen Menschen zu töten. Für ihn sind sie noch bedeutungsloser als Käfer.

„Was willste?", brüllt Declan, bevor Laurie ein Kissen packt und es ihm ins Gesicht drückt.

„Ich will nur, was mir gehört. Der Bär hat sie gestohlen, aber sie gehört zu mir."

Nein. Nicht mehr. Ich gehöre zu Grizz. Oder ich tat es, bis er ging. Ich greife an die zarte Haut über meinem Herzen. Die Narben, die mir der Vampir verpasst hat, und der Tatzenabdruck, den ich selbst wählte.

Ich kann ein Opfer sein. Oder ich kann wählen.

„Es liegt an dir, Sklavin", blafft Augustine. „Gib mir, was ich will oder —" Die Tür erzittert. Einmal, zweimal, und dann ist es still.

„Das ist wie bei den drei kleinen Schweinchen", flucht Declan.

„Schhhhh", zischen Parker und Laurie.

Ich warte mit der Hand auf meinem Herzen. Eins, zwei,

drei Herzschläge. Mein Herz schlägt für Grizz und jetzt ist er fort. Ich gab ihm alles, aber ich habe noch eine Sache, die ich geben kann.

Ich stehe auf, ignoriere Parkers verzweifelten Schrei „Nein!" und öffne die Tür.

„Ich bin hier."

Ich trete nach draußen.

❧

GRIZZ

ICH WARTE AN EINER AMPEL, als ich registriere, dass meine Tasche vibriert. Ich ziehe mein Handy raus und gehe mit einem verärgerten Grunzen ran.

„Sie haben sie geholt!"

Schauder jagen meine Arme hoch. „Wen? Jordy?"

„Die Vampire! Sie kamen und –" Ein gedämpfter Laut, als wäre das Handy fallen gelassen worden.

„Declan? Parker?" Ich knirsche mit den Zähnen und mein Handy knackt. Fuck, ich habe es fast zerquetscht. Ich zwinge mich, meinen Griff zu lockern.

„Grizz?"

„Sprich mit mir." Die Ampel springt auf Grün und irgendein Arschloch in einem Honda Civic hupt mich an. Ich drehe mich und starre ihn wütend an, bis der Civic um mich herum fährt und davon rast. „Was ist passiert?"

„Die Vampire kamen. Wir waren im Wohnwagen, aber sie fingen an, ihn auseinander zu nehmen und –", keucht er und ringt nach Atem.

„Und was?", knurre ich. Ich werde mich noch mitten im Verkehr in einen Bären verwandeln, wenn ich nicht aufpasse.

„Und Jordy ging raus zu ihnen. Sie opferte sich. Sie rettete uns."

Jordy. Nein.

„Die Vampire haben sie?"

„Sie warfen sie in den Kofferraum und fuhren davon. Wir versuchten, ihnen zu folgen, aber verloren sie."

„Wo?", blaffe ich und wende bereits mein Motorrad. „Sag mir wo, verdammt –"

„Oro Valley."

„Fuck", explodiere ich und lege auf. Ich weiß, wo sie sie hinbringen.

Ich wende mein Motorrad und drücke aufs Gas. All diese Zeit, in der ich die Vampire jagte, waren sie auf der Jagd nach ihr. Ich ließ sie in der Gefahr zurück. Ich versprach ihr, ich würde sie von den Vampiren fernhalten, und ich versagte. Ich ließ sie zurück. Ich hätte sie aus der Stadt bringen sollen, als ich die Gelegenheit dazu hatte.

Ich hätte sie genauso gut in Geschenkpapier wickeln und Augustine überreichen können. Und dem einäugigen Vampir.

Die Ampel vor mir wird orange und ich rase über die Straße, gerade als sie auf Rot springt. *Halte durch, kleines Fächchen.*

Muss zu Jordy, bevor es zu spät ist.

Ich schlängle mich durch den Verkehr, aber gerate hinter einen Sattelschlepper und muss meinen Fuß abstellen, um mein Motorrad zu stützen. Ich schlage mit der Faust auf den rechten Griff und er bekommt eine Delle.

Weiß der einäugige Vampir, was sie mir bedeutet? Er wird sie mit Sicherheit töten. Scheiße, der Teddybär. Durchtränkt mit Blut und Jordys Geruch. Vielleicht Jordys Blut. Sie sagte, dass sie sich daran erinnern könne, dass er von ihr trank. Und sie dann mit seinem Blut wiederbelebte. Welcher kranke Irre gibt einem Gestaltwandler Blut außer... außer...

Fuck. Ich weiß, was die Vampire zu tun versuchen.

Gestaltwandler. Deswegen benutzen sie Gestaltwandler. Sie – fuck, sie benutzen Sklavenhändler, um sich Gestaltwandler zu besorgen. Die Gestaltwandler-Sklavenhändler – sie schnappen sich keine dominanten Gestaltwandler. Sie schnappen sich die Schwachen.

Alles, um eine Vampirarmee zu erstellen. *Weißt du, wie schwer es ist, einen Vampir zu machen?* So schwer, zu schwer. Ein zu langer Prozess – außer dein Opfer ist stärker.

Sie wollen noch mehr Vampire erschaffen. Schnellere. Stärkere. Bessere. Mit einer Armee können sie Frangelico stürzen.

Jetzt wird mir alles klar. Und Jordy, Jordy ist der Schlüssel.

Ich muss sie retten.

 ordy

ICH STEHE NACKT auf dem Teppich im großen Schlafzimmer. Augustine läuft um mich herum. Ich habe kein Wort gesagt, seit er mich vor dem Wohnwagen packte und in den Kofferraum eines Autos schubste. Ich erwartete, dass er mich zum Club oder zurück zu dem Green Room bringen würde, aber nicht hierher.

„Willkommen zu Hause", sagte er, als er mich den Weg zu dem Haus hochschleifte, in dem er mich gefangen gehalten hatte. Ich biss mir auf die Zunge, damit ich ihn nicht korrigierte. Das war nie mein echtes Zuhause.

„Jordy", säuselt er jetzt und fährt mit einem Finger über meinen Nacken. Sein Nagel kratzt mich auf, aber ich zucke nicht zusammen. „Du warst eine böse Sklavin."

Ich bin nicht deine Sklavin. Ich gehöre dir nicht mehr.

„Auf was für eine fröhliche kleine Jagd du und dein

Teddybär mich geführt habt. Ich muss schon sagen, ich bin fast beeindruckt."

Ich sage nichts. Meine Fäuste ballen sich an meinen Beinen. Ich werde mich ihm nicht beugen. Ich werde nicht zittern oder brechen. Diese Befriedigung werde ich dem Vampir nicht geben.

Denn er war nie mein Master. Er war ein Angeber, jemand, der mich benutzte, und er nahm von mir, was nicht sein war. Ich gehörte nie wahrhaftig zu ihm.

Nur noch ein paar Minuten länger. Halte durch bis –

„Dachtest du, du könntest dich für immer verstecken? Dachtest du, er würde dich beschützen?"

„Er hat mich beschützt –", sage ich und mein Kopf fliegt zur Seite, als mich Augustines Ohrfeige trifft, ein Schlag, den ich erwartete, aber nicht kommen sah. Meine Wange wird taub.

„Er hat dich verlassen", höhnt der Vampir. „Und jetzt bist du wieder hier. Allein. Unbewaffnet. Bemitleidenswert. Es gibt nichts erbärmlicheres als einen herrenlosen Sklaven."

Ich bin nicht herrenlos. Der, den ich liebe, mag mich nicht wollen, aber ich wählte ihn. Ich trage sein Mal auf meinem Herzen.

Oh Grizz, ich wünschte, ich könnte dich sehen. Ein letztes Mal.

Mein ehemaliger Vampir-Master umkreist mich. „Knie dich hin."

„Nein. Ich knie nicht für dich."

„Du gehörst mir."

„Das tue ich nicht. Nicht mehr." Und ich lächle. Sein Griff um mich ist gebrochen. Ich unterwerfe mich nicht einfach jedem. Unterwerfung ist eine Wahl und ich wähle keinen anderen als Grizz.

„Wem hat sie es erzählt?"

Ich finde mich meinem Alptraum gegenüber. Dem einäugigen Vampir.

Zum ersten Mal in meinem Leben schaue ich den Vampiren in die Augen. Ich werde sowieso sterben. Da kann ich genauso gut für mich eintreten.

„Sie verrät es mir nicht", bringt Augustine zähneknirschend hervor.

„Dann zwingen wir sie eben", entgegnet der einäugige Vampir und einen Augenblick lang, verblasst alles.

Ich komme wieder zu mir, weil Augustine mir ins Gesicht schlägt.

„Es bringt nichts. Sie weiß nichts und uns läuft die Zeit davon."

Die Stimme des einäugigen Vampirs füllt meinen Kopf, ein Alptraum, der Realität geworden ist. „Dann sorgen wir eben dafür, dass sie nie wieder redet."

Und dann: Schmerz. So viel Schmerz.

GRIZZ

ICH FAHRE VOR, gerade als ein schwarzes Auto mit dunkel getönten Scheiben wegfährt. Reifen quietschen um die Ecke und fürchterliches Gelächter klingelt in meinen Ohren. Bevor ich ihnen folgen kann, fällt mir etwas Rotes ins Auge. Auf dem Pfad, der vom Haus wegführt, befinden sich rote Fußabdrücke durchtränkt mit dem Geruch von Blut.

Kein gutes Zeichen.

Innerhalb von Sekunden springe ich von meinem Motorrad und bin im Haus. Der Flachmann brennt ein Loch in meine Tasche, aber anstatt danach zu greifen, balle ich meine Faust. Ich werde jeden Tropfen für die Konfrontation mit den Vampiren brauchen und irgendetwas sagt mir, dass sie bereits fort sind.

Augustines Haus liegt still da, doch der Geruch von Vampiren ist überall. Mein Bär ist draußen und wild. Dieser Ort ist so still wie eine verdammte Gruft und irgendetwas sagt mir, dass diese Jagd kein gutes Ende nehmen wird.

Ich folge den blutigen Fußspuren in Rückwärtsrichtung von der Eingangstür zum Flur. Sie enden vor einer halb geöffneten Tür, die zu einem Schlafzimmer führt. Ich stoße die Tür auf. Sie bleibt an dem feuchten Teppich kleben und schiebt sich durch eine rote Welle. Blut und noch mehr Blut und gerade innerhalb meines Sichtfeldes ein roter Haarschopf.

Oh nein.

Ich höre auf, gegen die Tür zu drücken, und betrete das dunkle Schlafzimmer.

Jordy liegt mit schiefen Gliedmaßen auf dem Teppich. Eine gebrochene, blutbesudelte Puppe, die ich finden sollte. Die Vampire hatten ihren Spaß und ließen sie zurück.

Das ist meine Schuld.

Ich falle auf die Knie und packe ihre Hand und sie wimmert. Ihr Handgelenk ist gebrochen. Ihre Augen scannen mein Gesicht, groß vor Schmerz und Angst. „Grizz."

„Es ist okay, Fächchen. Ich bin hier."

Ich mache mir nicht die Mühe, nach ihren Verletzungen zu sehen. Sie ist über und über mit Blut bedeckt. Der schlimmste Riss befindet sich über ihrem Herzen und mit jedem Herzschlag wird Blut rausgepumpt. Die Vampire haben sie aufgerissen. Ich will brüllen und diesen Laden niederreißen.

Stattdessen gehe ich neben ihr in die Hocke.

„Du bist hier", krächzt sie und ihre Finger tasten über mein Gesicht.

„Natürlich bin ich hier." Dachte sie, ich würde wegbleiben? Sie zum Sterben zurücklassen? Ich schüttle den Kopf. „Ich habe es vermasselt."

„Du musst gehen." Sie versucht, ihren Kopf zu heben, und ich drücke sie sanft wieder nach unten.

„Ich werde dich nicht verlassen, Jordy."

„Du musst. Der einäugige Vampir war hier. Du kannst ihn finden. Du kannst ihn aufspüren. Du kannst gehen. Nimm deine Rache." Sie drückt meine Finger und lässt sie fallen. „*Geh.*"

„Jordy."

„Geh und töte ihn, Grizz. Dann kannst du frei sein." Ihr Kopf rollt auf ihrem Hals zur Seite. Fuck, sie hat zu viel Blut verloren. Ihre Füchsin versucht es, aber die Gestaltwandlerheilung läuft nicht schnell genug ab.

„Verlass mich nicht, Fähchen."

Ihr Atem rasselt in ihren Lungen. „Wollte mein Leben jemandem geben", krächzt sie. „Ich bin froh, dass du es warst."

Fuck, nein. So darf es nicht enden. Das darf es nicht.

Ich ziehe den Flachmann aus meiner Tasche und fummle an dem Verschluss herum. Muss schnell machen, es ist nicht mehr viel Zeit.

„Hier." Ich halte den Flachmann an ihre Lippen. „Du musst das hier trinken." *Vampirblut – die Substanz mit der größten Heilfähigkeit auf der Erde.*

Ihre Lippen bewegen sich, als wolle sie protestieren. Ich schiebe ihr die Flasche in den Mund und neige sie nach oben. Blut ergießt sich in ihren Mund. Dunkles, kräftiges Rot.

Sie spuckt, prustet und schüttelt den Kopf

„Du wirst es trinken", befehle ich. „Trink alles."

Ich warte, bis sie die Flasche geleert hat, und rase anschließend nach draußen, um mit der Kühlbox zurückzukehren. Das Blut des Vampirkönigs – das wirkungsvollste Blut, das es gibt. Wenn sie irgendetwas heilen kann, dann das hier.

„Trink", befehle ich mit all der Dominanz, die in mir steckt. Ich zwinge ihr einen Beutel nach dem anderen auf und verschütte den Rest auf ihrem gebrochenen Körper. All das Blut, das dazu gedacht war, mir meine Rache zu verschaffen. Jeder einzelne Tropfen.

Schließlich ist es vollbracht. Sie liegt in einem roten Pool, die Augen geschlossen. Ich warte lange Zeit und lausche ihrem Atem. Langsam, aber gleichmäßig. Nicht viel, aber es ist etwas.

Ich beeile mich, all die Decken zu holen, die ich finden kann, und breite sie über ihr aus. Beim Schicksal, bewegt sich ihre Brust noch? Die Wunden sehen noch immer schlimm aus, aber es quillt kein frisches Blut mehr aus ihr. Mit etwas Glück hat die Heilung eingesetzt.

„Kämpf, Fähchen. Du kannst es tun, kleine Füchsin." Ich lege mich neben sie und streiche die Haare aus ihrem Gesicht. Ihre Haut ist kühl. Fuck. „Du kannst mich nicht verlassen, Jordy. Das kannst du einfach nicht tun. Nicht jetzt. Nicht, wenn ich endlich zu Vernunft gekommen bin." Fuck, meine Augen tun weh. Ich blinzle ein paar Mal. Muss die Anspannung sein. Ich habe nicht geweint, seit meine Mutter starb.

Aber da ist etwas Feuchtes auf meinem Gesicht, als ich einen Arm um Jordy lege und mein Gesicht in ihre blutgetränkten Haare presse. „Lebe, Fähchen. Lebe für mich. Denn ab jetzt lebe ich für dich."

Ein leises Geräusch und ihr Mund öffnet sich, ihre Brust hebt und senkt sich. „Das ist es. So ist es richtig", murmle ich und drücke sie enger an mich. Die Heilung hat begonnen. „Wenn du aufwachst, werde ich hier sein. Denn ich wähle dich."

EIN WIMMERN WECKT MICH AUF. Ich öffne meine Augen und die Sonne scheint mir ins Gesicht. Sie steht hoch am Himmel. Scheiße, bin ich eingeschlafen? Jordy liegt nach wie vor neben mir. Eine schreckliche Sekunde denke ich, dass – aber nein, ihre Brust bewegt sich noch. Ihr Gesicht und Körper sind mit getrocknetem Blut verkrustet, aber darunter sind ihre Verletzungen geheilt.

Ich gehe zum Bad, hole ein edles Handtuch und verbringe einige Minuten damit, das Blut von ihrem Gesicht und Brust zu waschen. Als ich ungefähr die Hälfte ihres Körpers gewaschen habe, öffnen sich ihre Augen langsam.

„Hey." Ich streichle ihre Haare nach hinten.

„Grizz? Was", ihre Augen huschen hektisch durch den Raum, „was ist passiert? Augustine –"

„Er ist fort. Die Vampire sind alle fort." Für den Moment. Aber ich muss sie bald bewegen für den Fall, dass sie zurückkommen.

„Aber ich dachte –"

„Ich konnte dich nicht verlassen, Fähchen. Ich habe einen Fehler gemacht, aber ich werde dich nie wieder verlassen."

Ihre Stirn kräuselt sich und ich glätte die Falten. Sie entspannt sich bei meiner Berührung. Es ist furchterregend, wie sehr sie mir vertraut.

„Wie fühlst du dich?"

Sie versucht, mit den Achseln zu zucken, und gibt ein leises Stöhnen von sich.

„Vorsicht. Du bist okay."

„Ich weiß nicht, was passiert ist. Die Vampire –"

„Schlugen dich und ließen dich so gut wie tot zurück."

Ihre Hand fällt nach unten und ihre Augen runden sich vor Schmerz. „Ich erinnere mich."

„Fähchen, es tut mir so leid."

„Es ist alles okay." Sie beginnt, sich nach oben zu kämpfen, dann setzt sie sich schnell auf und blickt sich verwundert
um. „Ich fühle mich… gut." Sie testet das Wort, hebt eine
Hand vor ihr Gesicht und starrt sie an. „Besser als gut, um
genau zu sein."

„Das ist das Blut."

Sie schließt den Mund. Schluckt. „Blut?"

„All das Blut, das ich hatte. Eine ganze Kühlbox voll.
Frangelico gab es mir, damit ich gegen Vampire kämpfen
kann."

„Du gabst es mir?"

„Ich gab es dir. Ich wusste nicht, ob es dich heilen oder
töten würde, aber du lagst ohnehin im Sterben. Ich konnte nur
hoffen." Ich berühre ihr Gesicht zärtlich. „Und es funktio-
nierte. Es heilte dich. Brauchte all das Blut, das ich hatte, aber
das war es wert. Es rettete dich."

„Du hast das Blut benutzt", murmelt sie vor sich hin.
„Aber was ist mit den Vampiren? Dem einäugigen Vampir?
Ich sah ihn, er war da. Du kannst ihn noch immer erwischen
–"

„Nein, Fähchen. Nicht mehr. Wir können nicht hierblei-
ben. Ich kann nicht zum König zurückgehen. Und ich kann
nicht mehr den einäugigen Vampir jagen. Ich kann es nicht
riskieren, dass irgendjemand von dir erfährt. Die Vampire
haben versucht, dich zu verwandeln."

„Versucht, mich –" Ihre Stirn legt sich in Falten.

„Ich habe herausgefunden, was sie gemacht haben. All
diese Blutwechsel. Sie wollen eine Armee, um gegen Frangelico zu kämpfen. Sie versuchten, dich zu verwandeln." Einen
schrecklichen Moment frage ich mich, ob das Blut sie in
einen Vampir verwandelt haben könnte. Aber nein. Jordy lebt

und ihre Füchsin ist stark. Das Blut hat seine heilende Arbeit getan.

„Grizz." Sie berührt mein Gesicht. „Was ist mit deiner Rache?"

„Ich brauche sie nicht. Das Einzige, das ich brauche, bist du."

Sie schließt die Augen und lässt ihre Stirn meine treffen. „Es tut mir leid."

„Was?"

„Dass ich alles ruiniert habe. Dass ich all das Blut verbraucht habe. Jetzt kannst du keine Rache nehmen."

„Jordy." Ich weiche zurück und ergreife ihr Kinn. „Du hast gar nichts ruiniert. Du hast mich gerettet. Ich wollte dieses Blut trinken, gegen die Vampire kämpfen und sterben. Ich dachte, ich hätte nichts, wofür es sich zu leben lohnt außer der Rache. Ich habe mich geirrt." Ich bringe mein Gesicht dicht an ihres und flüstere an ihren Lippen: „Ich habe dich". Fuck, ich muss sie küssen.

Ihre Arme schieben sich um meinen Hals und ich hebe sie hoch und trage sie rasch aus dem Raum. Weg von dem Blut und Gewalt. Weg von der Szene ihres Todes und ihrer Wiedergeburt.

Ich gelange bis zur Eingangstür, bevor ich sie an mich ziehe und ihren Mund erobere. Ich küsse sie im Haus des Vampirs, während meine Hände ihren Körper hoch und runter wandern, drücken, beanspruchen. Sie ist weich und warm und gesund. Ich war so verdammt dumm. Mit hätte das hier entgehen können. Ich hätte sie für immer verlieren können.

Ein Hund bellt draußen, eine willkürliche Warnung. Ich beende den Kuss und Jordy legt eine Hand an ihr Gesicht, das von meinen Bartstoppeln rot gerieben ist. Sie lacht wegen der Bartspuren und ich muss sie erneut küssen.

Dieses Mal unterbricht sie den Kuss, nach wie vor lächelnd. „Wir müssen gehen."

Richtig. „Wir müssen vor Sonnenuntergang aus der Stadt raus. Aus dem Tal raus."

Ihr Gesicht verzieht sich und ich umfange ihr Kinn. „So ist es nicht. Dieses Mal komme ich mit dir. Ich verspreche dir das, Jordy. Ich werde dich nie wieder verlassen."

„Okay", sagt sie und schaut mit solchem Vertrauen zu mir hoch. Ich verdiene sie nicht. Ich werde den Rest meines Lebens damit verbringen, diese Frau wertzuschätzen, für sie zu sorgen und sie zu beschützen und jede schlechte Erinnerung an die Vampire mit hundert guten zu ersetzen. Sie wird wissen, wie besonders sie ist. Sie wird wissen, dass sie geliebt wird. Dem werde ich mein Leben widmen. Ihr.

„Wir werden eine kleine Weile auf der Flucht sein müssen. Sicherstellen, dass die Vampire dich für tot halten und denken, dass ich zu niedergeschlagen von deinem Tod bin, um sie weiterhin zu jagen. Wir werden eine Zeit lang fliehen, aber dann werde ich dich zu meinem Heim oben im Norden bringen."

„Wirklich?", fragt sie und ihre Augen leuchten auf.

„Es ist nichts Großartiges", warne ich sie vor. „Nur eine Hütte im Wald in den Sierra Nevadas. Dort ist weit und breit niemand. Nur du, ich und ein Haufen Bäume."

„Klingt wundervoll."

Ich schüttle den Kopf. Diese Füchsin. So niedlich. „Darauf freust du dich? Mit einem miesepetrigen Bären im Wald zu leben?"

„Ja", wiederholt sie und lacht heiser, als ich an ihren Haaren zupfe. „Ja. Ich werde überall hingehen, Grizz, solange du dabei bist."

EPILOG

rizz

ICH SITZE auf dem alten Zahnarztstuhl, ein Schmunzeln im Gesicht. Jordy hat ihren Zeichenblock rausgeholt und sie und der Tattookünstler brüten über ihren Designs.

„Ich dachte, der Berg direkt hier." Sie nutzt ihre Hand, um die Platzierung auf meinem Körper zu zeigen. „Und den gigantischen Riesenkaktus mit den Pfotenabdrücken darunter."

„Was für ein Tier ist das?", will der Künstler wissen. „Wolf?"

„Fuchs", korrigiert Jordy. Sie blickt zu mir und ich zwinkere ihr zu. Ihre Hand ruht noch immer auf meiner nackten Brust und ich fange sie ein und lege sie fester über mein Herz. Sie kräuselt ihre Nase über mich.

„Lass mich sehen, was ich tun kann." Der Künstler nimmt die Skizze und studiert sie, wobei er über seinen Ziegenbart streicht. Er ist nicht so gut wie der in Tucson, aber er wird genügen. Wir sind mittlerweile seit einem Monat auf der Flucht und uns scheinen keine Schwierigkeiten zu folgen. Morgen werde ich sie zu meiner Hütte in den Wäldern bringen, aber zuerst möchte ich meine Erinnerungen auf meiner Haut verewigen.

Der Künstler wendet sich ab und ich nutze die Gelegenheit, um meine Gefährtin auf meinen Schoß zu ziehen.

„Grizz", protestiert sie, bis ich sie atemlos küsse. Ich drücke ihren Hintern durch ihre Jeans und sie reibt sich an mir. Dass wir an einem öffentlichen Ort sind, ist vergessen.

„Ich liebe dich, Fähchen", sage ich, weil ich mir selbst geschworen habe, dass ich es laut aussprechen würde und zwar oft.

„Ich weiß", flüstert sie zurück und windet sich von mir, bevor der Tätowierer zurückkehrt.

„Bereit?", fragt er.

„Jepp." Ich halte Jordys Hand in meiner, während sich der Tätowierer daran macht, die Stelle vorzubereiten. „Wirst du all meine Narben verdecken?", frage ich sie.

Sie schüttelt den Kopf. „Narben machen uns zu der Person, die wir sind." Sie hebt meine Hand und legt sie auf die Stelle über ihrem linken Busen, wo sie die Narben trägt, die sie zu derjenigen gemacht haben, die sie ist.

Ich streichle die Stelle durch ihr Shirt. „Was ist mit Tattoos?"

„Die Male, die wir wählen, erzählen uns, wo unser Herz ist. Zu wem wir gehören."

Zufrieden lege ich mich entspannt zurück auf den Stuhl. Mit jedem Atemzug inhaliere ich ihren Geruch ein. Als die Nadel schließlich zu summen beginnt, bin ich in Trance und umgeben von Jordy.

In wenigen Stunden werde ich hier rauslaufen und ihr Mal

auf meiner Haut tragen, aber ich brauche kein Tattoo, um zu wissen, zu wem ich gehöre. Ab dem Moment, in dem wir uns begegneten, besaß sie mich. Die Tinte auf meiner Haut ist nichts im Vergleich zu den Malen, die sie auf meinem Herzen hinterlassen hat.

Ende

MEHR WOLLEN?

Bitte genieße diesen kurzen Auszug aus dem nächsten alleinstehenden Buch in der *Bad-Boy-Alpha*-Serie

Bad Boy Alphas
Alphas Versuchung
Alphas Gefahr
Alphas Preis
Alphas Herausforderung
Alphas Besessenheit
Alphas Verlangen
Alphas Krieg
Alphas Aufgabe
Alphas Fluch
Alphas Geheimnis
Alphas Beute
Alphas Blut
Alphas Sonne
Alphas Mond
Alphas Schwur
Alphas Rache

HOLEN SIE SICH IHR KOSTENLOSES BUCH!

Tragen Sie sich in meine E-Mail Liste ein, um als erstes von Neuerscheinungen, kostenlosen Büchern, Sonderpreisen und anderen Zugaben zu erfahren.

https://geni.us/jungfrauunddervampir

BÜCHER VON RENEE ROSE

Chicago Bratwa

Der Direktor

Gefährliches Vorspiel

Der Mittelsmann

Bessessen

Der Vollstrecker

Unterwelt von Las Vegas

King of Diamonds: Was in Vegas passiert, bleibt in Vegas, Band 1

Mafia Daddy: Vom Silberlöffel zur Silberschnalle, Band 2

Jack of Spades: Gefangen in der Stadt der Sünden, Band 3

Ace of Hearts: Berühmtheit schützt vor Strafe nicht, Band

4

Joker's Wild: Engel brauchen auch harte Hände (Unterwelt von Las Vegas 5)

His Queen of Clubs: Russische Rache ist süß (Unterwelt von Las Vegas 6)

Dead Man's Hand: Wenn der Tod mit neuen Karten spielt

Wild Card: Süß, aber verrückt

Wolf Ranch

ungebärdig - Buch 0 (gratis)

ungezähmt– Buch 1

ungestüm - Buch 2

ungezügelt - Buch 3

unzivilisiert - Buch 4

ungebremst - Buch 5

unbändig - Buch 6

Wolf Ridge High

Alpha Bully - Buch 1

Alpha Knight - Buch 2

Bad Boy Alphas

Alphas Versuchung

Alphas Gefahr

Alphas Preis

Alphas Herausforderung

Alphas Besessenheit

Alphas Verlangen

Alphas Krieg

Alphas Aufgabe

Alphas Fluch

Alphas Geheimnis

Alphas Beute

Alphas Blut

Alphas Sonne

Alphas Mond

Alphas Schwur

Alphas Rache

Die Meister von Zandia

Seine irdische Dienerin

Seine irdische Gefangene

Seine irdische Gefährtin

Seine irdische Rebellin

Seine irdische Frau

Ihr Gefährte und Meister

Zandianisches Haustier

Sein irdischer Besitz

E B E N F A L L S V O N L E E S A V I N O

Die Berserker-Saga

Verkauft an die Berserker

Gepaart mit den Berserkern

Entführt von den Berserkern

Übergeben an die Berserker

Gefordert von den Berserkern

Die Frauen der Berserker

Gerettet vom Berserker – Hasel und Knut

Gefangen von den Berserkern – Weide, Leif und Brokk

Verschleppt von den Berserkern – Salbei, Thorbjorn und Rolf

Gebunden an die Berserker – Laurel, Haakon und Ulf

Berserker-Nachwuchs – die Schwestern Brenna, Sabine, Muriel, Fleur und ihre Gefährten

(demnächst)

Die Nacht der Berserker – **die Geschichte der Hexe Yseult**

Eigentum der Berserker – **Farn, Dagg und Svein**

Gezähmt von den Berserkern – **Ampfer, Thorsteinn und Vik**

Beherrscht von den Berserkern

Unschuld mit Stasia Black (Eine dunkle Liebesgeschichte)

Das Erwachen (Unschuld 2)

Königin der Unterwelt: Eine Dunkle Liebesgeschichte (Unschuld 3)

Die Gefangene des Biestes: Eine dunkle Romanze (Die Liebe des Biestes 1)

Die Rache des Biestes: Eine dunkle Romanze (Die Liebe des Biestes 2)

Der Soldat, der mich verführt

Draekons (Drachen im Exil) mit Lili Zander (Eine Sci-Fi Dreierbeziehung Romanze)

Draekon Gefährtin

Draekon Feuer

Draekon Herz

Draekon Entführung

Draekon Schicksal

Tochter der Dragons

Draekon Fieber

Draekon Rebellin

Draekon Festtag

ÜBER DIE AUTORIN

USA TODAY Bestseller-Autorin RENEE ROSE liebt dominante, verbalerotische Alpha-Helden! Sie hat bereits über eine Million Exemplare ihrer erotischen Liebesromane mit unterschiedlichen Abstufungen verruchter sexueller Vorlieben und Erotik verkauft. Ihre Bücher wurden außerdem in *USA Todays Happily Ever After* und *Popsugar* vorgestellt. 2013 wurde sie von *Eroticon USA* zum nächsten *Top Erotic Author* ernannt und freut sich ebenfalls über die Auszeichnungen Spunky and Sassy's *Favorite Sci-Fi and Anthology Autor*, The Romance Reviews *Best Historical Romance* und Spanking Romance Reviews *Best Sci-fi, Paranormal, Historical, Erotic, Ageplay and Couple Author*. Bereits fünfmal gelang ihr eine Platzierung in der USA-Today-Bestsellerliste mit verschiedenen literarischen Werken.

Besuchen Sie ihren Blog unter www.reneeroseromance.com

ÜBER DIE AUTORIN

Lee Savino ist *USA Today*-Bestsellerautorin. Außerdem ist sie Mutter und schokosüchtig. Sie hat eine ganze Reihe von Büchern geschrieben, die alle unter die Rubrik »smexy« Liebesgeschichten fallen. *Smexy* steht dabei für »smart und sexy«.

Sie hofft, dass euch dieses Buch gefallen hat.

Besucht sie unter:
www.leesavino.com